艾娃·拉文德
奇异而
美丽的忧伤

THE STRANGE
AND BEAUTIFUL
SORROWS
OF AVA LAVENDER

LESLYE WALTON
[美]蕾丝莱·沃顿 著
戚悦 译

陕西師範大學出版总社

图书代号：WX18N1342

陕版出图字：25-2018-154

图书在版编目（CIP）数据

艾娃·拉文德奇异而美丽的忧伤 /（美）蕾丝莱·沃顿著；戚悦译．—西安：陕西师范大学出版总社有限公司，2018.12
ISBN 978-7-5695-0159-9

Ⅰ.①艾…　Ⅱ.①蕾…　②戚…　Ⅲ.①长篇小说—美国—现代　Ⅳ.①I712.45

中国版本图书馆CIP数据核字（2018）第179824号

艾娃·拉文德奇异而美丽的忧伤
AIWA·LAWENDE QIYI ER MEILI DE YOUSHANG
［美］蕾丝莱·沃顿　著　戚悦　译

出版人　刘东风
责任编辑　高　歌
策划编辑　海　莲　温　星
封面设计　吴黛君
出版发行　陕西师范大学出版总社
（西安市长安南路199号　邮编710062）
网　　址　http://www.snupg.com
印　　刷　北京联兴盛业印刷股份有限公司
开　　本　620mm×889mm　1/16
印　　张　17
字　　数　142千
版　　次　2018年12月第1版
印　　次　2018年12月第1次印刷
书　　号　ISBN 978-7-5695-0159-9
定　　价　59.00元

目录

献给我的挚友安娜

她用美丽的翅膀自由翱翔

陪我一起玩耍，一起疯狂

共同承担痛苦，把欢笑分享

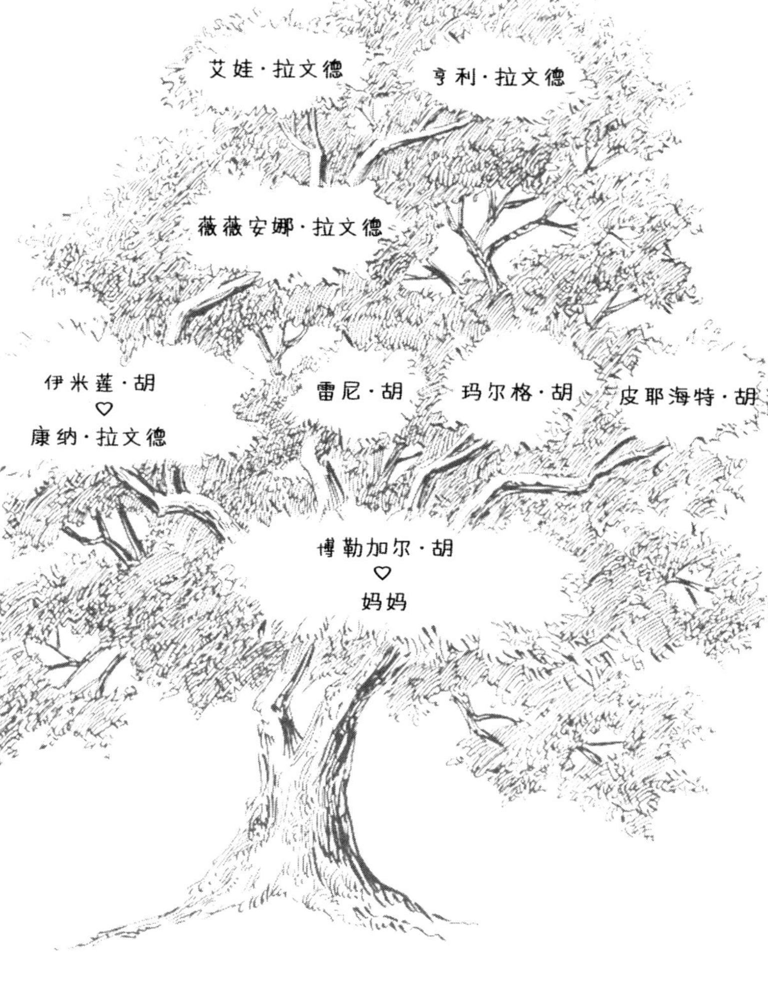
艾娃·拉文德
亨利·拉文德
薇薇安娜·拉文德
伊米莲·胡
♡
康纳·拉文德
雷尼·胡
玛尔格·胡
皮耶海特·胡
博勒加尔·胡
♡
妈妈

引 子

在许多人眼中，我是神秘的化身，就像一个瑰丽的传说，又如一则奇妙的童话。有时，我被当作畸形可怕的怪物，抑或基因突变的异类，而最大的不幸，莫过于被误认为超凡脱俗的天使。母亲将我视为一切，父亲对我视若无睹。每次见到我，外祖母都会想起曾经失去的旧爱。不过，我知道真相是什么。在内心深处，我始终明白。

其实，我只是个普普通通的女孩儿。

我叫艾娃·威廉敏娜·拉文德，生于 1944 年 3 月 1 日的晚上，家住西雅图[1]，门前的街道有个颇为吉利的名字——“巅峰巷”。后来，大家都记得，那天的天气格外晴朗，鸟儿却表现得十分反常。白日漫漫，少不更事的母亲开始经历分娩的阵痛。乌鸦叼来堆积如山的樱桃核，使劲儿掷向房子的窗户。麻雀落在姑娘们的头顶，偷

[1] 西雅图（Seattle）：美国西海岸的一座港口城市，属于华盛顿州。曾经以伐木业为主，在19世纪末期发展为重要的商业和造船业中心。西雅图气候湿润，常常阴天下雨，有“雨城”之称。——译者注（本书注释均为译者注，下文不再说明）

走散开的发丝，带回去筑巢。暮色昏沉，昼伏夜出的猛禽聚集在草坪上进食，猎物的哀嚎很像母亲的尖叫。终于，一位护士拿着冰凉的针筒赶来，缓解了母亲撕心裂肺的痛苦。在陷入麻醉的梦幻之前，她看到硕大的羽毛从天而降，轻柔地拂过脸颊。

我刚刚出生，就被护士匆匆地抱离产房进行检查，一份匿名的诊断报告存入了档案，简单地把问题称作“轻微的身体异样”。不久，虔诚的信徒们便簇拥在医院的窗口，沐浴着柔和的灯光，手持点燃的蜡烛，怀着敬畏之心唱起赞歌。凡此种种，皆是因为来到世上以后，我甫一睁开双眸，便舒展斑驳的翅膀，犹如撑起紧紧包裹的羽茧。

至少，传闻是这么说的。

所有医生都无法解释其中的奥秘，我的双胞胎弟弟亨利显然没长翅膀。在那之前，历史上也并未记录过拥有动物器官的婴儿，无论是飞禽的羽翼还是走兽的尾巴，统统与人类无缘。对于医学工作者而言，艾娃·拉文德的诞生是首个超出科学范围的案例。瞧见教众守在母亲的病房外面，伴着摇曳的烛光，献上热切的祈祷，医生们竟然觉得羡慕和嫉妒，而非怜悯或不屑。

“试想，”一名初出茅庐的实习医生对同事说，“如果能够相信这个孩子是神圣的存在，心里会是怎样的感受？”荒唐的思绪转瞬即逝，他不过是随口一提，接着便揉了揉眼睛，继续钻研厚厚的医书。然后，他去找我的母亲，重述了各位专家已经得出的结论——他们爱莫能助，起码在医学上是无计可施的。

“我从未遇到过类似的状况。”他连连摇头，以示同情。久而久之，他将渐渐习惯束手无策的局面，熟练掌握安慰病人家属的技巧。

由于翅膀跟肌肉系统、骨骼系统和循环系统紧密相连，因此通过手术摘除的希望十分渺茫，那样我会失血过多，乃至瘫痪或死亡。医生们认为，似乎没有办法把女婴和翅膀分开，二者互相依赖，难以独立存活。

苦恼的实习医生总是盼着自己能鼓足勇气，采访女婴的家人。可是，应该问些什么呢？*在你们的家族中，曾经出现过长着翅膀的亲戚吗？*最后，他只好去巡视其他病人，避开眼前的疑难杂症，解决常见的小病小痛。不过，倘若他果真壮起胆子，转向嘴唇艳红、面色阴沉的年轻母亲，或者表情严肃、口音奇特的美丽外祖母，提出注定会纠缠我一生的难题：

我从哪里来？

以及更加重大的困惑：*世人要如何对待这样一个女孩儿？*

也许我的母亲或外祖母可以给出答案。

也许我的整个人生都将变得截然不同。但是，站在实习医生的立场上，放弃无谓的探询，听凭命运的安排，大概是最佳选择。否则，他还能怎么办呢？很久以后，我才明白，如果无力阻止，即便能预知未来，也毫无意义。这恰恰证明了我的故事错综复杂，远远不只是我的诞生或我的经历。跟大家的故事一样，我的故事也源自逝去的从前，始于尘封的族谱。

接下来的篇章如实地记叙了我的早年生活。起初，在 1974 年的周末，我到西雅图中央图书馆编辑自己的出生资料。原本十分单纯的身世调查，结果却带领我踏上了寻根问祖的漫漫旅途，在宽广的大陆、纷繁的语言和无尽的光阴之间穿梭。我试图理解我的全部特征，挖掘造就我的全部因素。

我必须坦白地承认，某些细节恐怕会遗漏，湮没在岁月的长河中，被我自己或当事人彻底遗忘。在探究的过程中，我屡次打乱顺序，重新排列，偶尔搁置进度，反复组合。由此获得的内容并非不偏不倚，也肯定称不上面面俱到。可是，我依然要描绘记忆中的生活，讲述脑海里的过往。传奇与神话笼罩着我的家族和我的经历，许多片段可能早已流传于世。到头来，我发现每个故事都透着古怪与美丽，并且千真万确，绝无半句虚言。

艾娃·拉文洛

2014 年 3 月

第一章

我的外祖母名叫伊米莲·阿杜·索朗热·胡，她在 19 岁生日之前，曾经三次坠入情网。

伊米莲生于 1904 年 3 月 1 日，在家中排行老大，她的弟弟妹妹也都是在 3 月份的第一天来到世上。雷尼紧随其后，生于 1905 年，玛尔格生于 1906 年，最小的皮耶海特生于 1907 年。胡氏四姐弟均为双鱼座[1]，性情多愁善感，举止鲁莽冲动，常常意气用事。

他们的父亲博勒加尔·胡是一位著名的颅相学家[2]，头顶和手背

[1] 双鱼座（the sign of the fish, or Pisces）：指出生日期在 2 月 19 日至 3 月 20 日之间的人。在古希腊神话中，双鱼是指阿芙罗狄忒与其子厄洛斯为了躲避怪兽堤丰而幻化成的两条锦鲤。阿芙罗狄忒（即罗马神话中的维纳斯）是爱与美之女神，厄洛斯（即罗马神话中的丘比特）则负责掌管情欲，因此在众多的艺术作品中，双鱼象征着热烈的爱恋与细腻的情感。

[2] 颅相学家（phrenologist）：颅相学是一种认为人的心理与特质能够根据头颅形状来确定的心理学假说，目前这种假说已被证实是伪科学。颅相学家认为大脑是心灵的器官，而心灵是由一系列不同的官能构成的，其中每一官能对应了大脑的某一特定区域，颅骨的形状与大脑内这些区域的形状紧密相关，因此通过测量人的头颅便能够判断每个人的性格。颅相学在 19 世纪颇为流行，出现过各种颅相学学会、学院和杂志，以及研究颅相学的学者。

长满了金灿灿的卷毛，讲起法语来总是带着隐隐约约的布列塔尼[1]口音。他体型壮硕，可以轻而易举地用一条胳膊抱起四个孩子，并且用另一条胳膊拎起家里的山羊。

我的外曾外祖母跟她的丈夫截然相反。博勒加尔昂藏七尺，仪表不凡，犹如一座巍峨巨山，而他的妻子则纤细瘦削，弱不禁风，整日缩着脑袋行走。她的皮肤透着橄榄棕，他的皮肤泛着玫瑰红；她的发色很深，他的发色很浅。每当博勒加尔·胡踏入房间，大家都会纷纷扭头，报以仰视的目光，可是假如他的妻子出现，却不会引起任何注意，显得毫无存在感。

在夫妻二人同房的夜晚，街坊邻居不停地被博勒加尔的低沉咆哮所惊醒，但是他的妻子却几乎一声不吭。其实，她一直很少开口。在为她接生第一个孩子的时候，特鲁维尔村[2]的大夫提心吊胆，频频抬头查看，确保她还活着。屋里的寂静实在令人难以忍受，等到第二个孩子出世的时候，大夫临阵退缩了。结果，博勒加尔不得不穿着长筒袜，匆匆忙忙地跑了十七千米，去翁弗勒尔镇[3]寻找助产士。

在嫁给博勒加尔·胡以前，外曾外祖母没有留下任何生活的痕迹。能够表明她存在的证据仅仅是两个大女儿——伊米莲与玛尔格，她们继承了母亲的乌黑头发、小麦肤色和浅绿瞳孔。唯一的儿子雷尼酷肖父亲，小女儿皮耶海特则遗传了博勒加尔的浓密卷毛，就像

[1] 布列塔尼（Breton，or Brittany）：法国西北部的一个地区。

[2] 特鲁维尔村（Troubille-sur-Mer）：又称滨海特鲁维尔，是法国西北部诺曼底地区的村镇。

[3] 翁弗勒尔镇（Honfleur）：法国西北部诺曼底地区的城镇，位于特鲁维尔村的东北方向。

披着亮黄的麒麟草[1]。四个孩子都不知道母亲的名字，还以为就是“妈妈[2]”而已。天长日久，他们始终如此坚信，甚至从未考虑过其他的可能性。

也许是身材高大的缘故，在1912年的元旦，博勒加尔·胡突然觉得狭小的法国村庄已经容不下自己了。他梦见飞速行驶的汽车，向往遮天蔽日的大楼，渴望抚摩陌生的头骨，期待阅读崭新的人生。可是，特鲁维尔只有一片肮脏腥臭的鱼市场以及沉迷于颅相学的女邻居。于是，在那年的3月1日，也就是伊米莲的8岁生日、雷尼的7岁生日、玛尔格的6岁生日、皮耶海特的5岁生日，博勒加尔开始谈论一个叫作“曼哈屯[3]”的地方。

“在曼哈屯，”他一边从屋外的井里打水，一边对乡亲们描述，“无论何时需要冲澡或洗脸，只消拧开水龙头就行，流出来的不仅仅是水，而是热水。诸位，你们能想象得到吗？每天早晨都可以在家中的浴缸里见证奇迹！”说罢，他捧腹大笑，引得众人忐忑不安，盼着博勒加尔·胡能顾及自己的块头，表现得稳重一些。

一个月后，他卖掉了颅相学店铺。为此，特鲁维尔的女村民颇有些闷闷不乐，就连男村民也不免灰心丧气，因为他们最喜欢谈论的对象就是博勒加尔。他买下了“法国号[4]”初航的六张三等船票，

[1] 麒麟草（goldenrod）：又名北美一枝黄，原产地北美洲，花朵呈金黄色。

[2] 妈妈：原文为法语，下同。

[3] 曼哈屯（Manhatine）：“曼哈顿”的误称。曼哈顿是美国纽约市人口最密集的行政区，该区主要由一个大岛、数个小岛和北美大陆的大理石山丘组成，周围环绕着哈德逊河、东河与哈莱姆河。

[4] 法国号（SS France）：法国的一艘远洋班轮，初航的日期是1912年4月20日，恰在英国著名的“泰坦尼克号”沉没五天以后。

家里的全体成员一人一张。当然，不包括那头山羊。他教孩子们用英语从一数到十，还热情洋溢地告诉他们，美国的街道跟特鲁维尔的街道迥然相异，并非覆盖着尘土，而是铺满了铜石。

“金子！”年幼的伊米莲插嘴道。倘若美国果真如父亲所设想的一样美妙，那么筑路的材料肯定比铜石要好。

“傻丫头，”博勒加尔温和地责备她，“美国人就是再蠢，也不至于用金子铺路。”

“法国号”堪称法国机械工程行业的奇迹，其体积超过普通商船的两倍，在前进速率、奢华程度、服务质量和菜肴水平等方面，可谓史无前例。它的初航始于熙熙攘攘的勒阿弗尔[1]港口，距离特鲁维尔约四十二千米。

1912年的勒阿弗尔是一个社会等级分明的城市，东边环绕着蒙蒂维利耶[2]和贡夫勒维尔洛谢两座村庄，南边隔着塞纳河[3]与翁弗勒尔镇遥遥相望。在19世纪末期，附近的桑维克[4]与布莱威尔并入勒阿弗尔，现代的新城区俯瞰着古老的旧城区，两个部分之间依靠八十九级台阶和一架索道缆车相连。山上的豪宅属于腰缠万贯的商人和船主，他们在19世纪早期借助港口的优势积累起大笔财富，进而占领了居高临下的新城区。在勒阿弗尔的中心，坐落着市政大厅、

---

[1] 勒阿弗尔（Le Havre）：法国西北部诺曼底地区的一座海滨城市。

[2] 蒙蒂维利耶（Montivilliers）：与下文提到的贡夫勒维尔洛谢（Gonfreville-l’Orcher）一样，均位于法国西北部的诺曼底地区。

[3] 塞纳河（Seine River）：法国北部的河流，长达777公里，是重要的商业水道。

[4] 桑维克（Sanvic）：与下文提到的布莱威尔（Bléville）一样，均位于法国西北部的诺曼底地区，现为勒阿弗尔的一部分。

专区政府、法院、体育俱乐部和土耳其澡堂，还有许多博物馆、赌场以及昂贵的饭店。这里是印象派运动的发源地，孕育了克劳德·莫奈[1]的名作《日出·印象》。

勒阿弗尔的郊外和旧城区住着劳动阶级的家庭，水手和码头工人在港口周围干活，到处都充斥着剥削的雇佣制度、糟糕的排污系统与恶劣的生存环境。肺痨横行肆虐，墓园不堪重负，土里埋葬着死于1832年霍乱[2]爆发的穷苦百姓。流浪的波西米亚人[3]放荡不羁，廉价的红灯区夜夜笙歌，举止柔媚的司仪在酒馆里主持着妖娆的歌舞表演，男人们只需花上几个小钱，就能买杯烈酒，寻点儿乐子。在高不可攀的新城区，阔绰的资本家开怀畅饮，坐在华丽而堂皇的房间里，憧憬着更加幸福、成功的岁月；在低贱卑下的旧城区，贫困的劳动者慢慢腐烂，泡在粪便与尸体中，忍受着日渐混乱、灰暗的生活。

对于胡氏家族的孩子来说，船舶停靠的码头就像一支旋律悦耳动听的乐曲，又如一幅妙不可言的油画，混合着异域情调与世俗气息：咸咸的海风、热带的水果、刺鼻的咖啡豆、酸溜溜的鱼血、装满棉花的粗布麻袋、抓挠皮癣的猫猫狗狗，以及写着美国地址的沉重行李箱。

---

[1] 克劳德·莫奈（Claude Monet，1840~1926）：法国印象派绘画的创始人，其代表作《日出·印象》（*Impression，sunrise*）描绘了勒阿弗尔港口的景象。

[2] 霍乱（cholera）：因摄入的食物或水受到霍乱弧菌污染而引起的一种急性腹泻性传染病。霍乱最初于1817年出现于印度，在1832年蔓延至英国伦敦和法国巴黎，同年4月，巴黎死于霍乱的民众多达1.3万人。

[3] 波西米亚人（bohemian）：指以前波西米亚王国的居民，该王国的领土目前位于捷克共和国境内，曾是吉卜赛人的聚居地，因此法国人也将吉卜赛人称为波西米亚人。

一位摄影师站在新闻记者中间，用壮观的折叠式相机记录着“法国号”的初航。当头等舱的乘客陆陆续续登船时，胡氏家族跟剩余的下等舱乘客耐心地排着队，等待海关的工作人员检查他们身上的虱子。博勒加尔让伊米莲坐在自己的肩膀上，她极目远眺，欢呼的民众犹如宽檐草帽组成的波浪。后来，一张刊载于巴黎《费加罗报》[1]的照片展示了此刻的巨轮，如果眯起眼睛仔细观察，还可以勉强分辨出一个小女孩儿的身影悬在密密麻麻的人群上方，显得颇为诡异。

一周前，号称“永不沉没”的英国邮轮“泰坦尼克号”刚刚沉没于汪洋之中，“法国号”的乘客深刻地意识到脚下的冰冷海水十分危险，他们神情严肃地朝着远处的码头挥手道别。可是，博勒加尔·胡却独自跑到甲板的另一头，想要率先迎接充满机遇的美洲大陆、铺着铜石的闪亮街道与建在室内的水管设施。

胡氏家族的舱室有两排固定在墙上的双层床，还有一个立在中央的洗手池。倘若博勒加尔深深地呼吸，就能抽走房间里的全部空气。大船不停地摇晃，妈妈宣称自己的心脏在剧烈颤抖。不过，孩子们却很喜欢小小的舱室，尽管在某些晚上，博勒加尔会鼾声如雷，害得大家胸闷缺氧。

“法国号”开启了一个前所未闻的新世界。黄昏，他们侧耳倾听，欣赏着寂寞的小提琴曲或者悠扬的苏格兰风笛，伴随着夕阳西坠，下等舱的即兴音乐会渐入高潮。深夜，他们屏气凝神，守候着左邻右舍的嬉闹，透过薄薄的墙壁，捕捉各种各样的动静，把脸庞埋在粗糙的枕头里，掩饰着疯狂的大笑。白天，他们去探索下层甲板，

---

[1] 《费加罗报》（*Le Figaro*）：一份创办于1826年的法国日报，也是法国历史最悠久的日报。

并且想方设法地尝试，企图偷偷溜进戒备森严的头等舱。

瞧见美国的土地映入眼帘，船上的乘客集体松了口气，结果导致风向发生变化，旅途又延长了一天。但是没关系，反正他们已经顺利地抵达了终点，再也不必担惊受怕，唯恐会步“泰坦尼克号”的后尘了。

当“法国号”靠近曼哈顿西部的码头时，高举火炬的铜像成了美国留给伊米莲的第一印象。她暗暗思忖，**好吧，如果这就是美国，那简直太丑了**。我的外祖母并不知道，其实自由女神[1]跟她一样，也诞生在大洋彼岸的法国。

海关的工作人员认定胡氏家族没有携带虱子，于是他们便动身迈向崭新的生活，拥抱美国的繁荣与欢乐。等到德国对法国宣战的时候，他们终于在“曼哈屯”安顿下来，住进了脏兮兮的两居室。夜晚，博勒加尔和妈妈睡在一张床上，伊米莲和玛尔格睡在另一张床上，雷尼躺在餐桌底下，而小巧的皮耶海特则蜷缩在写字台的抽屉里。

博勒加尔发现，要让大家相信他是一位技艺精湛的颅相学家，实在是非常困难，况且美国的颅相学热潮已经随着维多利亚时期[2]的

[1] 自由女神（Statue of Liberty）：全名为“自由女神铜像国家纪念碑”，是美国纽约湾自由岛上一尊新古典主义雕像，法国人民送给美国人民的礼物。由法国雕塑家弗雷德里克·奥古斯特·巴托尔迪（Frécéric Auguste Bartholdi，1834 ～ 1904）设计，由后来承建埃菲尔铁塔的法国工程师古斯塔夫·埃菲尔（Gustave Eiffel，1832 ～ 1923）负责制造。据说，自由女神的面容模仿了巴托尔迪的母亲。

[2] 维多利亚时期（Victorian period）：指英国维多利亚女王在位的时期，即 1837 ～ 1901 年。

结束而消亡了。既然如此，一个操着浓重的卷舌音、只会摸骨看相的法国人该如何养家糊口呢？就连码头上的爱尔兰佬都赚不到几个钱，我的外曾外祖父悄悄地承认，而他们还讲着完美的英语呢——至少他们是这么说的。

博勒加尔的邻居不需要他的天赋，他们早就知道自己的悲惨命运了。所以，他转而踏上了约克维尔[1]和卡内基山的街道，那里有许多德国移民住在乡间庄园和豪宅大屋里。他带着卷起的图纸表格、金属的测量工具和陶瓷的头颅模型，挨家挨户地拜访。不久，博勒加尔便得以登堂入室，用指尖和手掌抚摩“太太与小姐[2]”的脑袋。由此可见，他注定要为女人服务，无论身在哪个国家。

纽约的快节奏并未吓退博勒加尔，他坚信这个城市是世界上最棒的地方。然而，妈妈却觉得丈夫热爱的“曼哈屯”十分可憎。他们租赁的公寓颇为狭窄，无论她用多少碱性皂液擦洗地板和墙壁，屋里始终散发着腥臭的猫尿味儿。街边林立着屠宰场与血汗工厂[3]，路面上并非铺砌着铜石，反倒堆满了垃圾和马粪，稍不留神就会踩进陷阱。她觉得英语的发音刺耳难听，认为美国的女人不知廉耻，她们穿着白色的裙子，斜斜地佩戴着绶带，成群结队地在大道上游行，要求获得荒唐的选举权。在妈妈眼中，美国绝不是机遇之地，而是死亡之所，她惊恐地看着邻居的孩子一个接一个地丧生。他们面色苍白，高热不断，患上来势汹汹的肺痨、流感或百日咳，喝着早已

[1] 约克维尔（Yorkville）：跟下文提到的卡内基山（Carnegie Hill）一样，均为纽约市的街区。

[2] 太太与小姐：原文为德语。

[3] 血汗工厂（sweatshop）：指条件极差的工作环境。在血汗工厂里，工人们拿着低薪，完成繁重而困难的任务。

坏掉的酸牛奶。初生的婴儿体重太轻，常常夭折，产妇也由于营养不良而撒手人寰。瘦削的少年忍饥挨饿，目光空洞，黯淡的瞳孔中既没有梦想，也没有神采。

妈妈用劣质的肉类和蔫儿软的胡萝卜给家人做饭，因为他们只能买得起这些——勉强买得起而已。孩子们每次进门，她都会仔细地检查一番，摸摸膝盖和胳膊肘的缝隙，瞧瞧脚指头之间的柔软部位，瞅瞅耳朵后面以及舌头底下，寻找疸疹侵袭或蜱虫叮咬的蛛丝马迹。

博勒加尔完全体会不到妻子的忧虑。深夜，夫妇二人躺在床上，胡氏姐弟睡在另一张床上、挤在餐桌下方、躲在抽屉里面。妈妈努力说服丈夫离开这座城市，好让孩子们重返故乡，在法国的清新空气中长大。

“噢，亲爱的，”他轻描淡写地答道，“你操心的事情未免太多啦！”然后，他便翻过身去，陷入酣眠，而妈妈则辗转反侧，直到黎明。

在 1915 年春季的一个傍晚，英俊潇洒的博勒加尔·胡没有回家。第二天，他还是不见踪影，又过了一个月，依然杳无音信。一年以后，他从众人的记忆中渐渐淡去。雷尼喜欢拎着沙发在公寓里四处走动，跟父亲当年拎着山羊的形象极为相似，若非如此，恐怕大家早就把博勒加尔忘得一干二净了。

坊间盛传，博勒加尔·胡抛妻弃子，跟一名德国女人私奔了。据称，她得天独厚，不仅无法怀孕，免遭生育之苦，而且后脑勺还向外凸起——按照颅相学理论，这说明博勒加尔为自己找到了一个百依百顺的女人，她会大声地赞美他，滔滔不绝地表达爱意。流言蜚语愈演愈烈，就连妈妈都信以为真了。天长日久，世人的指指点点在妈妈的心脏上凿开了一个小孔，不知内情的医生却将其归咎于饮食习惯与家族遗传。

其实，博勒加尔·胡的消失是一桩张冠李戴的误会。博勒加尔虽然相貌堂堂，却跟屠夫妻子的情夫长得一模一样，而屠夫雇来的歹徒又偏偏先碰到了他，实在是倒霉透顶。事后，他的尸体碎块漂在哈德逊河上，肿胀不堪，难以辨认，《纽约时报》[1]在边栏中简单地提了几句。这个阴差阳错的结局蕴含着巨大的讽刺意味：博勒加尔·胡一直深爱着自己的妻子，他欣赏她的安静，并且从未背叛过她。

妈妈明白，丈夫不会再露面了。她在床上躺了三个月，裹着曾经用过的被单，闻着丈夫留下的气味。在此期间，孩子们由住在隔壁的邻居帮忙照顾。那是一位个子矮矮的侏儒，名叫巴纳比·卡勒胡，不过四姐弟都喊她“亲爱的小鸡太太[2]”，因为她总是用舌头顶住上颚，发出“咯咯”的动静。巴纳比·卡勒胡夫人对这个绰号非常满意。

终于，妈妈拖着疲惫的身子离开床铺，在街道尽头的干洗店谋得一份工作，担任记账员，赚到的薪水可以供家人一周吃三次质量最差的马肉。另外，她还把皮耶海特从写字台的抽屉里挪了出来。

随着时间流逝，妈妈也在慢慢地消失。首先察觉情况异常的是伊米莲，在繁忙的街角，她伸出胳膊去抓母亲的手掌，可是指尖却径直钻了过去，仿佛穿透了一缕虚无缥缈的轻烟。

1917 年，13 岁的伊米莲跟妈妈和三个弟弟妹妹住在一片拥挤的城市街区，周围全是出租公寓，楼梯腐朽破裂，房间人满为患，卫

[1] 《纽约时报》（*New York Times*）：创始于 1851 年的美国报纸，具有世界级的影响力，曾荣获过 122 项普利策大奖。

[2] 亲爱的小鸡太太：原文为法语，下同。

生状况堪忧。隔着薄薄的墙壁，左邻右舍的说话声清晰可闻，胡氏家族的孩子们耳濡目染，每人都掌握了好几种语言——四姐弟皆会讲法语和英语，除此之外，伊米莲还会讲意大利语，雷尼会讲荷兰语和德语，玛尔格会讲西班牙语。至于年纪最小的皮耶海特，起初只讲希腊语，谁也听不懂，直到 7 岁生日那天，她忽然用标准的法语嚷嚷："天哪，我的蛋糕呢？"于是，大家不禁怀疑，在皮耶海特身上，恐怕藏着许多不为人知的秘密。

在这片街区，我的外祖母遇到了生命中的初恋。他叫利瓦伊·布莱斯，身形瘦小，头发乌黑，穿着不合脚的鞋子。一群隔壁街区的少年反复地称利瓦伊为"同性恋"，还朝他的额头扔石块。如果不算上弟弟的话，他就是伊米莲见过的第一个流泪的男孩儿。雷尼十分敏感，连一丁点儿痛苦都无法忍受，常常号啕大哭。

少年们恶狠狠地殴打了利瓦伊·布莱斯，街区里的大多数孩子都是证人。伊米莲和妹妹玛尔格追着利瓦伊跑进后巷，呆呆地看着他流血。利瓦伊转向她们，发出嘶哑的怒吼："滚！"

她们乖乖地走了，不过只是暂时离去。

伊米莲爬上通往家门的公寓楼梯，玛尔格一如既往地紧随其后。伊米莲把自己和妹妹的床单扯掉一角，拽开母亲的抽屉，拿起碘酒瓶，匆匆忙忙地返回后巷。利瓦伊席地而坐，倚靠着墙壁，碘酒涂抹在伤口上，他疼得龇牙咧嘴。为了表示安慰，伊米莲主动露出光溜溜的屁股，让他触摸。后来，她叹着气对玛尔格辩解，"爱会使人变傻。"

从次日开始，伊米莲便再也没见过利瓦伊·布莱斯，他彻底销声匿迹了。街坊邻居纷纷猜测，他母亲在公寓里干的肮脏勾当终于败露了，利瓦伊和他的两个妹妹大概已经被送进公立福利院了。然而，大家无法确定真相究竟是什么。在那个年代，许多平民百姓都会因为微不足道的理由而突然消失，想要保持联络实在是非常困难的事情。

我的外祖母花了整整三年才忘记可怜的利瓦伊·布莱斯。到了16岁，伊米莲无可救药地迷恋上一名少年，她并不清楚对方的身份，仅仅知道他的绰号叫作“都柏林[1]”，那是他诞生的地方。“都柏林”教她抽烟，并且夸赞她长得漂亮。

“你很美丽，”他笑着说，“却又很古怪，就像你们家的其他成员一样。”说罢，他亲了亲伊米莲的嘴唇，那是她的初吻。可是不久以后，他却带着卡梅丽塔·埃尔莫萨远走高飞了。卡梅丽塔的相貌跟名字都十分可爱，老天爷太不公平了。

1922年，在伊米莲18岁的时候，胡氏家族经历了一连串奇特的变故，事实证明他们的确有点儿古怪。皮耶海特果真藏着不少惊人的秘密，如今她刚刚年满十五，竟然爱上了一位喜欢观鸟的老绅士。她想方设法，拼命吸引鸟类学家的注意，甚至跑到他的公寓外面守着，浑身上下一丝不挂，仅仅贴着几片羽毛遮羞。可惜，五花八门的尝试统统以失败告终。最后，皮耶海特干脆把自己变成了一只金丝雀。

那位鸟类学家从未察觉到皮耶海特求爱的疯狂举动，反而搬到路易斯安那州[2]去研究褐鹈鹕了。所以，有些牺牲根本得不偿失，就

---

[1] 都柏林（Dublin）：爱尔兰共和国的首都及最大的城市。

[2] 路易斯安那州（Louisiana）：美国南部的一个州，位于墨西哥湾沿岸。下文提到的“褐鹈鹕”（Pelecanus occidentalis）是该州的州鸟。

连为爱所做的牺牲也不例外——或许为爱所做的牺牲更是如此。每天早晨，皮耶海特都会发出清脆的鸣啭，唱起欢快的曲调，纤细的黄色羽毛分散在房间里，飘落在衣服上。长年累月，众人渐渐习以为常。

家里唯一的儿子雷尼早在14岁就已经容貌俊美，远胜父亲当年的风采。等到17岁，他成了俗世推崇的“天神”，只要随便讲几句简单的客套话，比如“请问”或“劳驾”，年轻的姑娘便激动得满脸通红。在大街上，平日端庄矜持的女人会目不转睛地盯着雷尼·胡，阳光照耀着他的指关节，汗毛微微闪烁，她们看得心神荡漾，常常一头撞上墙壁。可是，雷尼却感到十分烦恼。其实，跟利瓦伊·布莱斯不同，他才是真的喜欢男孩子，并且愿意对其中的几个伙伴露出光溜溜的屁股。当然，他绝不会让姐姐或妹妹在场旁观。

除了皮耶海特之外，伊米莲被公认为胡氏家族最古怪的成员。传闻声称，她拥有神奇的天赋，不仅擅长读心术和穿墙术，还会用意念挪动物体。不过，我的外祖母并不具备类似的能力，她无法目视千里，也难以耳听八方。简而言之，伊米莲只是对外部世界极为敏感，可以捕捉到大家忽略的细节罢了。按照普通的思维，勺子掉在地上，也许预示着要换一把干净的勺子，但是在伊米莲看来，这表明她的母亲应该烧水泡茶了，因为客人即将登门拜访。猫头鹰的鸣叫是悲伤降临的征兆，夜间重复三次的噪声是死亡的前奏。收到花束的情况非常微妙，具体含义取决于花朵的种类——紫罗兰说，我会永远真诚，而条纹康乃馨却说，对不起，我不能跟你在一起。尽管这种天赋用处多多，可是也会让少不更事的伊米莲深感困惑。她整日都在艰难地挣扎，试图区分宇宙发送的信息和大脑产生的幻想。

正因如此，她开始学习羽管键琴[1]，在手指按下的瞬间，丰富的和弦将淹没一切。每到夜晚，她都会弹奏意大利的爱情小调，为街区的人口增长做出了莫大的贡献，后来许多婴儿的诞生都要归功于伊米莲·胡的奔放乐曲及其弟弟妹妹的悦耳伴唱——雷尼的优雅高歌、皮耶海特的尖锐啁啾与玛尔格的幽怨低吟完美交融，余音袅袅，绕梁三日，令人回味无穷。玛尔格并不古怪，但是也不像家里的其他成员一样美丽，结果反倒显得她与众不同。而妈妈则变得越发透明，孩子们甚至能不假思索地穿过她的身体，把牛奶瓶放进冰箱里。

在此期间，一名男子出现在曼哈顿下城，四处寻欢作乐，日夜开怀畅饮。他穿着丝绸内衬的外套，喷着浓郁的古龙香水，被朋友唤作“萨汀[2]”，被外人称为“勒什先生”。大家都说，他肯定来自北方——魁北克[3]或者蒙特利尔——因为他的法语着实无可挑剔，尽管口音略显奇怪。人们还说，每隔几个月，他便会出门旅行，途中经常在曼哈顿歇脚。虽然他屡次来访的原因不明，但是肯定不怀好意，毕竟他成天跟举止粗鲁的伙伴厮混，而且左腿裤子里的酒瓶总是叮当作响。

在伊米莲遇见萨汀·勒什的那天，她戴着用罂粟花染红的钟形女帽，自然下垂的发丝微微卷曲，巧妙地包住脸颊，腿上的长筒袜裂开了一道口子。5 月的连绵春雨沿着餐馆的窗户流淌。伊米莲刚刚

---

[1] 羽管键琴（harpsichord）：又名拨弦古钢琴、大键琴，是一种拨奏弦鸣乐器，外形与现代的三角钢琴相似，但琴弦是用羽管拨奏而不是用琴槌敲击。羽管键琴起源于 15 世纪末的意大利，18 世纪末期渐渐没落，20 世纪再次崛起。

[2] 萨汀（Satin）：意为“绸缎”，下文中的“勒什”（Lush）意为“酒鬼”。

[3] 魁北克（Quebec）：跟下文的蒙特利尔（Montreal）一样，均为加拿大法语区的城市。

下班，衣服上还残留着焦糖的气味，她的工作就是藏起骄傲的自尊心，把黑咖啡和黏面包[1]端给没有梦想的爱尔兰人。她站在门前等待，圣彼得教堂的大钟敲了五声，雨势变得更加凶猛。

她享受着寂寞的感觉，惬意地欣赏着朦胧的水帘与灰暗的天空，仿佛在品味一幅精致的油画，而作者是艺术界的新秀，透过色彩和笔触就能预见未来的成功与辉煌。她正沉浸在自己的思绪中，萨汀·勒什忽然走出餐馆，酒瓶撞击左腿的动静扰乱了雨滴敲打遮篷的节奏。他的眼睛非常特别，其中一只泛着淡雅的碧绿，另一只却闪着清新的蔚蓝，双眸对比鲜明，犹如森林与海洋，相映成趣。伊米莲立即愣在原地，她毫不留恋先前的宁静，因为此刻的嘈杂同样美妙万分。

他们穿过街区，萨汀举着雨伞，伊米莲的帽檐偶尔会碰到他的右耳。这对恋人陶醉在彼此的视线中，完全没注意到狂暴肆虐的天气。乌云密布，大雨倾盆而下，城里的老鼠纷纷把蟑螂翻过来，充当救命的小船，然后踩着昆虫的肚皮，在街道上顺水漂流。

夜幕降临，伊米莲将萨汀介绍给家人，说他是自己的"未婚夫"。他花了整整一晚的工夫，捧着伊米莲的纤纤细手，称赞指甲末端的月牙痕迹。很快，萨汀便融入了胡氏家族。下班以后，伊米莲常常发现妈妈和萨汀在专注地交谈，他们的嘴唇飞快地开合，吐出生动流利的法语。当雷尼消失三天的时候，只有萨汀知道应该去哪儿找他。两人回到家中，雷尼的一颗门牙裂了，萨汀的右侧耳垂豁了。面对众人的询问，他们仅仅含糊其辞地答道："可惜你们没瞧见对手的

---

[1] 黏面包（sticky bun）：一种表面涂有焦糖和肉桂的甜味面包。

模样。”脸上带着心照不宣的表情，仿佛在保守男子汉之间的秘密。

然而，在 1922 年，最为奇特的变故还是发生在玛尔格身上。经过几个月的极力否认，胡氏家族再也无法隐瞒事实——年方二八的玛尔格怀孕了。

伊米莲感到十分困惑。以前，姐妹俩一直扮演着固定的角色。伊米莲漂亮而神秘，偶尔透着古怪。至于玛尔格，不过是伊米莲的影子罢了。曾经，伊米莲总是怀揣着秘密，露出淘气的微笑，挑起可爱的眉毛，而玛尔格则不停地乞求，渴望了解背后的原因。可是如今，伊米莲却被蒙在鼓中，心心念念地想要挖掘真相。日复一日，玛尔格越发显得面色红润、神采飞扬，眼睛闪闪发亮。众人都认为，胡氏家族的佳丽桂冠不再属于伊米莲，而是传给了玛尔格。

玛尔格从未说出孩子的父亲是谁。有一回，在姐姐的反复逼问下，玛尔格用手指抚过秀美的眉弓，轻轻地开口，“爱会使人变傻。”伊米莲如坠冰窟，不寒而栗。她连忙离开房间，又穿上了一件毛衣。之后，胡氏姐弟便放弃了无谓的打探，转而玩起了“谁是坏蛋”的游戏。他们盯着窗外路过的男人，窃窃私语，轮流猜测罪魁祸首的身份。

在孩子出生的那天，伊米莲刚刚办完事情，正往家走，皮耶海特栖息在姐姐的锁骨上。最终，人们不记得她办了什么事情，只记得伊米莲的钟形女帽——用罂粟花染红的钟形女帽——被风吹到街上，一名 10 岁左右的活泼男孩儿帮她捡了回来。她把闪亮的硬币放在男孩儿的掌心，接着抬起头，看向脏兮兮的脸蛋，发现他的两只眼睛颜色不同。一只是绿色的，另一只是蓝色的。伊米莲忍不住询问他的父亲是谁，男孩儿耸了耸肩，高举着硬币，在阳光下跑开了。

伊米莲继续前进，格外留意路边的行人，结果碰到了第二个眼睛颜色不同、不知父亲是谁的孩子。在下一个街区，她又遇上了第三个。然后是第四个。伊米莲一路狂奔，在十二个街区里见到了十七个这样的孩子。

在返回公寓的途中，皮耶海特叽叽喳喳地吵闹不休，伊米莲只好把可怜的金丝雀妹妹塞进外套的口袋里。伊米莲急匆匆地爬上楼梯，不慎撞倒了巴纳比 · 卡勒胡夫人。伊米莲赶紧扶她起身，她站稳脚跟，宣布玛尔格已经生了。

“生了个大胖小子，”亲爱的小鸡太太兴奋地晃动着粗短的手指，“长着黑色的头发。可是，他的眼睛太稀罕了！一只是蓝色的，另一只呢？居然是绿色的！”

伊米莲踏入家门，瞧见萨汀 · 勒什正坐在敞开的窗户旁抽烟，她再也不会管他叫“未婚夫”了。他看到她，耸了耸肩，“你也明白，世事难料嘛！”

强烈的厌恶感在体内翻涌，伊米莲猛冲过去，愤怒地伸出双臂，把他推出窗户，大声尖叫，“十八个孩子！”

萨汀 · 勒什从人行道上蹦起来，一溜烟儿地逃向远方，彻底消失了。

胡氏家族的衰落究竟要归咎于玛尔格的孩子还是萨汀的背叛，恐怕无人知晓。不过，几小时以后，年轻的玛尔格便死在了走廊尽头的盥洗室里。她用一柄镀银的匕首挖出了自己的心脏，郑重地摆在浴缸跟前的地板上，鲜血淋漓的肌腱压着一张留给伊米莲的字条：

今生今世的真心。

很快，婴儿也夭折了。算起来，玛尔格只当了大约六小时的母亲。那天是 1923 年 3 月 1 日。

众所周知，爱总是遵循着自身的规律发展，不受人为意图或缜密计划的控制。在妹妹去世后不久，雷尼便爱上了一位年长的已婚男子——威廉 · 佩顿。当他初次遇到雷尼 · 胡的时候，竟忍不住潸然泪下。威廉的妻子撞见丈夫和雷尼在床上激情相拥，而她却在二十年间的每个夜晚都遭到拒绝。为了逃离尴尬的现场，雷尼慌慌张张地冲向街道，结果忘了带上衣服。

他穿过商铺林立的街区，朝家里的公寓跑去，身后跟着一大群女人和一小群男人，数量越来越多。看到雷尼 · 胡的裸体，他们都失去了理智。狂热的追逐迅速升级为全面的暴乱，足足持续了四天半。几家犹太商店被烧成灰烬，三个普通民众被踩踏致死，包括矮小的巴纳比 · 卡勒胡夫人。永别了[1]，亲爱的小鸡太太。

等到动荡终于平息以后，雷尼的恋人往公寓送了个口信，恳求雷尼在夜里到哈德逊河的码头与他相会。次日清晨，胡氏家族仅剩的成员醒来，发现雷尼的尸体躺在门阶上，一块手帕蒙住脑袋，盖着被威廉 · 佩顿开枪打中的英俊脸庞。

[1] 永别了：原文为法语。

第二章

20 世纪 20 年代，在朝气蓬勃的华盛顿州西雅图市，有一片狭窄的街区，跟博勒加尔·胡的“曼哈屯”相距约 3000 英里[1]，至 20 世纪 60 年代成为波西米亚人的聚居地。那片街区之所以闻名于世，主要是因为我曾经住在巅峰巷尽头的小山上。记忆中的童年故居刷着淡淡的雪青色油漆，门前环绕着洁白的弧形走廊，塔楼的穹顶呈洋葱状，二层的几间卧室都镶嵌着硕大的飘窗，顶部的天台面朝繁忙的鲑鱼湾[2]。

19 世纪末，一位葡萄牙船长建造了这栋梦幻般的房子，他的设计灵感源自妹妹法蒂玛·伊妮兹·德铎瑞斯最心爱的玩偶屋。在双亲去世以后，法蒂玛·伊妮兹便被遣送到西雅图，跟着哥哥继续生活。

岁月流逝，街坊邻居依然记得她刚搬来时的模样——脸庞十分小

[1] 英里（mile）：1 英里约等于 1.6 千米，3000 英里即 4828 千米。

[2] 鲑鱼湾（Salmon Bay）：华盛顿湖运河航道的一部分，位于该运河航道的最西端，连接着皮吉特湾。

巧，嘴唇干裂，浓眉在绿斗篷的兜帽中若隐若现。他们还会厌恶地想起，在扶着妹妹迈下马车的瞬间，船长激动得面红耳赤，强烈的欲望在体内燃烧，就连指尖也跳动着灼热的火苗。

在哥哥出海的数月里，法蒂玛·伊妮兹过得不像个孩子，倒像个守候丈夫或恋人的女子。她从不踏出家门，拒绝跟年龄相仿的小伙伴一起去学校念书，宁肯整日都待在屋顶，与自己饲养的鸽群为伍。她总是披着碧绿的斗篷，在天台上凭栏眺望，直到皮肤黝黑的女佣领她进屋吃饭或睡觉。

冬季渐渐远去，漫长的航行终于结束，船长给妹妹带回了不少精致的礼物：意大利的手工牵线木偶，穿着真皮靴子，佩着金属宝剑；由象牙和檀木制成的多米诺骨牌；用货物跟因纽特人交换的克里比奇牌戏[1]计分板，密密麻麻的孔洞凿在海象的尖牙上；以及一束永不缺席的紫丁香。在他逗留期间，风中始终充斥着浓郁的芬芳，令人意乱情迷，据说兄妹俩的房子在夜里还会散发出诡异的金光。多年以后，虽然船长和法蒂玛已经不住在巅峰巷了，但是紫丁香的气味仍旧挥之不去，常常飘过街区，掀起亵渎神明的浪潮。

于是，每逢春暖花开，教堂便人满为患。

整片街区的建设全都受到了法蒂玛·伊妮兹的影响。德铎瑞斯船长是邮局背后的金主，因为他要从世界各地的港口给妹妹邮寄包裹。而且，他还资助了小学，尽管法蒂玛不愿去上课。

不久，一件古怪的事情发生了，附近天主教教区的神父也牵涉

[1] 克里比奇牌戏（cribbage）：一种桥牌游戏，玩家可以有2名、3名、4名或更多。克里比奇牌戏的计分板上通常会凿出许多孔洞，用以记录玩家的分数。

其中，结果法蒂玛·伊妮兹又成了他们修筑路德宗[1]教堂的原因。在妹妹的请求下，德铎瑞斯船长安排了一位神父来主持她的首次圣餐礼[2]，并命令本地的女裁缝制作她的服饰——后背点缀着小纽扣的白色曳地长裙和珍珠镶边的轻薄面纱。他派人在房子里摆满了白玫瑰，法蒂玛缓步而行，蕾丝衣料钩住柔嫩的花瓣。

神父把麦面饼放在法蒂玛·伊妮兹的舌尖上，可是圣餐却化作了熊熊烈焰。

至少传闻如此。

那位神父再也不肯去巅峰巷尽头的房子了。几个月后，一座崭新的路德宗教堂顺利竣工。

德铎瑞斯船长宣布，倘若街区里的居民想要继续享受各种恩惠，唯一的条件就是在每年的夏至日公开庆祝法蒂玛的生辰。

起初，大家都不明白“公开庆祝”是什么意思。接着，镀满黄金浮雕的七彩马车陆陆续续地出现在通往巅峰巷的土路上。头戴蓝色绸缎礼帽的侏儒负责驾驶，通体遍布斑点花纹的小马高视阔步，车身封闭得严严实实，唯独最后一辆敞着窗户。街坊邻居纷纷踮脚

---

[1] 路德宗（Lutheran）：基督新教的宗派之一。基督教有三大流派，分别为新教、天主教和东正教，其中新教又包括许多宗派，如路德宗、加尔文宗、安立甘宗等。

[2] 圣餐礼（Communion）：一种基督教的仪式，通过吃圣饼（即无酵的麦面饼）、喝圣酒（即红色的葡萄酒）来重现最后的晚餐。据《圣经·新约》的《马可福音》记载，在最后的晚餐中，耶稣把麦面饼和葡萄酒赐予他的门徒，并要求追随者“以此来纪念我”，称麦面饼是“我的身体”，即圣体，而葡萄酒是“我的鲜血”，即圣血。

张望，瞥见马戏团的指挥和新斯科舍[1]的柔术[2]双胞胎。姐妹俩展示的夸张姿势可谓全场议论的焦点，甚至比迟到的大象还要引人注目。

年复一年，庆典活动变得越发铺张奢华。在法蒂玛的10岁生日上，中国的杂技演员坐船前来献艺；11岁，吉卜赛女人用皱巴巴的双手捧起水晶球；12岁，雪白的老虎乖乖地舔净巨碗里的奶油。夏至日很快便成了万众期待的佳节，完全不亚于圣诞节或独立日[3]。许多外地人不远千里赶到现场，将纯洁的雏菊插在发丝间，簇拥着篝火跳舞。

法蒂玛从未亲自参与其中。偶尔会冒出几个醉汉，喝多了甘醇的蜂蜜酒，沉浸在虚幻的遐想里。他们赌咒发誓，声称看到了披着斗篷的少女，她率领鸽群，站在屋顶上，兴致盎然地俯瞰着锣鼓喧天的热闹景象。

但是，这种可能性微乎其微。

光阴荏苒，春季再次降临，船长却没有从海上归来。众人依然热情洋溢地庆祝夏至日，只是不见了雪白的老虎、神秘的占卜和高超的柔术。

而且，法蒂玛·伊妮兹也已经数月不曾露面了。

当她终于离开家门时，树下的阴影显得极为幽暗，仿佛有某种诡异的力量在阳光无法企及的地方徘徊。好奇的街坊邻居站在路边围观，法蒂玛·伊妮兹被人从巅峰巷尽头的房子里带出来。她穿着

[1] 新斯科舍（Nova Scotia）：加拿大东南部的一个省，由新斯科舍半岛和布雷顿角岛组成。

[2] 柔术（contortionist）：一种展示身体柔韧度和灵活性的表演。

[3] 独立日（Fourth of July）：美国的一个节日，定在每年的7月4日，为了纪念1776年7月4日大陆会议通过《独立宣言》，正式宣布北美的十三个殖民地脱离英国的殖民统治。

破破烂烂的白裙，双足赤裸，浑身都沾满了鸟粪和羽毛。

他们为眼前的少女庆祝了九年的生日，可她却还是小孩子的模样，丝毫未变，仍旧停留在抵达西雅图的第一天。正是那一天，在她的触碰下，船长的指尖燃起了鲜红的火焰。

法蒂玛·伊妮兹饲养的鸽群冲破了屋顶上的牢笼，跟当地的乌鸦杂交。它们繁殖的后代半黑半白，颇为丑陋，四处惹是生非，昼夜哀鸣不断。

法蒂玛的结局无人知晓，大家都认为，她住进了位于斯泰拉库姆[1]的精神病院。

“否则，”左邻右舍互相询问，“还能拿她怎么办呢？”

在这片狭窄的街区里，夏至日的庆祝活动延续了许多年，德铎瑞斯的旧宅也接纳了少数过客——1910年秋天，一家流浪的吉卜赛人曾经在此歇脚；后来，贵格会[2]的教徒又将其用作临时的集会地点——但是总体而言，那栋房子基本保持着空空荡荡的状态，直到我的外祖父康纳·拉文德仰望西雅图的天空。

在弟弟妹妹去世以后，伊米莲扔掉了时髦的钟形女帽，故意把头发留得很长，在颈窝盘起保守的圆髻，拼命隐藏自己的美丽。可惜，无论如何努力，都是徒劳而已。她整日哭泣，泪如泉涌，脸上烙印着擦不掉的痕迹，只能用淡淡的脂粉来掩盖。妈妈接连失去了两个孩子，原本就十分脆弱的心脏变得支离破碎。很快，妈妈便彻底消

[1] 斯泰拉库姆（Steilacoom）：位于美国华盛顿州的一个小镇。

[2] 贵格会（Quaker）：又称教友派或公谊会，是基督新教的一个派别，兴起于17世纪中期的英国。

失了，仅仅在被单之间留下一小撮幽蓝的灰烬，被伊米莲装进润喉片的空铁盒里。

1924 年 8 月，天气炎热，伊米莲正在药房排队，打算购买脂粉。忽然，她瞧见了身后的男人，他拄着一根深色的木拐杖，站得歪歪扭扭。

他名叫康纳 · 拉文德，31 岁，在 7 岁那年患过严重的小儿麻痹症。虽然他卧床静养了八个多月，外敷了数不清的洋甘菊[1]，但是病毒依然侵蚀了左腿，他必须借助拐杖才能行走。不过，塞翁失马，焉知非福。康纳 · 拉文德免服兵役，始终倚着拐杖在街角的烘焙坊工作，从未在残酷的一战中遭遇枪林弹雨的考验。我的外祖母之所以愿意嫁给他，也是因为他的残疾。

伊米莲盯着他萎缩的坏腿和桃木的拐杖，心里暗暗思忖，这样的男人应该很难离开任何地方或者任何人。随着体温上升，汗水渐渐在膝弯和腋下聚集，她打定主意，要跟康纳 · 拉文德共度余生。如果他能够带她离开曼哈顿，她就给他生一个孩子作为报答。当他们同房时，她会闭上眼睛，不去看那条畸形的左腿。

三个月后，我的外祖父和外祖母结婚了。伊米莲穿着妈妈的婚纱走进教堂，仪式刚刚结束，她便瞥向镜子，眼中所见并非自己的映象，而是一个瘦长空虚的花瓶。

伊米莲觉得，没有爱情的结合是两人的最佳选择。毕竟，在遇到悲伤的伊米莲 · 胡小姐之前，康纳早就接受现实，做好了孤独终

---

[1] 洋甘菊（chamomile）：一种菊科植物，又名罗马洋甘菊、德国洋甘菊。花朵中心为黄色，花瓣为白色，过去，人们认为洋甘菊可以抑制小儿麻痹症的病毒。

老的准备。至于伊米莲，过去的痛苦经历告诉了她，不要爱上别人，否则对方将死亡或消失。在神父宣布他们成为夫妇的瞬间，伊米莲悄悄地发誓，她会善待丈夫，只要他不向她索取真心。

她已经没有可以付出的真心了。

康纳·拉文德严格遵守承诺，在结婚四个月后，带着新娘和几样行李——包括一只无比挑剔的金丝雀。伊米莲坚决不肯抛下它——登上了开往蒙大拿州[1]的火车。可是，在即将跟火车道别之际，康纳的妻子看了看旋转的风滚草[2]与单调的平原，干脆地说：“不行。”接着便转过身去，返回拥挤而闷热的卧铺车厢。

“不行？”康纳惊讶地问道，跟着她穿过人群。他发现其他乘客的妻子都很安静，并未拒绝下车，“什么意思？”

“意思就是，不行。我不会住在这儿。”

在接下来的几百英里中，同样的对话反反复复，伊米莲先后否定了比林斯、科达伦、斯波坎[3]以及其间的众多城镇。康纳·拉文德感到非常恼怒，自从火车离开埃伦斯堡[4]以后，他就再也没搭理过妻子。伊米莲知道埃伦斯堡曾经被彻底烧毁，她瞥向窗外、喃喃地嘟囔，“他们何必要重建这种鬼地方呢？”

我估计，等到火车抵达西雅图的时候，外祖母明白她已经别无

[1] 蒙大拿州（Montana）：美国西北部的一个州，人口稀少。

[2] 风滚草（tumbleweed）：一种生长于荒漠地带的植物。当旱季来临时，风滚草会把自己的根从土里收起来，团成一团随风滚动。

[3] 比林斯（Billings）：美国蒙大拿州南部的一座城市。科达伦（Coeur d′Alene）：美国爱达荷州北部的一座城市。斯波坎（Spokane）：美国华盛顿州东部的一座城市。

[4] 埃伦斯堡（Ellensburg）：美国华盛顿州中部的一座城市。

选择了。要么乖乖留下，要么独自前行。于是，在国王街车站[1]，伊米莲默默地收拾东西，离开了火车。

为了寻找住处，我的外祖父和外祖母首先来到瓦林福德[2]，参观了工匠式[3]单层小屋。虽然房檐低矮，椽木暴露，地下室还被浣熊占领，但是价格却十分昂贵。接着，他们又去阿尔基角[4]看了一座维多利亚风格的老房子，可是康纳担心海边的灯塔会在夜里扰人清梦。

最后，他们逛到了西雅图中部的狭窄街区，打量着房顶下沉、地基塌陷的都铎式[5]石屋。街道对面就是学校，康纳幻想着他们的孩子坐在教室里念书，用掌心蘸着七彩的颜料，在玻璃上按出可爱的手印。雨滴开始坠落，康纳抬头仰望天空。真是奇怪，西雅图的雨水似乎跟曼哈顿截然不同。蒙蒙细雨犹如层层迷雾，紧密地笼罩着全身，浸湿了睫毛，钻进了鼻孔。正在此刻，康纳第一次见到了山上的那栋房子。

它孤零零地盘踞在街区主干道巅峰巷的尽头，居高临下地俯瞰着街区，脏兮兮的卵石土路直通门口。墙壁被刷成淡淡的雪青色，塔楼的穹顶呈洋葱状，二层的几间卧室都镶嵌着硕大的飘窗，顶部的天台面朝繁忙的鲑鱼湾。屋外长着一棵樱桃树，粉红的花朵随风起舞，纷纷扬扬，撒在洁白的弧形前廊上，卷起枯黄的边缘。

---

[1] 国王街车站（King Street Station）：美国华盛顿州西雅图市的一个火车站。

[2] 瓦林福德（Wallingford）：美国华盛顿州西雅图市中北部的一个街区。

[3] 工匠式（Craftsman）：指美式工匠风格（American Craftsman style），一种建筑风格，在 19 世纪 30 年代颇为流行。

[4] 阿尔基角（Alki Point）：美国华盛顿州西雅图市的最西端。

[5] 都铎式（Tudor）：一种建筑风格，起源于英国的都铎王朝（1485 ～ 1603）时期，因而得名。

附近只有两栋房子，一栋属于名叫艾摩思·菲尔兹的男人，另一栋装着寡妇玛丽戈尔德·派的黑裙，二者都掩映在茂盛的杜鹃花和浓密的铅笔柏之中。

来往的旅客很少在这片小街区停留，他们都会直奔更加繁华的巴拉德[1]。在巅峰巷的右侧，依次为邮局、药房和砖砌的小学；左侧矗立着路德宗教堂，外表庄严朴素，里面全是僵硬的木制长凳。街边还坐落着一家废弃的商店，过去是出售结婚蛋糕的地方，不久以后将摆满康纳·拉文德亲手制作的松软面包，迎接饥肠辘辘的顾客。

在拉文德夫妇看来，搬家是非常简单的事情，用不着兴师动众。说到底，他们真正需要的物件不过是康纳的拐杖而已。其次，便是装满蓝色灰烬的润喉片铁盒，以及盛着金丝雀尸体的鞋盒——无论是做人还是做鸟，皮耶海特总是无法保持情绪稳定，在漫长的火车旅途中，她折腾得筋疲力尽，终于撑不下去了。两个盒子都被埋在新家后院的泥土中，仅以一块巨型雨花石作为标记。

伊米莲在屋里穿行，挺着圆鼓鼓的大肚子，步履蹒跚，身体摇晃。她从未想过会如此迅速地怀孕——在离开曼哈顿之前，她只跟丈夫同房了一次，由于火车上空间局促，不能洗澡，两人更没再进行过任何的亲密接触。

直到他们抵达明尼苏达州[2]，伊米莲才开始考虑怀孕的可能性。在穿过北达科他州的途中，伊米莲思索着能够表达心情的词语，比如“失望”“愤怒”或“束手无策”。等到火车行驶至科达伦和斯

[1] 巴拉德（Ballard）：美国华盛顿州西雅图市西南部的一个街区。

[2] 明尼苏达州（Minnesota）：美国中北部的一个州。下文提到的北达科他州（North Dakota）也位于美国中北部。

波坎之间，她把消息告诉了康纳，选择了不同于设想的措辞。结果，他喜极而泣。

伊米莲伸手抚过铸铁的水槽，接着迈进餐厅，打开橱柜的铅玻璃门。她从餐厅走向门厅，又从走廊踏上楼梯，侧耳倾听木地板的嘎吱声。羽管键琴站在客厅的一角，那是康纳花钱请人用轮船运来的。伊米莲打算置之不理，看着光洁的琴身落满灰尘，静待雪白的琴键被岁月染黄。可是，这架固执的乐器却拒绝接受命运的改造，漆面始终闪闪发亮，音调永远准确无误。

街坊邻居对待伊米莲的方式就像对待奇特的事物。平常，如果瞧见丑陋的胎记或者狰狞的伤疤，众人都会转移视线，刻意回避。当然，眼下的情况比较复杂，因为伊米莲·拉文德的一切都极为古怪。对于伊米莲而言，抬手指向月亮是在邀请灾难降临，不慎弄倒扫帚同样在召唤噩运到来。寡妇玛丽戈尔德·派刚刚开始遭受失眠的折磨，伊米莲便在次日清晨登门拜访，带着芍药编织的花环，坚称戴在头上可以彻夜安睡。很快，不管伊米莲走到哪里，大家都在窃窃私语地说着“女巫”二字。他们认为，跟女巫扯上关联会招致祸患，比月亮和扫帚的诅咒还要严重。于是，左邻右舍便采取了唯一合适的对策——完全忽略伊米莲·拉文德的存在。

幸好，他们挑不出康纳的毛病，他那古怪的妻子很少去烘焙坊打扰，店铺的生意渐渐兴旺起来。烘焙坊的成功可以归因于许多方面，地理位置肯定是其中之一。从教堂回家的居民路过烘焙坊，总是忍不住停下脚步，尤其是在特瑞思·格雷福斯牧师分发圣餐的礼拜日。整整一个早晨，众人都在高唱路德宗的赞美诗，吼得声嘶力竭，饿得两眼昏花。无论是不是耶稣基督的身体，一块干巴巴的陈面包根本无法满足食欲，反倒让新鲜出炉的糕点显得更加诱人，犹如陈列在橱窗里的珍贵宝石。

尽管大家不愿承认，但是伊米莲的幕后贡献确实难以磨灭。在设计、材料和色彩的问题上，她拥有绝佳的审美和独到的见解。毕竟，她是法国人。凭借天生的才能，她为烘焙坊的墙壁挑选了奶油黄的喷漆，又在窗前挂上了素雅的蕾丝帷幔。地板铺着黑白相间的油毡，店里摆着锻铁铸成的桌椅。顾客们随时都能坐下来休息，品尝热乎乎的黏面包，享受肉桂与香草的芬芳。然而，烘焙坊之所以大受欢迎，关键还是因为康纳的手艺十分高超。

他跟父亲学习过烘焙的技巧。拉文德老爷子不遗余力地指导瘸腿的儿子，教会他如何烤制纽约大众热爱的食物：巧克力曲奇、海绵松蛋糕以及朗姆馅儿泡芙。如今，康纳娶了伊米莲·胡，搬到遥远的西雅图，用同样的烘焙配方来招待巅峰巷的居民。他们欣喜若狂，声称自己从未吃过如此颓废的甜点。

康纳一天到晚都待在烘焙坊，而伊米莲则守着寂静的大宅，无聊地消磨时光，抚摩着不安分的肚子，在屋里走来走去。等待丈夫回家，等待夜幕降临，等待分秒流逝。几个月过去了，伊米莲看着樱桃树的黄叶在秋雨中腐烂，看着母亲们送孩子去上学，看着自己的躯体发生变化——越来越陌生，越来越抽象，再也不属于她。

怀孕期间，伊米莲感到十分寂寞，尽管她并非孤身一人。当她嫁给康纳·拉文德的时候，当她拒绝告别卧铺车厢的时候，当议论“女巫”的话语从街上飘进窗户的时候，他们始终都在。他，虽然脸颊被子弹打得血肉模糊，但是依然渴望开口说话；她，心脏曾经跳动的位置空空荡荡，腿上偶尔会坐着双眸异色的孩子；最后，便是那只小巧玲珑的金丝雀，蹦蹦跳跳，永不停歇。

唯有沉浸在白日梦里，重返博勒加尔的“曼哈屯”，走进破破烂烂的旧公寓——皮耶海特在走廊里大笑，雷尼仍旧俊美异常，玛尔格尚未背叛她——伊米莲才能试着理解他们。然而，她不愿追忆从前的生活，不愿想起沉重的痛苦。她背井离乡，搬到阴雨连绵的西雅图，就是为了摆脱过去。可是，他们竟然一路跟来，紧紧相随！这些不速之客根本无法提供安慰，只会令人陷入烦恼。她故意忽略弟弟妹妹的疯狂手势，也不肯思考幽灵吐露的无声言辞。他们拼命地挣扎，她却视若无睹，置若罔闻。

日复一日，伊米莲在屋里探索，发现法蒂玛·伊妮兹·德铎瑞斯留下的东西分散在房间的各个角落，全是船长从海外带回的礼物：牵线木偶、国际象棋、玻璃弹珠、牛仔娃娃、剪纸娃娃、俄罗斯套娃和拉贾斯坦[1]娃娃。玩具长颈鹿的大小跟牧羊犬一样，陈旧的摇摆木马嘎吱作响。数以百计的陶瓷娃娃眨着闪闪发亮的眼睛，晃着关节灵活的四肢，头戴软帽，手拿扇子，身穿鲜艳的纱丽[2]或印着龙纹的和服。几十年来，谁也不敢丢掉它们。细看之下，每个娃娃都栩栩如生，目光敏锐，仿佛可以洞察一切。或许正因如此，这栋房子总是无人问津。

倘若法蒂玛·伊妮兹的幽灵依然存在，伊米莲肯定会发现。毕竟，她能够跟花朵交谈，周围还环绕着三个不肯投胎转世的弟弟妹

[1] 拉贾斯坦（Rajasthani）：印度西部的一个邦，与巴基斯坦接壤。

[2] 纱丽（saris）：印度、孟加拉国、巴基斯坦、尼泊尔、斯里兰卡等国妇女的一种传统服装，以丝绸为主要材料。

妹。可是伊米莲相信，所谓闹鬼，不过是街坊邻居的谣传而已。屋里只有沉默的娃娃，没有少女的魂魄。

某天，窗外飘来了比“女巫”更加糟糕的词语，雷尼锲而不舍地纠缠，非要跟姐姐交谈。伊米莲闷闷不乐地抱起古董玩具，走出前门，把它们一个接一个地扔向地面，摔得粉碎，直到走廊上铺满五颜六色的玻璃碴、破布头和陶瓷片。

尘归尘，土归土。

伊米莲履行誓言，尽职尽责地扮演合格的妻子，可惜还是跟街区里的其他太太相去甚远。嫁人以前，她们就在高中的课堂上练习书法，将自己的名字跟未来丈夫的姓氏写在一起。白天，她们打扫卫生，到市场买菜，为晚餐的交谈收集流言蜚语和花边新闻。傍晚，她们涂抹口红，在门口等待丈夫，怀揣着精心准备的话题，摆好了仔细烹制的佳肴。而且，在结婚的时候，她们并不是空虚的花瓶。

伊米莲努力保持房间干净整洁，每晚都给丈夫做土豆炖肉，还帮他熨烫裤线，打磨拐杖，让深色的桃木泛起暗红的光泽。但是，伊米莲和康纳都未曾考虑过，如果爱情出现在生活中，将会带来怎样的奇迹。康纳不懂爱情，所以无法去想，而伊米莲太懂爱情，所以不敢去想。

然后，我的母亲降生了。

她肤色红润，模样可爱，犹如吵闹的小仙女；除了后脑勺的一绺卷毛，头上全是浓密的黑色直发；湛蓝的眼睛会随着岁月流逝变成深邃的褐色，幽暗的阴影终将吞没整个虹膜。他们给她取名为“薇薇安娜”。

回家以后，伊米莲愁眉苦脸地抱着她在屋里穿梭，丈夫热情洋溢地介绍每个角落，就像马戏团的表演指挥。*快看左边，这片铺着地毯的室内空间是什么呢？哎呀，原来是二楼的走廊！*他教薇薇安娜认识厨房的铸铁水槽，以及餐厅墙壁和炉子上方固定的铅玻璃门橱柜。他认真地观察薇薇安娜的表情，判断她是否跟自己一样喜欢木台阶的嘎吱声。走进卧室，他开心地指着藤条编织的摇篮，伊米莲将坐在旁边的安乐椅上，夜夜晃动，哄她入眠，直到地板严重磨损。他带她游览后院，结实的雨花石标记着小小的坟墓。他领她参观客厅，闲置的羽管键琴仍旧音调精准。他给女儿展示了一切，却并未爬上三楼，因为那里素来无人涉足。

有时，伊米莲觉得自己可以爱上面前的烘焙师，欣赏沉稳的手掌，包容蹒跚的步伐。她感到心脏渐渐舒展，蜷缩的双腿跃跃欲试，准备迈向一段崭新的真爱之旅。她暗暗思忖，这次跟以前不同，这次能持续下去。也许她会获得长久而深刻的感情，跟踏实可靠的伴侣共同生活，一起洗澡，一起吃饭，一起睡觉。也许他会拥抱哭泣的她，用前胸贴着她的后背，酣然入眠。可是紧接着，伊米莲想到利瓦伊·布莱斯，记起萨汀·勒什，偷偷地瞥向房间的角落，扫过弟弟妹妹的身影。最后，她又把心脏埋回深处，并且再添几层泥土。

其实，作为丈夫，康纳已经尽力了。毕竟他毫无经验，实在难以理解妻子的柔肠百转。在遇到伊米莲·胡之前，康纳·拉文德是地地道道的单身汉，唯一见过的裸体女人印在破破烂烂的卡片上，藏在父亲的烘焙坊里。她黑发棕肤，摆出夸张的后仰姿势，腰肢弯折得非常厉害，肯定很不舒服。康纳对她的胸脯印象最深，乳头高耸挺拔，乳晕大如圆盘，仿佛在胸口摆着茶杯与茶碟。

晚上，当烘焙坊打烊时，康纳正惦记着这个女人。他擦完柜台，调整桌椅的位置，检查次日要用的酵母，完全跟平常一样。只是，今天——1925 年 12 月 22 日——他刚刚锁好店门，一阵尖锐的刺痛就席卷左臂。

突如其来的不适感转瞬即逝，康纳几乎没有留意。实际上，他仅仅分神了三秒钟，便继续思索更为重要的事情了。比如，他的女儿——她吃奶了吗？睡觉了吗？——以及永远忧伤的妻子。结果，康纳彻底忘记了左臂的问题，匆匆回家，亲自给宝宝洗澡，跟妻子进行艰难的交谈，然后关灯上床。夜里，他睡得很香，做着烘焙师的美梦，眼前飘过白花花的面粉和蛋清。第二天凌晨，他的心脏突然停止跳动。在绝望与惊骇中，康纳·拉文德终于恍然大悟，他死了。

在 12 月 23 日的凌晨，伊米莲从沉沉的昏睡中挣开眼睛，觉得精疲力竭，唯有士兵、醉鬼和新生儿的母亲方能理解这种感受。起初，她以为是孩子的哭声打破了梦境，于是赶紧解开胸前睡衣松散的绳结，准备下床喂奶。可是，当双脚碰到湿冷的地板时，伊米莲却瞧见女儿仍在摇篮里安眠。她恍然大悟，原来是丈夫咽气的动静吵醒了自己。

伊米莲打电话叫救护车，悄悄地对接线员低语，“慢慢来，不必着急。”

她拽开衣柜，翻出丈夫最好的衣服，放在尸体旁边。一年前，他正是穿着这身行头，步入了举办婚礼的教堂。白色的棉布衬衫遍布着横七竖八的褶子，她动手上浆，熨烫平整；红色的丝绒马甲丢失了一颗漆黑的纽扣，她跪在地上，四处搜寻。接着，她给他更衣，过程非常复杂，裤子尤其难穿。她最后一次打磨拐杖。拿起丈夫留在浴室的铁罐，掏光里面的油脂，为他抹平发丝。直到此刻，她才心满意足。因为，她总算履行了自己的誓言，始终善待可怜的康纳·拉文德，即便对方死去，也依然坚定地恪守承诺。

她用掌心触摸他的脸颊，感觉冰凉而僵硬，仿佛丈夫的皮肤包裹着一块岩石。

为了逃避残酷的现实，她马不停蹄地忙碌，找到烘焙坊的钥匙，挂在颈间的皮制项链上。等到四点四十五分，伊米莲只当了不足一小时的寡妇，她仔细地将女儿包裹在厚厚的毯子中，带着她穿过三个半街区，来到烘焙坊。伊米莲摸黑走进店铺，鞋底摩擦着黑白相间的油毡地板，嘎吱作响。这时，薇薇安娜饿了。伊米莲抱起宝宝，靠近胸脯，由于没有乳汁，母女俩都吓了一跳。伊米莲猛然想到，作为烘焙坊仅剩的主人，她肩负着向大众提供食物的责任。如果连自己的孩子都无法喂养，还怎么让顾客吃饱肚子呢?

伊米莲转向储藏室，拖出一大袋白糖，用勺子挖起少许，掺着碗里的温水，倒入薇薇安娜的橡皮奶嘴，塞到宝宝口中。然后，她在一个纸箱内铺上外套、围巾和毛衣，让女儿躺进去。她点燃柴火，抛弃了制作点心或其他甜品的念头，打算选择朴素的面包——外酥里嫩，热气腾腾，可以果腹。

不久，香甜的味道飘满店铺，各式各样的面包出炉：表皮松脆的酵母面包，浓郁厚实的干酪面包，适合蘸汤的乡村面包，日常必需的吐司面包。我的外祖母在橱窗里摆满新鲜的食物，擦掉玻璃上的污渍，敞开烘焙坊的店门，让微风把美妙的芬芳吹向街道。她后退一步，拍了拍沾着面粉的围裙。忽然，恐惧涌上心头，舌尖泛起金属的腥涩，她呆立在原地，清楚地意识到，没有人会买她的东西。

第三章

康纳·拉文德去世的消息迅速传遍街区，居民议论纷纷，闹得沸沸扬扬。有人说他的脑袋内长了瘤子，还有人说他从楼梯上摔了下来。阿尔梅娜·莫斯跟妹妹奥黛丽雅住在邮局顶上的出租屋里，她宣称自己亲眼目睹伊米莲在药房购买了一大瓶毒鼠剂，结果使得流言蜚语愈演愈烈，内容越发精彩离奇。不过，无论康纳·拉文德因何而死，大家都达成共识：只要老板是伊米莲，他们就不再踏入烘焙坊。

于是，店铺便始终冷冷清清，伊米莲靠着卖不出去的面包度日，直到 2 月的暴风雨将威廉敏娜·德沃芙带至巅峰巷。

威廉敏娜的来历十分神秘，几乎无人知晓。她是苏奎米什[1]部落的成员，祖先是一位臭名昭著的西雅图酋长。独特的血统赋予了她与众不同的外表——颧骨高耸，皮肤泛着古铜色，浓密的黑发编成一条长长的辫子，垂在背上。威廉敏娜才 22 岁，比伊米莲大五个月。

[1]　苏奎米什（Suquamish）：生活在美国华盛顿州地区的北美土著。

她在印第安寄宿学校度过了重要的少年时期，由于使用自己民族的语言而经常遭到殴打。长大以后，她变得无家可归，既不属于白人的群体，也无法融入原先的部落。威廉敏娜的身体很年轻，但是灵魂却非常苍老。巅峰巷的居民对待她的方式跟对待伊米莲一样，干脆视若无睹，不予理睬。

香甜的气味吸引着威廉敏娜走进烘焙坊。伊米莲正在后厨忙碌，卖力地揉着白色的面团，准备烤制无人问津的面包。忽然，门铃的清脆声音响彻店铺，令母女俩都大吃一惊，躺在纸箱里的薇薇安娜立即扯着嗓子，发出惊恐的号叫。伊米莲连忙摩擦手掌，抹掉面粉。

“我马上就来。”她高喊着朝柜台跑去，可惜仅仅瞥见威廉敏娜冲向店外的背影，甩动的发辫就像摇摆的尾巴。橱窗里的一块黑麦面包不见了，取而代之的是一个小巧玲珑的树皮篮子。

婴儿在后厨哭闹不止，伊米莲却充耳不闻。她用依然沾着面粉的双手捧起篮子，目送着自己的第一位顾客消失在巅峰巷尽头。

过了几周，威廉敏娜重返烘焙坊。此时，伊米莲已经单靠面包生活了整整三个月，薇薇安娜也开始像普通的宝宝一样胡乱翻身、牙牙学语了。伊米莲听到门铃响起，赶紧从后厨探头张望。威廉敏娜偷偷摸摸地从橱窗里捞起一块面包，并且放下树皮篮子。她匆匆地溜出店铺，伊米莲紧紧相随。

威廉敏娜停住脚步，站在烘焙坊门前。三棵高大的桦树互相依偎，浓密的枝叶遮挡了阴沉的天空，伊米莲与她保持着安全的距离，悄悄地旁观。威廉敏娜撕掉一片面包，放入口中，闭上眼睛，认真地咀嚼，缓慢地吞咽。然后，她把剩余的美味包在围巾里，夹在胳膊底下，扬长而去。

又过了一周，伊米莲提前做好准备。威廉敏娜沿着巅峰巷前进，肩头的发辫刚刚掠过橱窗，伊米莲便抓起洁白的纸张，飞快地裹住新鲜出炉的面包，系好细细的绳子，留在柜台上。

伊米莲躲在后厨，看到威廉敏娜谨慎地凑近柜台闻了闻，仿佛在嗅探危险的气息。接着，她愁眉苦脸地掏出一个小小的钱包，拼命地翻来翻去。伊米莲还以为她在寻找串珠[1]，可见伊米莲多么不谙世事。

“拿着就行，”伊米莲离开后厨，“这是我送给你的。”

“我不接受施舍。”威廉敏娜态度生硬地回答。

伊米莲感到十分尴尬，脸颊涨得通红，“噢，好吧！”她挺直腰板，比面前的印第安女人还要高出几英寸[2]，“25 美分。”她平摊掌心。

威廉敏娜把伊米莲的手推向旁边，拆开柜台上的包裹，撕掉一片面包，塞进嘴里，“我有更好的东西，咱们可以做一笔交易。”

伊米莲交叉双臂，“说来听听。”

威廉敏娜又咬了一口面包，“传闻，你是街区里的女巫。”

伊米莲挑起眉毛。

威廉敏娜咯咯地窃笑，“好啦，别误会，我可不是那种随便给别人起绰号的家伙。况且，我愿意依赖自己的方式，做出自己的判断。”

---

[1] 串珠（string of beads）：很早以前，印第安人曾经用珠子作为实物货币，伊米莲从未接触过印第安人，以为他们还是用珠子做交易。

[2] 英寸（inch）：1 英寸约为 2.54 厘米。

伊米莲微微颔首，深以为然。其实，她也一样。比如，根据威廉敏娜佩戴的蛋白石[1]吊坠，她认定这个女人生于10月。10月，伊米莲心想，**天秤座。通情达理，善于交际，性情温和。**

威廉敏娜歪着脑袋，神情恍惚地打量着伊米莲，“你的身上有某种特质，很难描述清楚……”她渐渐压低声音，“但是，我敢肯定，你目睹过不少死亡，对吗？”

死亡。伊米莲不禁面色一沉。确实，她见得太多了。

“果然，我想得没错，不光是你的丈夫而已。”威廉敏娜叹了口气，伊米莲沉默不语，“死亡似乎总是会纠缠着一些人，如影随形，挥之不去。死亡已经跟了我许久，所以我知道咱们是同类。你无法摆脱阴郁的忧伤，而大家能够分辨出来，他们可以体会得到。谁都不喜欢死亡的感觉，尤其是在吃饭的地方。因此，你得举行一场净化仪式。”

威廉敏娜吃完面包，从口袋里摸出两束红色棉绳捆绑的干药草，“点燃它们，在屋里四处行走，千万别漏掉角落和门后。”

伊米莲接过印第安女人的鼠尾草和牛膝草，极不情愿地掂了掂，接着扔到柜台上，“最终能达到什么效果呢？”

“净化空气，清除诅咒、疾病和邪灵。烧掉这些药草，当人们再次踏入店铺或者与你擦肩而过的时候，就不会想起死亡了。”威廉敏娜稍作停顿，“你应该是个很聪明的女人，照我说的去做，我向你保证，烘焙坊的生意必将发生变化。”她用围巾裹紧肩膀，转身离开，“然后，你可以给我一份工作。”

---

[1] 蛋白石（opal）：宝石的一种，是天秤座的幸运石。

伊米莲嗤之以鼻，“你想在这里上班？我都快买不起面粉了，根本没钱雇你。”

威廉敏娜微微一笑，“相信我，你会需要帮手的。”

不知是出于好奇还是出于绝望，伊米莲按照威廉敏娜所说，点燃晒干的药草，并确保缭绕的烟雾接触店铺的每一处角落，抵达门后的每一寸空间。

次日清晨，她来到烘焙坊，发现焦急的顾客正在门口等待，队伍都排到了四家店铺之外的药房跟前。

许多人声称，昨天夜里，酵母膨胀和面包出炉的香气飘进了他们的梦乡。随着岁月流逝，巅峰巷的居民发现，如果餐桌上缺少了伊米莲烤制的面包，生活就会显得不够圆满。在常客的名单中，有莫斯家的姐妹阿尔梅娜和奥黛丽雅，每逢周一下午，她们俩总是穿得一模一样，携手到烘焙坊购买肉桂面包；有艾摩思·菲尔兹，他偏爱厚重的干酪面包；有伊格内修斯·勒克司，数年以后，他将会在本地的高中担任校长；有玛丽戈尔德·派，她是一战军人的遗孀，也是虔诚的路德宗教徒；有弗兰纳利家族、齐默家族和夸肯布什家族的成员，还有碧翠丝·格里菲斯。

当初，正是碧翠丝的丈夫约翰引导了街区的舆论，通过响亮而频繁的暗示，率先指责伊米莲·拉文德是女巫。后来，约翰又煽风点火、推波助澜，带头孤立了守寡的伊米莲·拉文德。他认为她很古怪，并且非常多余。在拉文德夫妇刚刚搬至巅峰巷不久，他便提醒自己的妻子碧翠丝，不要跟她扯上任何关联。须知，约翰·格里菲斯可不是反复无常的男人，他性格固执，一旦下定决心，便会坚持到底。

碧翠丝总是瞒着严厉的丈夫，偷偷地溜进烘焙坊，买回三块酵母面包，一周一次，风雨无阻。在伊米莲和威廉敏娜的精心经营下，烘焙坊开始蓬勃发展，约翰·格里菲斯轻蔑地嘲笑左邻右舍，“从今往后，你们都能骑着扫帚上天了。”

约翰并不知道，每天早晨，在享用吐司和鸡蛋的同时，他也在为伊米莲的成功贡献着自己的力量。

第四章

事实证明，伊米莲对母亲这一身份还颇为困惑。她才 23 岁，便已经失去了父母双亲、三个弟弟妹妹和一个丈夫。守着生意兴隆的烘焙坊，她是唯一的老板；面对活泼好动的小姑娘，她是唯一的家长。

日子一天天过去了，薇薇安娜的精力似乎越来越旺盛，等到她年满 2 岁，伊米莲发现亲生女儿与自己在各个方面都截然不同。伊米莲跟妈妈一样，肤色健康，浓密的乌黑长发紧紧地盘成保守的圆髻；薇薇安娜却跟康纳一样，肤色苍白，细软的棕褐短发衬托着可爱的脸颊。对于伊米莲来说，蜘蛛织网意味着好运即将降临；对于薇薇安娜而言，看到蜘蛛表示要找个玻璃罐，盖子上还凿着透气的小孔。在伊米莲眼中，薇薇安娜丝毫没有继承胡氏家族的任何特点。

威廉敏娜·德沃芙偶尔会帮忙照顾我的母亲，尤其是在她生病期间。薇薇安娜喜欢伸手触摸威廉敏娜的发辫，借此来抚慰发炎的肠胃或支气管。威廉敏娜的身上总是散发着枯叶和焚香的味道，薇薇安娜渐渐习以为常，认为那就是安宁的感觉。

最后，薇薇安娜开始自己照顾自己，将隔夜的甜点当作饭食，随心所欲地决定应该何时洗澡、何时上床睡觉。她在烘焙坊里度过了童年，嗅着酵母的气息，听着忙碌的声音，慢慢长大。她用掌心温暖馅儿饼的坯子，又用黏糊糊的手指捏起焦糖樱桃，摆到小圆面包的顶端。她刚刚学会走路，便可以轻松地搅匀泡芙的原料，站在椅子上，冷静地给面团塞满奶油。只要闻一闻空气，薇薇安娜·拉文德就能察觉出食谱的细微变化——在今后的岁月中，她将熟练地掌握这项神奇的天赋。光阴荏苒，薇薇安娜在烘焙坊待得太久太久，以至于母亲都对她视而不见了。

到了 7 岁生日之前的夏天，薇薇安娜在巅峰巷尽头的房子里东翻西找，从众多被遗忘的衣柜中拽出了一条陈旧的白裙，看起来就像儿童尺码的婚纱。伊米莲准确地猜测，这条裙子属于那位传说中的葡萄牙少女。曾经为首次圣餐礼而赶制的长裙泛起了淡淡的暗黄，正面残留着莫名其妙的烧痕。整整一个夏天，薇薇安娜都不肯再碰其他衣服。做工精致的裙子沾满了污渍和泪水，领口染着覆盆子果酱，侧面的接缝也撕裂了。

正是穿着这条裙子，薇薇安娜遇到了她的挚友杰克。

在他们邂逅的那天，薇薇安娜爬上了烘焙坊门前的高大桦树，瞧见一个男孩儿在自家的院子里挖洞，周围野草丛生。男孩儿相信，如果能坚持下去，地洞终将带他寻到图特王[1]的遗骸。每天清晨，男

---

[1]　图特王（King Tut）：又名图坦卡蒙（Tutankhamun），古埃及新王国时期第十八王朝的第十二位法老，在位时间约为公元前 1332 ～公元前 1323 年。1922 年，英国考古学家霍华德·卡特（Howard Carter，1874 ～ 1939）发现了图特王的坟墓，由于该坟墓保存得十分完好，加上最早挖掘坟墓的几个人都因各种意外而早早身亡，因此引起了全世界的轰动，新闻媒体甚至称之为“法老的诅咒”。

孩儿都会早早起床，怀揣着强烈的热情与信念，携带着笨重的铲子和铁桶，奉献数小时的辛勤劳作，继续进行严肃的工程。首先，他要仔细检查前一天的成果，谨慎地踱步绕圈，测量地洞的深度。接着，铁桶摆在左边，铲子摆在右边，石头跟泥土分开，昆虫被小心翼翼地收集起来，保存在一个专门接待敏感生物的铁桶中。等到夕阳西下，男孩儿便把昆虫转移到母亲布置的堆肥上。

关于那年夏天，杰克印象最深的是指甲内冰凉的泥土和铁桶里垃圾的重量。而薇薇安娜则记得自己在枝头坐得肌肉酸痛，记得杰克脏兮兮的脸颊，记得他龇牙咧嘴地搬起巨石，记得他的发丝贴着汗津津的前额。她还记得，腹部的刺痛令她跳下桦树，扯坏了袖珍婚纱的裙摆，跑向那个大大的地洞。

男孩儿站在洞底，迎着灿烂的阳光眯起眼睛，望向薇薇安娜，“你想知道我在做什么吗？”

“想。”薇薇安娜答道，努力站着不动，生怕会把泥土踹进洞里。

“行，不过你得耐心地等待。等我完成，你就能亲眼看到了。”他从泥土中挑出某样东西，轻轻地放入脚边的铁桶，“你介意等待吗？”

薇薇安娜摇了摇头。不，她不介意。

于是，他笑了。腹部的刺痛立刻再次出现，后来她才明白，那是欲望在作祟。

我经常盼着能认识当时的母亲——疯狂、任性、兴高采烈、大喊大叫，永远都在奔跑，秀发随风飘扬。而且，我很想知道，倘若她从未遇见杰克·格里菲斯——约翰·格里菲斯和碧翠丝·格里菲斯的儿子——结果会怎样？她会跟着我的外祖母学习，成为一名优秀的烘焙师吗？

我听说，世间的万事万物在冥冥之中早已注定。我的外祖母在19岁生日之前曾经三次坠入情网，我的母亲在6岁的时候迷恋上邻居家的男孩儿。至于我，生来就长着翅膀，显得格格不入，不敢奢求镜花水月的“爱”。这是我们的命运，也是我们的归宿，根本无法更改。

或许，我只是在自欺欺人罢了。毕竟，身为一个离群索居的怪胎，我还能期待什么呢？我必须告诉自己：*这是命运*。否则，我该如何熬过孤独的漫漫长夜，又该如何安抚躁动的脆弱心脏？除了盲目地沿着命运的道路走下去，我别无选择。

从那个夏天至上学期间，薇薇安娜与杰克始终形影不离。街区里的男孩子总是毫不留情地嘲笑杰克，直到得知薇薇安娜·拉文德在跑步速度和吐痰距离上无人可比，他们才乖乖地偃旗息鼓。而且，她还能设计出绝妙的游戏。比如，让本地的学生向来自菲尼山脉[1]的学生发起挑战。这项对抗持续了七年之久，在美国加入第二次世界大战以后，两个阵营便重新分配角色，改为扮演美国士兵和日本士兵。不过，大家很快就厌倦了，因为成年人也在玩同样的游戏。

街区里的女孩子基本都不承认杰克和薇薇安娜·拉文德之间的友谊。一方面，她们很讨厌薇薇安娜，她总是表现得与众不同，不

---

[1] 菲尼山脉（Phinney Ridge）：美国华盛顿州西雅图市中北部的一个街区，因纵贯南北的菲尼山脉而得名。

愿举办虚拟的茶话会，更不懂在没有茶水的茶话会上要干什么。另一方面，她们对杰克的兴趣与日俱增，不甘于跟他做普通朋友，每个女生都跃跃欲试，认为自己可以轻而易举地把他从薇薇安娜·拉文德身边拽走——当然，前提是他们俩真的能在一起。

第五章

在涉及伊米莲·拉文德的问题上，约翰·格里菲斯很早以前就已经下定决心。众所周知，他可不是反复无常的男人。其实，如果大家稍加留意，便会发现端倪，甚至能够猜测，约翰·格里菲斯对伊米莲·拉文德的感情也许并非始于憎恨，而是来自更加汹涌的源头。

他总是目不转睛地注视着她。在邮局，在庭院，在隔着橱窗的烘焙坊，她用纤纤细手揉捏面团，光洁的双颊沾着雪白的面粉，乌黑的发髻盘在优美的颈窝。

整整十七年，约翰·格里菲斯贪婪地注视着伊米莲·拉文德，隐秘的欲望在静脉中流淌，从牙缝间渗透。血丝布满眼球，脸庞涨得通红。每当他瞧见自己的儿子跟伊米莲的女儿在一起，强烈的嫉妒便会在喉咙里熊熊燃烧。

约翰·格里菲斯性情暴躁、傲慢不逊，始终相信自己理应享受更好的生活。他在先锋广场[1]的一家小洗衣店工作，负责驾驶运货卡

[1] 先锋广场（Pioneer Square）：美国华盛顿州西雅图市中心西北角的一个街区。

车，经常拿着微薄的薪水去充斥着鸦片的唐人街挥霍。于是，到了1925年，也就是拉文德夫妇搬到巅峰巷的那一年，他的妻子碧翠丝开始在第一山丘[1]干活，勤勤恳恳地打扫富丽堂皇的豪宅，任劳任怨。他的儿子每天也要花上三个小时的工夫，挨家挨户地递送报纸，风雨无阻。全靠碧翠丝和杰克的共同努力，格里菲斯的房子才得以避免荒废的噩运，维持整洁的现状。

“你太没用了，杰克。”约翰·格里菲斯曾经斥责儿子，“你一向如此。”当时，约翰和杰克正坐在餐桌的两端，杰克默默地看着父亲吞下一口巧克力蛋糕。

后来，碧翠丝经常会回忆起这一幕，可是丈夫和儿子却都不记得她在场。几个月前，两千多名士兵刚刚代表美国出征，投身于第二次世界大战。幸好杰克才17岁，还不到参军入伍的年纪。不过，战争爆发仍然带来了许多问题，而碧翠丝·格里菲斯只担心一点：食物定量配给。

餐桌上的气氛原本就不甚和睦，丈夫坚持要吃精致的牛排，但是格里菲斯家根本负担不起，只能依赖碧翠丝在院子里种植的蔬菜勉强过活。随着鸡蛋、白糖和黄油逐渐减少，在吃饭时间安抚约翰·格里菲斯变得难上加难。她不得不偷偷地藏起粮票，确保自己和杰克能填饱肚子。或许是出于愧疚，那天晚上，碧翠丝向丈夫妥协了：他想吃最爱的甜点，而她则用掉家里仅剩的四个鸡蛋，满足了他的愿望。

约翰·格里菲斯很少让别人旁观自己吃饭，他声称那样会给大

---

[1] 第一山丘（First Hill）：美国华盛顿州西雅图市中心东边的一个街区，因位于从市中心往东走的第一座山丘上而得名。

家留下错误的印象，认为他非常软弱。(抑或平凡，碧翠丝暗暗思忖。可是，她并未说出来。她绝不敢将类似的念头告诉约翰·格里菲斯。)不过，今晚是个例外。今晚，约翰·格里菲斯的妻子和儿子得到了特许，有幸看着他细细品尝每一口美味。

约翰·格里菲斯举起叉子，指向杰克。“艾摩思·菲尔兹的儿子是足球队队长，”他说，“罗伊·齐默退役以后将继承家族的生意。”

“我有一份工作——”杰克辩解道。

约翰从椅子上蹦起来，探身掠过餐桌，碰掉了盛着巧克力蛋糕的盘子。他用叉子稳稳地抵住杰克的喉结。

“需要给你颁发奖章吗？”他冷冰冰地问道，“你以为送份报纸就是盖世英雄了？”

杰克不由自主地畏缩了一下，父亲咧开覆满糖霜的嘴唇，露出得意扬扬的笑容。约翰又插起一块蛋糕，碧翠丝擦拭着弄脏的地板。“至于约翰·格里菲斯的儿子，我的儿子，”他咬牙切齿地补充道，“整天都在跟巫婆的女儿鬼混，”他嗤之以鼻，“听着，杰克，胡闹的日子到此为止。你也应该让自己变得有用一点儿了。”

约翰恶狠狠地瞪着儿子，杰克倔强地迎上父亲的目光，竭力坚持。然而，他实在忍不住眨眼的冲动，结果只好尴尬地转移视线。约翰轻蔑地挥了挥大手，命令他离开餐桌。杰克站起身来，突然沮丧地意识到，尽管父亲自认为了不起，可是在父亲的眼里，他却一无是处，不求有功，但求“有用”就行了。

1942 年 1 月，一座崭新的剧院在西雅图西部落成。海军上将剧院[1]的开幕典礼盛况空前，本地的绝大多数民众都参加了。一张刊登在《西雅图邮讯报》[2]上的照片显示，观看电影的顾客密密麻麻地聚集在耀眼的招牌下方，五颜六色的霓虹灯闪烁着“西雅图最佳剧院”的字样。在人潮涌动的边缘，站着一名少年和一名少女，他们个头相仿，少年的手掌亲切地放在少女的背上。

薇薇安娜踮起脚尖，东张西望。乍看之下，街坊邻居好像都来了：有伊格内修斯·勒克司，他是薇薇安娜和杰克最喜欢的高中老师；有埃丝特尔·马格利斯，她是勒克司的未婚妻；有莫斯家的老姐妹，还有康丝坦斯·夸肯布什与德蕾拉·齐默。德蕾拉的哥哥华莱士刚满 18 岁便立即辍学，加入了海军，马尔特·弗兰纳利和丁奇·菲尔兹也紧随其后，战争似乎已经渗透到大家的血液中。薇薇安娜伸出手，与杰克十指相扣，暗自庆幸他们俩还不必烦恼枪林弹雨的世界。

剧院的大门终于敞开了，薇薇安娜和杰克飞快地冲进去。墙壁上画着浩瀚的汪洋，女引座员和男检票员都穿着水手的制服。他们俩惊喜地环顾四周，嘴里啧啧称奇。杰克仔细观察舒适的连排靠椅，难以置信地瞥向薇薇安娜，薇薇安娜报以微笑。杰克总是喜欢新鲜而光洁的东西。薇薇安娜脱掉外套，塞到身后的座位里。剧院的气息就像刚买的油漆和地毯，又如热切的期待与希望。薇薇安娜仰起头，深深地呼吸——剧院的爆米花，潮湿咸香；廉价的古龙水，浓

---

[1] 海军上将剧院（Admiral Theater）：美国华盛顿州西雅图市西部街区的重要地标，始建于 1942 年。

[2] 《西雅图邮讯报》（*Seattle Post-Intelligencer*）：创办于 1863 年，是美国华盛顿州历史最悠久的报纸，自 2009 年 3 月 17 日起停止纸质报纸的业务，完全转型为网络报纸。

重刺鼻；沉思的杰克，干净清爽，带着沐浴肥皂与龟牌[1]车蜡的淡淡味道。

毫不夸张地说，薇薇安娜拥有异常敏锐的嗅觉。只要轻轻一闻，她就能分辨出对方吃了什么晚饭。即便使用最强劲的牙膏，也无法掩盖洋葱大蒜的辛辣和鸡肉汤面的油腻。对于薇薇安娜而言，没洗的头发、感染的伤口和烧焦的食物都会散发出恶臭，令她难以忍受。

其实，这项古怪的天赋远远不止如此。她可以判断一个女人是否怀上了孩子，甚至比当事者洞察得更早，因为孕妇的气味混杂着红糖与百合的芬芳。幸福的气味很酸，如同橙子或柠檬，而心碎的气味却很甜，实在是出乎意料。忧伤的气味像海风，死亡的气味像忧伤。每个人都有独特的气味。所以，她知道杰克在身边，还知道前面的两个脑袋属于形影不离的康丝坦斯·夸肯布什和德蕾拉·齐默，她们是薇薇安娜和杰克的同学。仿佛为了印证薇薇安娜的推测，两个姑娘双双投来目光，然后收回视线，继续窃窃私语。

薇薇安娜如坐针毡，竭力不去偷听她们的交谈。其实，她能够猜到大致的内容。谁都看得出来，康丝坦斯想追求杰克，而且绝不允许任何人妨碍，尤其是薇薇安娜。通常情况下，她不太担心，抛开香水的伪装，康丝坦斯的气味就像腐奶和猫尿。可是，她也无法毫不在意，毕竟康丝坦斯非常漂亮。

17 岁的杰克相貌英俊，下颌棱角分明，眉毛浓密，前额的卷发

---

[1] 龟牌（Turtle）：全球销量最大的汽车养护用品品牌之一，创办于 1941 年，以制造汽车美容用品和油品添加剂而闻名。

垂至双眸，显得极为潇洒。薇薇安娜还算可爱。虽然五官普普通通，仅仅是棕色的眼睛、小巧的鼻子和羞涩的嘴唇，但是杰克觉得她很美，这就足够了。大家都乐于让情投意合的少男少女沿着幸福的道路前进，除了杰克的父亲和康丝坦斯·夸肯布什。

康丝坦斯再次转过身来，金色的长发优雅地掠过肩膀，座椅随着雀跃的动作而轻轻摇晃。她对杰克露出灿烂的微笑，“嗨，杰克。”

杰克心不在焉地抬起头，眨了眨眼睛，尴尬地回答，“噢，嗨，康丝坦斯。”

“抱歉，我应该早点儿跟你打招呼，”康丝坦斯说，“可是，我刚刚没瞧见你。”

薇薇安娜忍不住翻了个白眼。

“我和亲爱的德蕾拉正在讨论我长得最像哪个好莱坞明星，”康丝坦斯接着说，“到底是维罗妮卡·莱克，还是丽塔·海华斯[1]呢？”

“金发碧眼的丽塔·海华斯。”德蕾拉插嘴道，得意扬扬地盯着薇薇安娜。德蕾拉并不漂亮，但是凭借平凡的面容和奉承的话语，她可以完美地扮演康丝坦斯的小跟班。

“当我发现你坐在后面时，心里就想，杰克肯定知道。毕竟，你总是知道所有问题的答案。”康丝坦斯柔声细语地补充道，“德

[1] 维罗妮卡·莱克（Veronica Lake，1922 ~ 1973）：美国女演员，在20世纪40年代颇为有名，后因酗酒问题渐渐淡出银幕。丽塔·海华斯（Rita Hayworth，1918 ~ 1987）：美国女演员及舞蹈家，曾在三十七年间出演过六十一部电影，也是20世纪40年代最耀眼的明星之一。

蕾拉认为是丽塔·海华斯，但是我不确定。”康丝坦斯凑近杰克，“你知道吗？维罗妮卡·莱克的真名居然是康丝坦斯！这简直是命中注定的巧合，对吧？”

杰克站起来，拍了拍膝盖，然后重新坐下。“未必，”他说，“在12世纪，有一位西西里女王，也叫康丝坦斯[1]。”

康丝坦斯和德蕾拉满意地交换了一下眼神，“真的吗？”

“她肯定非常漂亮。”德蕾拉激动地发表意见。

杰克耸了耸肩，“实际上，西西里女王康丝坦斯直到30岁才结婚，据说是因为容貌太丑，没人愿意娶她。”

康丝坦斯面色一沉，脸颊涨得通红，嘴里喃喃地嘟囔着“电影开场”之类的借口，赶紧转回身去。德蕾拉表情阴郁地瞪着薇薇安娜。“骗人，”他们听到她嘀咕，“我敢打赌，她的名字不是康丝坦斯，而是薇薇安娜。”

杰克伸出胳膊，搂住薇薇安娜的肩膀。

“起码，康丝坦斯说对了一点。”薇薇安娜顺势靠进他的怀抱里。

“什么？”

“你确实知道所有问题的答案。”

杰克斜斜地扫了薇薇安娜一眼，唇边带着戏谑的笑意，“你是在夸我学识渊博吗？”

“我？夸你？少臭美了。”

---

[1] 康丝坦斯（Constance）：历史上西西里王国的一位女王，于1194年至1198年在位执政。

剧院的开幕电影是《哈瓦那的周末》[1]，主演既非维罗妮卡·莱克，也非丽塔·海华斯，而是颇具异域风情的卡门·米兰达。放映结束以后，杰克驾车带着薇薇安娜去了他们俩最喜爱的地方：城中水库。

水库坐落在街区的制高点——相比之下，巅峰巷尽头的小山还要稍逊一筹——周围环绕着茂密的枫树林。在一座白色小屋里，住着管理员和他的妻子。秋日漫漫，管理员经常打捞橙黄橘红的五角枫叶。夜幕降临，年轻的情侣结伴到旁边的公园玩耍，夫妇二人便相视而笑，调大收音机的音量，拉紧厚厚的窗帘。几年前的白天，杰克和薇薇安娜便发现了这个地方，他们甚至在树林中建造起一处秘密堡垒。但是，直到近期，他们才在晚上过来散步，结果惊讶地察觉，沐浴着银色的月光，一切都显得截然不同。

杰克停下车，熄灭引擎，“你喜欢那部电影吗？”

薇薇安娜点了点头，陷入沉思，回忆着五颜六色的服装和热情奔放的舞蹈，“如果我会跳舞该多好啊！”

“我可以教你。”杰克说。

薇薇安娜看向他，“你又不会。”

杰克微微一笑，“我会跳华尔兹和狐步舞，就连探戈也略知一二。”

薇薇安娜瞪大了眼睛，“你从哪儿学来的？”

“肯定是在书上读到过。”杰克打开驾驶座的车门，“来吧，我给你展示一下。”

---

[1] 《哈瓦那的周末》（*Week-End in Havana*）：20 世纪福克斯公司于 1941 年出品的音乐歌舞片，由美国女演员艾丽斯·费伊（Alice Faye，1915 ～ 1998）和巴西女演员卡门·米兰达（Carmen Miranda，1909 ～ 1955）主演。

薇薇安娜踏出汽车，1 月的冷风吹着赤裸的双腿，她裹紧外套。

杰克环住薇薇安娜的腰肢，将她揽到胸前，两人近在咫尺，他的呼吸拂过她的脸颊，“人们相信，探戈诞生在布宜诺斯艾利斯[1]的妓院。”他把右手放在她的后背中央，“我觉得‘探戈’二字源于拉丁语，本意为‘触碰’。”

“原来如此。”

杰克抓起她的左手，放在自己的肩膀上，又用左手握住她的右手。尽管气温很低，他们的掌心却渗透着汗水。杰克清了清嗓子，“好，现在，我会慢慢地往前迈两步。你只要跟着我就行。”

于是，他们立即跳了起来，杰克响亮地数着拍子，“一！二！探、戈、收！”最后，薇薇安娜能够在他的臂弯里自如地舞动，就像阿根廷的妓女一样。虽然节奏不算很快，但也许是因为“触碰”，薇薇安娜和杰克都变得上气不接下气。他们松开手，倒向草地，看着温暖的呼吸幻化成白色的云朵。

杰克转向薇薇安娜，“你冷吗？”

“冻得要命。”她撒了个谎，侧过身去，搂住他的脖子。她将他的脸庞拉近，微笑的嘴唇贴在一起。

甜蜜的亲吻逐渐加深。两人轻轻翻滚，杰克悬在上方，依靠胳膊肘支撑，保持着几英寸的距离。每到此时，他们都会停下。随后，杰克便开车送薇薇安娜回家，她的脸颊绯红，她的视线模糊，眼里全是杰克的朦胧轮廓，瞧不清面前的情景——旺盛的火炉熊熊燃烧，吃饭的餐盘满满当当，生气的母亲大声呵斥，**你究竟是**

---

[1] 布宜诺斯艾利斯（Buenos Aires）：阿根廷的首都，南半球最大的城市。

怎么回事儿？

可是，今天晚上，趁着杰克尚未离开，薇薇安娜赶紧拽住他的衬衫。她动作飞快，解开了顶上的两颗纽扣，让他自己完成剩下的任务。她褪去衣服，露出隐藏的蕾丝花边，凝视着他的脸庞。

杰克低头亲吻她，嘴唇顺着脖颈移动，掠过锁骨，她颤抖不已。他的指尖在她的肚脐上画圈，接着摸向腰部——

“不行！”薇薇安娜尖叫着抓住了他的双手。

杰克气喘吁吁地坐起来，“薇薇安娜，你真是个傻丫头。从你6岁开始，我就认识你了。你生病的时候我也在场，你还吐到过我的鞋子上呢！”

9岁那年，薇薇安娜经历了印象中最严重的腹痛。而且，她吐了好几次，其中一次还吐到了杰克的鞋子上。后来，她被诊断出患有阑尾炎，匆匆地上了手术台，留下一道永恒的疤痕。不仅仅是普通的疤痕，而是深深的裂缝，跟杰克的无名指一样宽，覆盖在右侧的腰部。以前，她喜欢这道疤痕，因为它狰狞可怕，适合她假扮受伤的士兵。如今，16岁的薇薇安娜痛恨这道疤痕，它依然狰狞可怕，而她却不再假扮受伤的士兵了。

薇薇安娜捏着他的手，放在自己的脸颊上。“太丑了。”她委屈地抱怨道。

“不丑，”杰克说，“这个才叫丑呢！”杰克伸出手，展示着拇指和食指之间的白色疤痕，“开罐器割的。”

薇薇安娜仔细地瞅了瞅杰克的疤痕，忍俊不禁，“那根本不算什么。”说着，她坐起来，脱掉一只鞋子，“我把滚烫的煎锅掉在了脚上。”她给他看烧伤的痕迹。“还有……”薇薇安娜抬起胳膊肘，指着皱皱的伤疤，“6 岁时，我学习骑自行车，不小心摔倒了。我不得不挑出皮肤里的碎石子，好像还漏了一个。来，你摸摸看。”

杰克哈哈大笑，“不用了，我相信你。”

“杰克，我想让你检验一下。”薇薇安娜故作严肃地说，“这很重要。”

他小心翼翼地用指尖按住薇薇安娜的皮肤，“好吧，里面确实有东西。不过，也可能只是你的骨头而已。”

薇薇安娜扮了个鬼脸，“哈哈！”

接下来，杰克依次介绍了自己被雪橇划破的膝盖、接种疫苗的圆形针孔、鼻子上残余的水痘疤痕。“你瞧，我受过的伤比你多得多，估计将来你也无法超越我。”

除此之外，还有一些伤口，虽然未曾给皮肤留下疤痕，却格外疼痛。类似的伤口，在杰克身上恐怕数不胜数。两人并肩躺着，静静地思考这个问题。寒风呼啸，月亮高挂在夜空中。

“有时候，我觉得爸爸肯定非常恨我。”片刻之后，杰克说。

“他不恨你。”薇薇安娜轻声低语。她回答得太快了，实在难以令人信服。其实，她不相信约翰·格里菲斯可以关心任何人。就算他拼命尝试，就算他想要改变，也无济于事，因为他不具备爱的能力。薇薇安娜听到母亲对自己说“我爱你”的次数屈指可数，但是这并不意味着伊米莲丧失了爱的能力，伊米莲只是更愿意把爱的能力藏起来，尽管薇薇安娜不明白为什么。

“有时候，”杰克开口道，“我觉得如果——”

“如果？”

杰克转向她，露出忧郁的微笑，“如果咱们不在一起，或许他不会那样恨我。”

薇薇安娜闭上眼睛，将突如其来的恐慌压进胃里。她收起紧张的情绪，哼哼唧唧地呻吟，半开玩笑地逼问着杰克，“格里菲斯，你要跟我绝交吗？”

杰克沉默了许久，恐慌重新涌入薇薇安娜的咽喉。“不，”终于，他答道，“我永远都不会跟你绝交。”

他盯着周围的黑暗阴影，喃喃地说，“他认为我没用。”

薇薇安娜抱住了他。“嘘。”她悄悄地说。杰克沮丧地叹了口气，低下头去，枕着美丽的蕾丝花边。他的呼吸悠长而沉重，他的胸膛贴着她的腰部。薇薇安娜感受着他的心跳，试图从悲伤的节奏中获得一丝安慰。

第六章

约翰·格里菲斯的 1932 年款福特轿车停在巅峰巷尽头的小山脚下，鹅卵石道路尘土飞扬，车上坐着杰克与薇薇安娜。时值 9 月，薇薇安娜刚满 17 岁，比杰克小一年零两个月。

杰克用脚打着拍子，迎合脑海中的旋律。裤子向上挽起，露出深蓝色的短袜和一截小腿，柔顺的汗毛异常苍白——虽然薇薇安娜看不到，但是心里很清楚。她自己的腿毛僵硬地立着，就像尖锐的针头。她不确定是否该对此感到羞愧，毕竟，家中缺少剃须刀并非她的错。不过，为了以防万一，她还是抬起脚，远离嗡嗡作响的车厢底板，蜷缩起双腿，把汗毛藏在连衣裙下面，左脚的鞋底摩擦着杰克的大腿。

周五晚上，杰克总是带薇薇安娜去海军上将剧院看电影，或者去药房买一瓶 5 美分的可口可乐。每逢周六，杰克便会早早起床，给父亲的轿车清洗、打蜡。约翰监督儿子的时间不是周五夜里，而是周六早晨，他要确保自己的爱车得到全面的呵护。杰克从未忘记过保养轿车的职责，否则，父子俩都不知道将会出现怎样的后果。

正如世界上的其他人一样，杰克和薇薇安娜也在思考战争的问题，但是却出于截然不同的原因。杰克瞒着薇薇安娜，急切地计算着成年的日子。刚满 18 岁，他就立即报名参军，可惜却由于扁平足和视力差而遭到了拒绝。

当杰克告诉约翰·格里菲斯自己没有通过兵检时，他知道父亲肯定会毫不留情地冷嘲热讽。果然，他猜中了。

约翰哈哈大笑，空洞的声音犹如野兽的咆哮，“你真是太厉害了，杰克。天天都能带来惊喜。我还以为你已经够窝囊了，没法令人更失望了，但是你却可以变着花样地突破极限。”

“这不能怪我。”杰克说。

“那拉文德家的小贱人呢？你依然在跟巫婆的女儿鬼混，不是吗？”约翰又笑了，“或许她对你施了咒语——应该不难，反正你只是个意志薄弱的懦夫而已。”

“爸爸——”杰克试图解释。

约翰挥舞着肉乎乎的大手，命令他消失，“滚，别再让老子浪费口舌了。”

“你知道现在哪种家伙才去上大学吗？”杰克突然问薇薇安娜，他愤愤不平地伸出拳头，猛击轿车的方向盘，“逃避战场的骗子、身体畸形的病号和患上梅毒的废物。没有任何姑娘愿意跟兵检不合格的男人走在一起。”

杰克说得对。大多数姑娘都是如此，不过，幸好薇薇安娜不属于“大多数姑娘”。她提心吊胆，生怕杰克参军入伍，到战场上受苦。在他过生日之前的一周内，她夜夜辗转反侧，难以入眠。等到兵检结果出来以后，每日清晨，她都会真诚地祈祷，感谢上帝将可爱的扁平足赐予杰克。明天，杰克就要离开家乡，去瓦拉瓦拉市的惠特曼学院[1]读书了。尽管相隔270英里，但是起码不用跨越整个大洋。

薇薇安娜抓起杰克的手，按在自己的嘴唇上，“大学生，难道你还想在上课之余跟姑娘们调情吗？如果真是这样，我就不等你回来了。”

“哦？”杰克微微一笑，露出门牙间的细缝，“那你会做什么？”

“我会跟你走。”薇薇安娜简单地说。

在很长的一段时间里，薇薇安娜和杰克都生活在爱情的半山腰。有人管这种状态叫“友谊”，有人却说那是“暧昧”。薇薇安娜通常都觉得心满意足，只是偶尔会讨厌不上不下的高度。

柔和的灯光透过拉文德家的窗户，照亮轿车的前排座位。杰克用拇指抚摩着薇薇安娜左颊的酒窝。“傻丫头，你完全不必担忧，”他说，“因为，我爱你。”

薇薇安娜静静地坐着，任凭甜蜜的话语在空气中盘旋，就像粉色的云朵轻轻飘浮。然后，她深深地呼吸，细细地品味，如梦如幻，如痴如醉。

薇薇安娜飞快地爬上山坡，跑向自家的房子。在进门之前，她转身望向杰克和引擎空转的轿车，兴奋地大喊：“我们恋爱啦！我们恋爱啦！我们恋爱啦！”快乐的声音吵醒了左邻右舍，就连性情孤僻的玛丽戈尔德·派都忍不住勾起嘴角，露出欣慰的微笑。

---

[1] 瓦拉瓦拉市（Walla Walla）：美国华盛顿州的一个城市。惠特曼学院（Whitman College）：位于美国华盛顿州瓦拉瓦拉市的一所私立人文学院，创始于1859年。

第七章

夏至日的晨曦渐渐苏醒，照亮了幽暗的天空。薇薇安娜蜷缩在浴缸里，胳膊环抱着弯曲的双腿。镀银的水龙头喷洒出滚烫的热流，她尽量将浴缸填满，看着胸脯和膝盖在蒸汽中变成鲜艳的粉红色。

她缓慢地向下滑去，张开嘴巴，迷迷糊糊地觉得，也许自己可以一口吞下整个浴缸的洗澡水，然后永远地沉到底部。突如其来的脆弱持续了短暂的片刻，直到脸颊被彻底淹没。她迅速地坐起身来，呛得剧烈咳嗽。

临走之前，杰克答应过，每日都会给她写信。但是，才过了短短两个月，写信的频率就由一天一封变成了一周三封、一周两封，乃至杳无音讯。到6月为止，她已经连续五个月一周零三天没有收到杰克的消息了。她曾经试着打电话联系他，却被告知杰克·格里菲斯出门了，不过宿管阿姨发誓会帮忙转达。可惜，薇薇安娜并不清楚阿姨是否履行了承诺，毕竟杰克从未回电。

白天，她刻意遗忘他的声音；夜晚，她努力铭记他的脸庞。有时，她呆呆地站在邮筒旁，等待不会寄来的信件；有时，她静静地坐在客厅里，守着不会响起的电话。母亲禁止她踏入烘焙坊，因为薇薇安娜触碰的一切都能让顾客潸然泪下。

尽管如此，薇薇安娜依然保持着乐观的心态。离家的游子总要重返故乡。她知道，杰克肯定会归来，就像她知道天空中闪耀的某些星星早已消亡，就像她知道自己很美，即便只是在杰克眼中。

薇薇安娜拔掉浴缸的塞子，拽起金属链条，一圈一圈地缠绕在水龙头上，用母亲教过的法语喃喃地数着。

“一，二，三，四，五，六。”[1]薇薇安娜只能数到十，但是没关系，反正也缠不了那么多圈。她迈出浴缸，拿毛巾裹住头发。透过狭小的窗户，她望见母亲收留的新住客在院子里忙碌。

战争爆发以后，伊米莲便开始收留各种各样的住客，这是她做过的唯一的爱国举动。巅峰巷尽头的房子陆陆续续地接待了许多男人、女人、孩子和动物，大家都需要遮风挡雨的地方休息一晚，抑或更长时间。待得最久的住客是一窝黑猫，结果还惹出了不少流言蜚语。传闻声称，黑猫及其祖先在我们的房子里盘桓了三十年。类似的说法进一步助长了街坊邻居的猜测——我的外祖母是打扮成烘焙师的女巫。至于待得最久的人类住客，则是嘉博。

嘉博的身形高大，他必须小心翼翼地选择站立的位置。如果挡住了太阳，他的阴影就能导致花朵枯萎，害得老太太惊慌失措，她们会赶紧让孙子孙女去屋里穿毛衣。由于个头儿太夸张，许多人都看不出嘉博的真实年龄，误以为他很成熟。这既是福气，也是诅咒。

跟其他刚刚抵达的旅客一样，嘉博首先来到街区里的烘焙坊。

[1] “一，二……”句：原文为法语。

吸引他的不仅是酵母面包的强烈味道，还有店铺外面的年轻姑娘，她孤零零地站在敞开的门口，棕色的秀发随风飘扬。薇薇安娜并未遗传母亲的浓密青丝、碧绿瞳孔和绝世容颜，人们很少觉得她漂亮，唯有爱的眼睛才能发现她的美丽。

嘉博获悉，那位烘焙坊的姑娘住在巅峰巷尽头，于是他便径直朝小山走去，打定主意要奉献自己的灵魂来换取一个留宿的房间。幸好，他不必付出如此沉重的代价。伊米莲仔仔细细地打量着嘉博，痛快地答应了他的提议，她需要一名魁梧的杂务工更换天花板上的灯泡。

很快，嘉博就用事实证明，他的能力远远不只是够到高处的东西而已。在伊米莲的请求下，他修好了前廊的破栏杆，重砌了厨房的料理台，还花费数月的工夫给木地板打磨、上蜡，双膝都烙印着瘀青的伤痕。伊米莲告诉他，别管三楼，因为那里素来无人涉足。

起初，面对薇薇安娜，嘉博几乎无法保持镇定。当两人共处一室时，他总是会碰掉盛着黄油的餐盘，或者冒出密密麻麻的红疹。如果有人问起，他大概会羞怯地承认，自己之所以精心照料这栋房子，全是为了薇薇安娜。不过，令他欣慰的是，这种情况从未出现。

嘉博的母亲来自罗马尼亚，属于没落的皇室旁支。她是个有着橄榄色皮肤的美人，长着纤细的柳叶眉和笔挺的鹰钩鼻。她常常坐在梳妆台前涂脂抹粉，刷上深蓝的眼影，给年幼的儿子讲述先辈的华丽传奇。

她怀揣着灿烂的理想，搬到好莱坞，渴望成为派拉蒙影业[1]的女

[1] 派拉蒙影业（Paramount Pictures）：美国电影公司，创始于1912年，历史悠久，位于美国加利福尼亚州洛杉矶市好莱坞，曾产出如《教父》《阿甘正传》《夺宝奇兵》《变形金刚》等著名的电影。

演员，跟克拉拉 · 鲍和埃斯特尔 · 泰勒[1]平分秋色。可是，她却沦落到洛杉矶附近的郊区，住在狭窄的单间公寓里，忍受着黑寡妇蜘蛛[2]的侵扰，后来还意外怀孕，生下了嘉博。在外出的夜晚，她会提醒嘉博锁门，他睡在她的床上，沐浴着香水的芬芳，游荡在空虚的梦境中。归来的时候，她会轻轻地敲三下门，嘉博便迅速起身，抚平被单的褶皱，打开角落里的唱片机，播放缠绵的爵士情歌。

在她回家的夜晚，嘉博会躲进衣柜里，蜷缩起长腿，拥着虫蛀的外套和柔软的披肩入眠。他知道，如果她把音乐换成忧伤的旋律，就表示他可以露面了。他探头张望，瞧见母亲正坐在梳妆台前，用红色的唇彩在脸上画出微笑，准备再次离开。

“记住，宝贝，”她说，“我们的伤口流淌着贵族的鲜血。”

清晨，母子俩走下楼梯，来到街角的小餐厅。她会态度和蔼地对待服务员，给嘉博要最大份的薄煎饼，给自己点一杯黑咖啡。这样的早餐让嘉博感到恶心反胃，然而他总是拼命地吞咽，吃得干干净净。

某天夜里，靡靡的曲调一直没变。等到嘉博终于爬出衣柜时，他发现母亲四肢瘫软，纹丝不动，贵族的鲜血凝固在美丽的脸庞周围，地板上散落着黏糊糊的红色钞票。屋里充斥着嘈杂的电流声，唱针反复地跳向唱片的结尾。

嘉博抱起母亲，将她放在床上。她的脑袋诡异地偏向一侧，他

[1] 克拉拉 · 鲍（Clara Bow，1905 ～ 1965）：美国女演员，是 20 世纪 20 年代的默片明星。埃斯特尔 · 泰勒（Estelle Taylor，1894 ～ 1958）：美国女演员、歌手，被公认为 20 世纪 20 年代最美丽的默片女星。

[2] 黑寡妇蜘蛛（black widow spider）：一种具有强烈神经毒素的蜘蛛，由于雌蛛在交配后往往会吃掉雄蛛而得名。

竭力抑制着呕吐的冲动。他为她盖上被子，用枕头垫着她的脖颈，然后在她的身边躺下。

他陪着她待了好几天，直到尸体开始散发难闻的恶臭。腐烂的气味透过门缝，飘进公寓的走廊，其他租客连声抱怨。他们捂住鼻子，加快路过的脚步。晚上，嘉博看了母亲最后一眼，决心记住她以前活着的模样。他对地板上的钞票置之不理，什么都没带，空着手走了。当时，他仅仅 10 岁。

在接下来的三年间，嘉博辗转多处，不可思议的身高经常令大家产生错觉。人们认为他 15 岁，其实他才 10 岁，人们认为他 18 岁，其实他才 20 岁。因此，他能够轻而易举地找到工作，先后在佛罗里达州[1]的农场饲养山羊，在皇后区[2]装卸大件的艺术品。在俄勒冈州[3]中部收集池塘的水质样本，度过了数月的光阴。在新罕布什尔州[4]，嘉博给一名木匠担任了整整一年的助手。他借宿在木匠的家里，同居的成员还包括两个年幼的孩子、一条狗和一位寂寞的太太。

倘若嘉博的内心跟外表一样成熟，他肯定能理解木匠妻子的意图：清晨，她总是抚摩着他的大腿，提出要给他做饭；晚上，只要丈夫在外面跟朋友打牌，她就让孩子们早早上床睡觉；平常，她会抓住机会，刻意制造诱惑的笑声或者深沉的叹息，频频向他抛媚眼。如果他再世故一些，阅历再丰富一些，当她趁着夜色溜进他的房间，爬到他的身上时，他就不会震惊得手足无措；当她脱掉裙子，在月

[1] 佛罗里达州（Florida）：美国东南部的一个州。

[2] 皇后区（Queens）：美国纽约市西部的一个区。

[3] 俄勒冈州（Oregon）：美国西北部的一个州。

[4] 新罕布什尔州（New Hampshire）：美国东北部的一个州。

光下露出赤裸的肌肤时，他或许会猜到即将发生的事情；当她张开血盆大口，打算吞掉他时，他可能不会泪流满面地哭喊，“我才 13 岁！”然后恐惧地跑出房子，睡裤缠绕着脚踝。

嘉博又游荡了两年，等待战火蔓延至美国的土地。在 1941 年 12 月 7 日[1]以后，他立刻报名参军，应征入伍。嘉博觉得，夏威夷的海滩应该够近了，美国必须得放弃无谓的谈判，奋起反抗了。同行的士兵绝对猜不到这个高大而沉默的小伙子只有 15 岁，但是连队的长官却发现他对于枪林弹雨的场面极为敏感，而且肠胃太过脆弱，不适合担任卫生员。于是，上级便让他在食堂里干活，以此来报效祖国。在分发罐头肉食和速溶咖啡的时候，嘉博注意到大家都在给心爱的姑娘写情书，将皱巴巴的照片藏在头盔中，他们还给他讲述自己的母亲，沙哑的声音充满了无尽的思念。每次得知战友死去，他都会痛哭流涕。经过短短一年，军队就命令精疲力竭的嘉博退役了——事实证明，为这么多的生命哀悼，实在是太累了。

当嘉博出现在拉文德家的房子跟前时，他身上的衣服破破烂烂，并且小了两号，伊米莲鼓励他愿意待多久就待多久。不仅因为她需要一个可以更换灯泡的杂务工，也不仅因为她怀疑他比声称的岁数更小——后来的观察进一步巩固了她的猜测，面对别人的赞誉，他总是害羞地低下头，面对薇薇安娜的存在，他总是忍不住颤抖。不，伊米莲之所以欢迎他，主要是因为在开门的瞬间，她听到东方传来了鸟儿的高歌，宣布着真爱的降临。

---

[1] 1941 年 12 月 7 日：指二战中的偷袭珍珠港事件，日本联合舰队的飞机和微型潜艇突然袭击美国海军基地珍珠港以及美国陆军和海军在夏威夷胡瓦岛上的飞机场。

薇薇安娜很少关注母亲收留的新住客，所以看不出他的眼神非常纯净，举止十分青涩。跟大家一样，她认为他比自己年长许多。她曾经管他叫“先生”，结果他却垂头丧气，使她感到颇为困惑，甚至局促不安。他始终表现得彬彬有礼，会把最后一块黑莓馅儿饼让给她，而且还修好了成天滴滴答答的水龙头。尽管他身形高大、肤色黝黑，跟杰克截然不同，但是薇薇安娜觉得，他可以称得上是“相貌英俊”。

不过，此时此刻，薇薇安娜并未想到嘉博，而是惦记着晚上的夏至日庆典。街区里的全体居民都不会错过这项盛事，尤其是杰克。至少，她希望如此。

自从法蒂玛·伊妮兹·德铎瑞斯离开巅峰巷尽头的房子以后，一年一度的生日庆典就发生了变化。吉卜赛占卜师和中国杂技演员已经成为遥远的过去，但是庆典依然如梦似幻、铺张奢华。深夜，庆典活动将达到高潮，学校的停车场会生起巨大的篝火。困乏的小孩子沉沉入眠，灼热的烈焰温暖着沾满棉花糖的脸颊；快乐的高中生躲在暗处，借着摇曳的阴影偷偷地谈情说爱；孤独的失恋者凝望星空，在画着蓝线的信纸上写下心中的悲伤并付之一炬。薇薇安娜相信，那是久别重逢的圣地，命运会让她和杰克再次相见。

也许是为了迎接即将到来的庆典，今年的大丽花[1]很早便纷纷绽放，鲜艳明媚的脸庞充斥着家家户户的庭院，就像浓妆艳抹的舞童。伊米莲种植的大丽花最漂亮，她利用杂交的手段，培育出绝妙而罕见的色彩：静谧的深蓝，渐变为橙黄或暗紫的赤红，以及乍看

[1] 大丽花（dahlia）：多年生草本植物，属菊科，花朵硕大而艳丽，通常在秋初开花。

之下十分苍白的浅绿，彼此相映成趣。浓密的大丽花拼凑出天然的拱盖，遮蔽着房子一楼的窗户，高挑的茎干令周围的果树相形见绌。但是，真正的花园却隐而不露，谦逊地藏在低处：驱魔辟邪的白菊花、定神安眠的蒲公英、治愈伤口的桉树和马郁兰，还有毛地黄、生姜、石南、薄荷、剧毒的颠茄、任性的芍药，以及永不嫌多的薰衣草[1]。

伊米莲注视着女儿跨过生锈的院门。薇薇安娜沿着蜿蜒的鹅卵石小径前进，钻到随风摇摆的花朵底下，顽皮地拍了拍柔嫩的花瓣。她身穿洁白的蕾丝连衣裙，头戴节日的花环。之前，她花费了好几个小时的工夫，仔仔细细地将花茎编织在一起，又系上长长的缎带，飘逸地垂到背后。

伊米莲注意到，薇薇安娜的样子很像待嫁的新娘。

“你打扮成这样，准备干什么？”伊米莲感到忐忑不安，薇薇安娜的眼神荡漾着难以名状的恍惚。近期，薇薇安娜一直都沉浸在思念中，显得格外忧伤，可是现在的表情却透着兴奋与希望。

薇薇安娜笑了，“参加夏至日庆典。”

“噢，”伊米莲直起腰来，拂去膝盖上的泥土，“你应该邀请嘉博一起去。”伊米莲听到自己的口吻，不禁觉得颇为尴尬，她很想随和地跟女儿交谈，却总是做不到。

薇薇安娜心不在焉，“谁？”

“咱们的客人。”伊米莲指向前廊，嘉博正在打磨刚刚安好的新栏杆。“问问他是否愿意，”伊米莲命令道，“那样比较礼貌。”

---

[1] 薰衣草(lavender)：在英语中，姓氏“拉文德”跟薰衣草的拼写完全相同。

“好吧！”薇薇安娜轻轻地叹息，“不过，我要在夫典上跟杰克见面。”

伊米莲挑起眉毛，“他会去吗？你怎么知道？”

“我就是知道。”

女儿的双眸闪闪发光，伊米莲的嘴里泛起金属的腥涩。

她伸手摘下一株薰衣草，插在薇薇安娜的花环上。“代表好运。”她说，语气有点儿生硬。

薇薇安娜默默地踩着鹅卵石小径，魂不守舍地走出花园。

薇薇安娜发现，到烘焙坊购买面包的街坊邻居常常对母亲侧目而视，如果母亲在找零的同时不慎碰到顾客的指尖，他们会迅速地缩回手臂。她明白，大家都认为伊米莲很古怪。

大概，薇薇安娜暗暗思忖，他们觉得我也一样吧！

薇薇安娜仰起脑袋，深深地呼吸，破解风中混合的秘密。潮湿而质朴的味道是大丽花，世间的花朵闻起来都差不多，包括芬芳扑鼻的玫瑰和栀子花。母亲的身上散发着新鲜面包的甘醇，还掺着细微的盐咸，就像用眼泪腌渍的酵母。薇薇安娜继续深呼吸，试图找出剩余的香气源于何方。细细体会之下，那种味道厚重浓郁，犹如杉木或松树，令她想起茂密的森林，想起威廉敏娜，感到安心舒适。不过，其中还夹杂着威廉敏娜所没有的甜蜜。

嘉博忙着干活，赤裸的后背布满汗珠，薇薇安娜一声不吭，悄悄地站在旁边欣赏。他抬起头来，恰好对上她的目光，她不禁羞红了脸。“我必须来问问你，是否愿意跟我一起去参加夏至日庆典。”她说。

他放下工具，眯起眼睛俯瞰着她。“必须？”他取笑道。

她翻了个白眼，“去还是不去？”

“我怎么可能拒绝呢？”嘉博将工具和木材留在前廊上，跟着她走下山坡。他重新穿上衬衫，薇薇安娜假装视而不见。他迈着从容的大步，她踏着细碎的小步，两人按照各自的节奏，保持一致的速度，配合得默契十足。

不久，他们便来到庆典现场。道路两侧摆满了小摊，隔壁城镇的女商贩在烹制裹着黄油和大蒜的玉米以及挪威的油炸零食，包括煎饼、薄卷和脆角。在白绿相间的帐篷里，肤色黝黑的舞娘戴着围巾飞快地旋转，腕上的木镯互相碰撞，丰满的圆臀不停摇晃。高中社团的女生给本地的孩子画脸谱，她们的母亲在举行馅儿饼义卖的活动，为退伍军人医院筹款。众多音乐家在街头表演曼陀林、单簧管、手风琴、小提琴、木琴和西塔尔琴，来自海湾对岸的穷苦家庭以五分钱的价格出售小猫、小鸡和小鸭。

薇薇安娜停下来，买了一块松露巧克力。嘉博静静地等待，似乎与她相伴就能心满意足。

“我有话想问你，薇薇。”他说。

薇薇安娜挑起眉毛，“薇薇？现在我都有绰号了？”

他面带困惑，“不好听吗？”

“没人叫我‘薇薇’。”

他低下头，凝视着她，“也许我可以。”

她勾起嘴角，忽然瞥见一名年轻的男子站在对面看着自己。薇薇安娜无比怀念地记起了他的微笑和门牙间的细微缝隙，就像在追忆童书绘本中的漂亮插图。

薇薇安娜把最爱的甜品放入口中，尽管黑巧克力和椰子汁的味道非常强烈，但是她只能尝到自己的喜悦。她漫不经心地扫了嘉博一眼，“待会儿见。”

他还没来得及回答，她便蹦蹦跳跳地跑开了。

“如果要说一样生活中必不可少的存在，你觉得是什么？”杰克站到环绕水库的混凝土矮墙上，他的模样映在水中，跟明月相比，显得颇为苍白。

“浴缸。”薇薇安娜灵巧地走在杰克身边，手里拎着鞋子，脚下的混凝土粗糙而冰凉。

杰克跃下矮墙，“没有你，日子会变得很艰难。”他盯着薇薇安娜，庄重的目光令她意识到这番谈话的严肃性。

“但是，你过得很好。”薇薇安娜惊讶地发现，自己的语气很平淡，毫无苦涩的痕迹。她知道，杰克肯定会归来，离家的游子总要重返故乡。

“因为你始终都陪着我。”杰克指向脑袋，“在这儿。”接着又指向胸膛，“当然，也在这儿。”

“嗯。”她喃喃地应道。

“你冷吗？”白色小屋的灯光照亮了他的脸庞。

薇薇安娜摇了摇头，清凉的微风拂过脖颈，吹动头顶的花环，舒爽宜人。

夜空中回荡着一首奔放的情歌，无疑是白色小屋里的收音机在播放。杰克接过薇薇安娜的鞋子，放在地上，然后握住她的纤纤细手，让她的指尖轻轻地落在他的掌心，“你还记得怎么跳探戈吗？”

薇薇安娜笑了，“记得。”

他们翩翩起舞，树叶纷纷飘落，掉在水面上，打碎了月亮的银色倒影。杰克垂下双眸，透过弯曲交错的胳膊，注视着薇薇安娜，“你在让我领舞吗？”

“有何不可？”她反问道，内心却暗暗惊讶，短短一年，变化竟然如此巨大。她靠在他的臂弯里，却仿佛面对着陌生人，不知他是否也产生了同样的感觉。转瞬间，收音机的曲调换成了缓慢悠扬的爵士乐，他们僵立在原地。片刻之后，两人分开了。

“我有事要告诉你。”杰克说。薇薇安娜四处寻找自己的鞋子。

“什么？”

薇薇安娜扶着杰克的肩膀，依次穿上两只鞋。他小心翼翼地把手掌放在她的后背中央，久违的温暖顺着脊椎流淌。

薇薇安娜用下颌抵住他的肩膀，“说吧，我准备好了。”她趴在他的耳畔，娇羞地低语。

“我遇到了一个人。”树叶坠落，漂在漆黑而沉寂的水面上。

薇薇安娜纹丝不动，下颌依然麻木地压着杰克的肩膀。音乐戛然而止，空中的月亮消失得无影无踪，白色小屋里的夫妇熄灭了柔和的灯光，打算上床睡觉。杰克的手掌从她的后背滑落，而薇薇安娜却在翻来覆去地思索：*月亮去哪儿了？*

杰克问她是否愿意见见那个人，薇薇安娜茫然地点了点头。他领着她离开水库，回到庆典活动的现场。一位姑娘紧张地站在街上，用两根手指缠绕着黄铜色的长发，左手的无名指戴着细细的金戒指，小巧的钻石只有在反光时才能引起注意。

薇薇安娜看着眼前的姑娘挽起杰克的胳膊，看着他们俩十指相扣，脑海中陡然闪过莫名其妙的念头，这位名叫劳拉·拉夫劳恩[1]的姑娘——多么可怕的姓氏——为杰克买了今年的生日礼物以及其他礼物：放假期间购置的小东西、庆祝浪漫纪念日的小摆设、表达爱慕之情的小装饰等等。薇薇安娜仿佛看到，劳拉·拉夫劳恩在百货公司和专卖商店之间穿梭，也许还带着一两个朋友，她们是将来的伴娘。薇薇安娜能够想象，劳拉找到了珍贵的礼物，足以取悦她的杰克——他不再是薇薇安娜的杰克了，而是劳拉·拉夫劳恩的杰克。薇薇安娜可以猜到，劳拉·拉夫劳恩肯定非常快乐，因为她给未婚夫挑选了完美的礼物，因为她明白他的心思，熟悉他的喜好。突然，薇薇安娜渴望逃跑，跑到遥远的地方，比如堪萨斯州的托皮卡[2]，抛弃嘈杂的生活，在路边的餐馆里当一名服务员，过上安静的日子。

于是，她真的跑了。

她经过出售玉米、煎饼、薄卷和脆角的小摊，经过白绿相间的帐篷，经过给孩子画脸谱的高中女生，她们的母亲在义卖烤煳的馅儿饼，为退伍军人医院筹款。她经过喝醉酒的音乐家，经过一盒盒长满跳蚤的小猫，经过学校停车场的炼狱之火。

她一路狂奔，直到夜晚变成深蓝的倒影、漆黑的水面和黄铜的长发。她一路狂奔，直到抵达巅峰巷尽头的房子，跑进母亲的花园。此刻，她才发现，杰克始终在后面跟着她。

杰克气喘吁吁地停下脚步，双手扶着膝盖。

---

[1] 拉夫劳恩（Lovelorn）：在英语中，“拉夫劳恩”也可做实意形容词，意为“失恋的，相思的，为情所困的”。

[2] 托皮卡（Topeka）：美国堪萨斯州首府。

“不该是这样的结局。”薇薇安娜轻轻地说，“你应当为了我回来，而不是带着她回来。”

杰克移开视线，眯着眼睛迎上明亮的路灯。他欲言又止，斟酌着自己要说的话，“她很善良，你会喜欢她的——”

薇薇安娜转身背对着他，抬头望向自家的窗户。“我数十下，请你马上离开。”她说，“一，二。”[1]

他渐渐靠近，她能感受到他的呼吸。

“三，四，五。”她咬住嘴唇内部。

“六，七，八。”她闭上眼睛，杰克在她的颈窝印下一个吻。

“九，十。”薇薇安娜只会用法语数到十。她缓缓地向前走了十步，每走一步都流出一滴眼泪。然后，她平躺在母亲种植的大丽花底下，摘掉美丽的花环，扔到地上。

杰克坐在她身边，压扁了她耗费数小时编织的花环。薇薇安娜神情恍惚，似乎陷入了朦胧的梦境。

杰克皱起眉头，“对不起。”说着，他把花环拽出来，试图将弯折的花朵恢复原样。

薇薇安娜从他手中夺过花环，摔在地上，“没关系。”

他们俩都无法解释接下来发生的事情，薇薇安娜觉得自己的灵魂挣脱了躯壳，仿佛在看着别人上演疯狂的剧目。别人的衣服被脱掉了，别人的嘴唇在亲吻杰克的皮肤，别人的手掌按住了他的胸膛。他的指尖卡在她的发丝间，她的思绪一片混乱。当他第二次碾压花环时，她跨坐在他的身上，伸直脖子，仰起脸颊、凝

---

[1] “一，二”：原文为法语，下文中的数字也是法语。

视着无尽的夜空。

薇薇安娜枕着花园里的护根物，感觉冰凉异常，强烈的恶臭钻进鼻孔。在母亲培育的成果中，最为肥硕的大丽花名叫“勇敢无畏”，色彩鲜红明艳，形状酷似机关炮，张扬的面孔犹如圆圆的餐盘。薇薇安娜抬起胳膊，折断“勇敢无畏”的茎干，来回地摇晃。她暗暗惊讶，眼前的花朵虽然硕大无朋，却如此脆弱，不堪一击。

薇薇安娜的连衣裙松松垮垮地耷拉在肩头，暴露的胸脯沐浴着月光，雪白的下摆缠绕在腰间。她用指尖触摸赤裸的肌肤，循着泥土的踪迹找到撕裂的蕾丝褶边。失去了杰克，她变得麻木而呆滞，不悲不喜。在第一次和恐怕是最后一次见到杰克的时候，薇薇安娜都穿得像新娘一样，残酷的现实似乎饱含着某种深层的讽刺，将她的心脏践踏得支离破碎。

薇薇安娜依然能看到橙色的烈焰在漆黑的夜空中燃烧，如果闭上眼睛，她仍旧能听见庆典活动的嘈杂吵闹：成群结队的丈夫们畅饮啤酒，咋咋呼呼地吹着牛皮，谨小慎微的太太们忐忑不安，提醒孩子别靠近篝火。倘若她屏气凝神，甚至可以捕捉到杰克·格里菲斯在未婚妻耳畔嘀咕的悄悄话。她使劲儿喘息，发出响亮的声音。

薇薇安娜认为自己是一个理智的姑娘。她是处女座，习惯于解决问题，尽管那意味着她要在浴缸里花费许多精力反复分析。然而，此刻的一切却毫无道理。她试着展望没有杰克的未来，却只能想到鸭嘴兽。裹着野兽皮毛的鸭子，多么荒谬，多么可笑。

她轻抚颈窝，杰克的亲吻仿佛烙印了灼热的烧痕。她痛得无法呼吸、无法挪动、无法思考。于是，薇薇安娜便静静地躺在母亲的大丽花底下，盯着狰狞的火焰，每当夏风带来杰克的窃窃私语，她都会拼命地加快呼吸。

嘉博目送薇薇安娜和那个陌生的家伙沿着街道朝水库走去，他的心脏跳出了嗓子眼儿，紧紧地跟着他们。他坐在药房外面的路边，身旁的流浪汉用肮脏的长指甲摆弄着曼陀林。他礼貌地对流浪汉微笑，等待自己的心脏回来。

嘉博仔细地观察着热闹的巅峰巷，不禁颇为诧异。虔诚的路德宗信徒竟然轻易地接纳了异教的节日，兴师动众地举办盛大的典礼，假装在替小小的葡萄牙女王欢庆生辰。为了纪念法蒂玛·伊妮兹，街坊邻居围绕着五月柱[1]载歌载舞，四肢画满了象征阳光的条形图案。父亲们拿木棍和毛毡星星给女儿制作仙子魔杖，母亲们平常总是辛勤地培育玫瑰，送到教堂的祭台上，到了夏至前夕，却开始收集迷迭香、百里香和马郁兰，插在门口，摆在玄关，借着浓郁的芬芳祈求平安、好运与财富。

天色渐暗，一年中最长的白昼终于向黑夜臣服。西雅图的市长头戴鹿角，亲手点燃篝火。人群欢呼雀跃，烈焰嘶嘶作响，而嘉博的视线却望向飞奔的薇薇安娜，那个年轻的男子正在追她。嘉博连忙站起来，打算加入这场赛跑。可是，他知道，凭借长长的双腿，他会迅速地赶上去。接着该怎么办呢？难道要让他们做

---

[1] 五月柱（maypole）：又称五朔节花柱，以挺拔的树干做成，上面漆成五颜六色或用鲜花点缀，顶上挂着花环，花环上拴着各种颜色的长丝带，人们在五朔节时手持丝带围着柱子跳舞。五朔节（May Day）是欧洲传统民间节日，一般于 5 月 1 日举行，用以庆祝春天。

出解释吗？

后来，在返回巅峰巷尽头的途中，嘉博瞧见那个家伙跌跌撞撞地走下山坡，他的衣服皱皱巴巴，衬衫的扣子系错了，鞋带也开着。他脚步匆忙地与嘉博擦肩而过，脸上挂着自怨自艾的表情。

嘉博花了几分钟才找到薇薇安娜，因为他先进屋看了看浴缸。当他发现她在月光下半裸着身子，瑟瑟发抖地躺在大丽花中间时，他很想扑上去把她抱在怀里，或者把那个浑蛋的牙齿统统打掉。他竭尽全力，忍住了突如其来的冲动。

次日清晨，薇薇安娜缓缓醒来，床单上残留着一道道泥土的痕迹，杰克·格里菲斯带来的心痛似乎稍微减轻了，变得勉强可以忍受了。

至少，她是这样告诉自己的。

第八章

薇薇安娜在药房的冷饮柜台找了份工作。先前，她烤制的泡芙令顾客号啕大哭，咸涩的泪水毁掉了整整一周的面包，母亲别无选择，只好再次禁止她踏入烘焙坊。在冷饮柜台，薇薇安娜守着黏糊糊的玻璃杯，负责提供奶油冰激凌和樱桃可乐。康丝坦斯·夸肯布什不怀好意地询问，现在杰克·格里菲斯即将迎娶劳拉·拉夫劳恩了，那她该怎么办呢？薇薇安娜露出职业性的微笑，郑重其事地宣布："我会自由自在地飞翔。"

空运伤兵的机组急需护士，许多女乘务员都积极响应国家的号召，薇薇安娜也曾考虑过要贡献一己之力。街坊邻居家的几个少年在高中毕业之际纷纷参军入伍，才过了短短数月，其中两人便躺在深色的木头盒子里重返故乡，伤心欲绝的父母摘下挂在窗前的服役旗帜[1]，把蓝星改成了金星。薇薇安娜认识他们俩，华莱士·齐默

---

[1] 服役旗帜（service flag）：旗面为白色，镶嵌着红色的边缘，在旗帜中央用蓝色的星星代表在战争期间服役的家庭成员，如果该成员已为国捐躯，则相应的星星需改为金色，以示纪念和哀悼。

是德蕾拉·齐默的哥哥，而丁奇·菲尔兹在英语课上坐在薇薇安娜后面。

得知珍珠港遭到偷袭，她真诚地祈祷，恳求神明保佑那些被困在“亚利桑那”号[1]战舰上的少年。此外，她还为欧洲大陆的士兵编织手套，希望他们能抵御严寒，顺利地向敌人扣动扳机。薇薇安娜常常沉浸在白日梦里，幻想着自己能够照顾伤员恢复健康，在枪林弹雨中高喊“快取绷带来”，洁白的制服短裙随风飘扬。可是，薇薇安娜从未接受过医护培训，所以在展望空中生活的时候，她很少描绘飞越敌占区的情景。归根结底，薇薇安娜不适合涉足战场，她讨厌响亮的声音，就连听到茶壶烧开的呼啸都会大惊失色。而且，她肯定无法忍受血腥的气味。

在薇薇安娜勾勒的画面中，她看到自己端着粉红色的餐盘，动作优雅地在机上穿梭，向大家分发食物和饮料。她要让雪白的皮鞋始终闪闪发亮，给双腿涂抹遮瑕的化妆品。她会面带微笑，跟头等舱的乘客调情，在候机室里喝着鸡尾酒跳舞，偶尔回到飞行员的宾馆房间里休息。次日清晨，她将忽略洗手池旁的婚戒，捏起发卡，把小巧的圆盒帽固定在蓬松的卷发上。

有一天，时间过得十分缓慢，薇薇安娜正在冷饮柜台等待顾客光临，无意中瞧见一张陈旧的报纸塞在盛满热巧克力的容器背后。在关于冥王星的新闻旁边，印着一篇简短的文章，记叙了一架飞机

[1] “亚利桑那”号（USS *Arizona*）：美国海军的一艘战舰，建造于20世纪初。1941年12月7日，日军偷袭珍珠港，“亚利桑那”号遭到轰炸，共有1177名军官和船员丧生。

的冒险。它耗尽燃料，迫降在怀俄明州切罗基驿道[1]附近的麦田里。在场的空姐声称，众人骑马坐车，从数十里之外赶来，围观陌生的庞然大物。他们认为，那位美丽的空姐就是“误落凡尘的天使”。薇薇安娜很喜欢这个故事，第二天，她便向美国联合航空公司递交申请，应聘乘务员的岗位。

面试官拿着硬邦邦的书写板，厚厚的下嘴唇犹如自行车的轮胎。他要求薇薇安娜掀起裙子，在屋里来回走动，方便他观察她的腿部线条。接着，他仔仔细细地检查了她的手掌、指甲、头发和牙齿。她早就做好了准备，丝毫不觉得尴尬。前一天晚上，她小心翼翼地夹起头发，让一缕缕纤细的波浪拂过肩膀。而且，她还认真挑选，保证口红的色号准确无误。最后，面试官满意地笑了，鼓鼓囊囊的下嘴唇格外凸出。他告诉我的母亲，她长得如此漂亮，实在是非常幸运。她却暗暗思忖，不知相貌平庸的男人是否都这样讲话。

在等待通知的过程中，薇薇安娜依然去药房上班，漫不经心地给滴滴答答的冰激凌添加过量的奶油，或者往装满可乐的玻璃杯里继续放大樱桃。她在脑海中设计着崭新的蓝图，跟过去的规划截然不同。她想，**如果这就是没有杰克的生活，那么没有杰克的生活倒也不错**。很快，她便告诉自己，她要成为美国联合航空公司的乘务员了，将在整齐的小圆领底下佩戴金色翅膀[2]的胸针，迎接美妙的

---

[1] 怀俄明州（Wyoming）：美国西部的一个州。切罗基驿道（Cherokee）：美国的一条古驿道，现穿过俄克拉荷马州、堪萨斯州、科罗拉多州及怀俄明州。

[2] 金色翅膀（gold wings）：美国联合航空公司机组工作人员佩戴的胸针，状似一双展开的金色翅膀，中间印着美联航空的标志。

未来。

可是，在 8 月下旬，薇薇安娜走进药房的洗手间上厕所，忽然想起了刚满 13 岁的那一天。她记得，自己迷迷糊糊地醒来，感到小腹隐隐作痛，立即悄悄地打起了如意算盘，虽然肚子疼得不厉害，但是足以让母亲允许她不去学校。她走下楼梯，决定装病逃课，却发现母亲已经知道了。

其实，这并不意外。伊米莲总是能从莫名其妙的地方得到古怪的信息。梦见钥匙，代表着某种变化即将发生；梦见茶水，预示着不速之客马上登门。鸟鸣自北方传来，象征悲剧；自西方传来，象征好运；自东方传来，则象征真爱的降临。小时候，薇薇安娜怀疑母亲的天赋可以通灵——也许她能跟死人交流。然而，伊米莲却不耐烦地挥了挥手，否认薇薇安娜的猜测。

“世界上根本不存在鬼魂。”说着，她偷偷地瞥向客厅的角落。

伊米莲把月经带递给薇薇安娜，她乖乖地穿上，在腰间勒出了一圈红色的痕迹。当天，薇薇安娜不仅获准在家休息，而且还得到了母亲写的假条，使她在一周之内都免遭体育课的折磨。

此刻，薇薇安娜意识到，在夏至日庆典至今的两个月里，她再也没体会过那种熟悉的腹痛了。

高中期间，坐在薇薇安娜旁边的女生赌咒发誓，坚称自己的表姐通过打喷嚏解决了怀孕的问题。薇薇安娜曾经纳闷儿，这个女生为何要将表姐的故事告诉她。然而现在，她却直奔药房仓库，撕开一袋黑胡椒，用手抓起一撮，凑到鼻子底下。在第八次尝试以后，她终于明白，冲着胡椒打喷嚏只会把粉末吹到脸上，刺激脆弱的视网膜。

接着，薇薇安娜拼命地咳嗽，弄得喉咙火烧火燎。夜里，她辗转反侧，期待奇迹的出现，盼着疼痛的感觉能够重新占领肚子、后背和大腿根部。

在工作中，薇薇安娜每个小时要跑六趟厕所，烦恼越来越沉重，希望越来越渺茫。最后，她变得心灰意懒，无比沮丧地离开洗手间，回到冷饮柜台，正巧碰见杰克·格里菲斯踏入药房。

也许是出于矜持，也许是出于愧疚，整整一个夏天，杰克始终在逃避薇薇安娜。他在西雅图码头周围的军队补给仓库干活，其他同事全是四五十岁的女人，她们的儿子或丈夫都在外国的战场上打仗。在休息日里，杰克会开车带着未婚妻去海边兜风，为了跟他挨得更近，劳拉·拉夫劳恩主动留在西雅图过暑假。对于杰克而言，那年夏天的空气似乎一直都充斥着臭烘烘的鱼腥味儿，挥之不散。

杰克对薇薇安娜说劳拉·拉夫劳恩很善良，此话绝非虚言。她确实性格温和、通情达理，杰克知道自己应该爱她。怎么可能不爱她呢？人人都喜欢劳拉·拉夫劳恩，她八面玲珑，能够满足大家的一切愿望。可是有时候，站在海边，杰克会遗忘她的存在，记起巅峰巷的夜晚，头顶的炎炎烈日瞬间化作莹莹明月，眼前的波涛汹涌突然变成风平浪静。他抬起双眸，瞧见劳拉·拉夫劳恩面带完美的微笑，将发丝缠绕在无名指的订婚戒上。他回过神来，心想，噢，对了。于是，生活继续。

杰克·格里菲斯和劳拉·拉夫劳恩在惠特曼学院的橄榄球比赛上初次相遇，两人同为一年级新生。对垒双方分别为惠特曼传教士队和连续九年取得胜利的威拉姆特[1]小熊猫队，世界大战的爆发导致联盟内部的学校纷纷取消橄榄球项目，结果这场比赛竟成了三年间的最后一场比赛。在跟随室友赶往体育场之前，杰克正在给薇薇安娜写信，那封始终无法完成的情书将会被尘封在桌子的顶层抽屉里，再也不见天日。他们穿着金色和蓝色的毛衣，高声唱着校队的加油歌，“惠特曼，献给你……”

在观众席上，杰克看到了飘扬的黄铜色长发，就在比自己矮三排的位置。随着悲惨的比赛的进行，惠特曼学院渐渐落败，杰克却望着那位姑娘，她为传教士队的艰难得分而欢呼雀跃，娇嫩的脸颊冻得通红。

杰克得知，劳拉·拉夫劳恩参加了爱心俱乐部，帮助年幼的孩子提高社会技能，而且，从胸口佩戴的白盾胸针能够推断，她也是三角伽马社团[2]的成员。每逢周五下午，她会贩卖美汁源[3]和战争邮票[4]，把赚到的收入统统上交给军队。除此之外，她还是一名优秀的花样游泳运动员，技巧高超，编排新颖，足以令埃丝特·威廉斯[5]都相形见绌。劳拉的父亲是1920年的毕业生，他向惠特曼学院

---

[1] 威拉姆特（Willamette）：指威拉姆特大学，一所位于美国俄勒冈州塞勒姆市的私立人文学院，创始于1842年，校徽上画着小熊猫的图案。

[2] 三角伽马社团（Delta Gamma Society）：北美地区最古老的女子联谊会之一，如今在全世界范围拥有23万名成员。

[3] 美汁源(Minute Maid)：此处疑为作者笔误，美汁源品牌创办于二战之后。

[4] 战争邮票（war stamp）：指1942年发行的“必胜邮票”，图案是一只翅膀呈“V”字形的老鹰，周围环绕着十三颗星星，代表期盼美国取得战争胜利的愿望。

[5] 埃丝特·威廉斯（Esther Williams）：美国竞技游泳运动员、女演员，在20岁左右即打破了多项全国和地区的游泳比赛纪录，由于二战爆发，未能参加奥运会，转而成为一名电影女演员，代表作有《出水芙蓉》。

捐赠的款项远远超过了其他校友，包括声名显赫的公众人物。拉夫劳恩一家住在斯波坎市城郊的一栋英式都铎豪宅中，劳拉的父亲常常跟生意伙伴在书房里抽雪茄，而劳拉的母亲则在茶室里款待客人的太太，他们拥有一群荣获大奖的阿拉伯骏马和一座位于海边的度假别墅。最重要的是，杰克发现，拉夫劳恩一家十分正常，毫无古怪的嫌疑。谁也不敢将他们当中的任何人称作“巫婆”。

就连杰克的父亲都不会信口开河。

8 月底，天气炎热。杰克走进药房里，坐在冷饮柜台前的金属凳子上，点了一杯香草味的汽水，薇薇安娜看着他用吸管喝掉浓稠甜腻的饮料。然后，杰克抬起头来，凝视着她，“我永远都不会忘记你。”

我那可怜的母亲弯下腰，躲在柜台后面，呕吐不止。

第九章

第二年，春天早早地降临了，随之而来的还有成群结队的大蚂蚁、随风摇曳的郁金香和无药可治的花粉症。时值 3 月，温暖的阳光晒着薇薇安娜的后背。她坐在家门口吃樱桃，膝盖上放着透明的玻璃碗，前廊的地板上全是果核与细茎。

薇薇安娜在等待。虽然并不理智，但是她别无选择。在漫长的七个月间，她眼睁睁地看着身体变得越来越陌生，希望飞得越来越遥远，直到化作天边的小点，几乎彻底消失。然而，她仍旧在等待，等待杰克回来找她。

房子侧面的樱桃树比街区里的其他樱桃树提前一季盛开。寒冬腊月，粉色的花瓣飘撒在覆盖着白雪的草坪上。此刻，枝头挂满了红得发紫的樱桃，又大又圆，熟透的果实挣裂了表皮，酸甜的汁液顺着树干流淌，渗进泥土中。伊米莲辛勤地制作樱桃酱，烘焙坊不停地出售樱桃派，可是院子里掉落的樱桃似乎丝毫不减。幸好，樱桃是薇薇安娜唯一能下咽的食物，尽管大夫声称，她应该不会恶心呕吐了。仅仅两三年前，这位大夫还是她的儿科医生，如今却要负责解答孕期的难题了。

薇薇安娜伸直肿胀的双腿，自从 2 月份发现鞋子太小以来，她始终赤足行走，脚底肮脏不堪。其实，她倒是不需要穿鞋了。由于无法掩饰日渐鼓起的肚子，她辞去了冷饮柜台的工作。之后，街坊邻居便没再见过她。

伊米莲把女儿的许多衣服都改得宽松舒适，可是薇薇安娜却坚决不肯脱掉陪伴自己七个月之久的蕾丝长裙。那条雪白的裙子已经被灰尘染成黯淡的棕褐色，拉链也合不上了。

薇薇安娜不照镜子，不换衣服，而且不愿洗澡。污垢聚集在沉重的乳房底下和深色的乳晕周围，油腻的头发耷拉在背上，手指沾满黏糊糊的樱桃汁。

只有在母亲和威廉敏娜的逼迫下，她才会洗澡。伊米莲把当天的新鲜牛奶倒入浴缸的温水里，拽着薇薇安娜来到浴室。威廉敏娜用橄榄油和柠檬汁揉搓薇薇安娜的头发，擦去乳房底下和乳晕周围的污垢，确保她长久地浸泡在水中，直到顽固的樱桃汁脱离手指的皮肤。

薇薇安娜注视着密密麻麻的木蚁，它们爬到前廊的秋千下方，凑近硼酸和蜂蜜的混合液体，那是伊米莲布置的陷阱。聚集的木蚁就像环绕着金色圆圈的乌黑花瓣，它们将惬意地舔光甘甜的药浆，然后返回墙壁里的巢穴，喂养自己的孩子，在不知不觉中传递致命的毒素，接着痛苦地死去。薇薇安娜把巢穴想象成坟墓，尸体堆积如山。

至今，薇薇安娜 · 拉文德已经爱慕了杰克 · 格里菲斯十二年，远远超出她生命的一半岁月。如果吃掉这份爱，相当于吞下 4745 块樱桃派；如果保存这份爱，需要23725个玻璃罐和标签，还需要跟巅峰巷同等长度的地窖。

如果喝下这份爱，她会酩酊大醉。

薇薇安娜缓慢地走进屋里，挺着巨大的肚子，步履蹒跚而笨拙。伊米莲假装兴致盎然地研究手中的洗碗巾。

“天气转暖了吗？”伊米莲问道，语气颇为生硬。她不禁暗暗思忖，难道自己一直都表现得如此冷酷、如此严厉、如此无情吗？

“嗯，一点点。”薇薇安娜答道。

楼上传来铁锤敲击钉子的动静，嘉博正在把一间卧室改造成育儿室，刺耳的噪声令薇薇安娜眉心紧蹙。

“薇薇安娜——”伊米莲开口道。

薇薇安娜应声抬头，母女俩对视了片刻，伊米莲感到一股寒意涌入肺部，脑海中充斥着去年夏至夜的画面——折断的六丽花，破碎的承诺——她忽然回忆起朦胧的从前，那时，爱情也曾用冰凉的气息笼罩着她。

伊米莲还没来得及理清复杂的思绪，薇薇安娜便转过身去，迈出厨房，“我要睡个午觉。”

“顺便瞧瞧育儿室！”伊米莲冲着薇薇安娜高喊。她把洗碗巾扔到料理台上，沮丧地摸了摸脸颊，“我得去一趟烘焙坊。”她喃喃地自言自语。

面对女儿的混乱人生，伊米莲不知所措，只能躲到烘焙坊里干活。怀孕，她难以置信地想，而且孩子的父亲还是杰克·格里菲斯。每当伊米莲在休息日踏入烘焙坊时，威廉敏娜都会指责她逃避现实。

伊米莲·拉文德发扬法国的糕点工艺，威廉敏娜·德沃芙借助优秀的商业头脑，二人各施所能，将烘焙坊的成功延续了十八年之久。现在，威廉敏娜已经晋升为烘焙坊的合伙人了，她建议雇用本地的高中男生，让他们拎着盛满面包的篮子，挨家挨户地登门拜访。随着生意蓬勃发展，推销的路线也在不断拉长，这些少年——最终被称作“伊米莲烘焙坊的面包小子”——开始骑自行车送货，为了保持平衡，后轮的左右两边都挂上了沉甸甸的篮子。他们的红色自行车不仅成为巅峰巷的一道靓丽风景，而且还出现在巴拉德街区，甚至翻越了菲尼山脉。

在大萧条[1]期间，伊米莲想方设法地购置果酱、腌肉和鸡蛋，拿到烘焙坊出售，通过允许赊账的策略来维系顾客的忠诚。有人认为，巅峰巷的居民可以渡过难关，全是伊米莲的功劳——在忍饥挨饿的日子里，他们总能从烘焙坊讨到面包。

先前，街区的路德宗教堂举办过一场小小的庆典，备受欢迎的高中老师伊格内修斯·勒克司迎娶了埃丝特尔·马格利斯。为此，烘焙坊专门往菜单上添加了婚礼蛋糕。在仪式结束之际，伊米莲亲手烤制的四层蛋糕惊艳亮相。新郎和新娘喜笑颜开，处处都洋溢着幸福的氛围。不过，真正令宾客难以忘怀的还是美味的蛋糕——香草蛋羹在内，黄油乳酪在外，中间掺杂着酸甜的树莓。在一般的婚礼上，尚未出嫁的女人会把剩余的蛋糕带回家，放在枕头底下，盼望梦见未来的丈夫[2]；然而，伊格内修斯·勒克司和埃丝特尔·马格利斯宴

[1] 大萧条（Depression）：指 1929 ～ 1933 年发源于美国，后来波及整个资本主义世界的经济危机。

[2] 在美国的某些地区流传着一种古老的说法，如果把一小块婚礼蛋糕放在枕头底下，就会在夜里梦见未来的丈夫。

请的亲朋好友却将整个蛋糕都吃得干干净净，接着在梦里又痛快地吃了一遍。参加完热闹的庆典，单身的姑娘们常常在深夜含着泪水醒来，并非因为感到孤独寂寞，而是因为蛋糕丝毫未留。毋庸置疑，这种蛋糕很快便成了烘焙坊的招牌产品，碰上各种各样的聚会，大家都要预订，无一例外。

伊米莲从料理台上拿起烘焙坊的钥匙，径直朝屋外走去。她用一根磨得光滑的皮制项链串着钥匙，始终随身携带，白天挂在胸口，夜晚摆在枕边。

伊米莲迈向前廊，迎着春日的阳光眨了眨眼睛。她轻轻地关上大门，嘉博辛勤忙碌的叮叮当当变成了遥远的闷响。在烘焙坊里，伊米莲能够掌控一切。遇到任何事情，就连威廉敏娜都不敢擅自做主，必须首先征询伊米莲的意见才行。她叹了口气，要是在家中也能这样，那该多好。

其实，嘉博并不清楚普通的育儿室都有哪些东西，不过他已经做好了一张带围栏的婴儿床，放在窗户旁边。当薇薇安娜溜进房间的时候，他正在苦恼要将墙壁刷成什么颜色。

“绿色。”薇薇安娜垂下双眸，瞥向盛满白色和蓝色油漆的铁桶。

嘉博抬起眼睛，惊讶地瞧见她站在面前。“怎样的绿色？”他问。

“淡绿，但不是柠檬绿，更接近苹果绿。春天的绿色。”

嘉博赞同地点了点头，“好，春天的绿色。”

嘉博精力充沛，很少需要睡觉，他把全部的白昼和多数的黑夜都用来干活，锤子的敲击和锯子的摩擦制造出嘈杂的噪声，不时飘进我母亲的梦中。有些晚上，他会停止工作，畅饮几瓶家酿的啤酒，庆祝装修翻新的进展，而我的母亲便会陷入无梦的酣眠。

嘉博看着薇薇安娜在屋里四处走动。他发现她洗澡了，感到心满意足。嘉博无法确定这是伊米莲还是威廉敏娜的杰作，但是他盼着薇薇安娜可以自己洗掉手上的樱桃汁，给松散的长发绑上红色的缎带。那样一来，说不定她就能得到好运的眷顾。

薇薇安娜抚摸着打磨光滑的婴儿床，欣赏着崭新的布帘，然后转移视线，注意到悬在婴儿床上方的小巧物件，嘉博不禁屏住呼吸。

“羽毛。”她露出淡淡的微笑。

“呃，我是想，大概……”嘉博吞吞吐吐，不知该如何解释。近期，他一直在街区里收集鸟儿掉落的羽毛，并把它们挂在薇薇安娜的孩子睡觉的地方。

在某个酩酊大醉的庆祝之夜，嘉博曾经悄悄地走进薇薇安娜的卧室，跪倒在她的床前。尽管她十分悲惨，尽管她肮脏不堪——泥土包裹着脚底，嘴边和掌心沾满黏糊糊的果汁——他依然觉得她非常漂亮。他伸出手，轻轻地按住她的肚子。他早就考虑过宝宝的名字，万一被她问起，也不至于毫无头绪。如果是女孩儿，也许能取名为亚历珊德拉或者伊莉丝；如果是男孩儿，可以叫德米特利。

他刚要抽回手，忽然感到一阵微弱的颤抖。嘉博明白，这种现象通常被人们称作“胎动”，可是他却忍不住放声大笑：摸起来多么像翅膀呀！

薇薇安娜再次微笑，“羽毛很好，嘉博。”言罢，她走出房间，留下神情恍惚的嘉博呆立在原地。薇薇安娜·拉文德第一次说出了他的名字。美妙的现实令嘉博欢欣鼓舞，为了装下体内充盈的希望，他又长高了 2 英寸。

在母亲生我的那个晚上，几乎没有任何灵魂能够入眠。昼伏夜出的猛禽像虔诚的信徒一样聚集在草坪中央进食，它们的猎物朝着无尽的黑暗疯狂地哀嚎。当天早些时候，乌鸦和麻雀在街区里愤怒地啼鸣，不顾死活地撞向窗户，锲而不舍地追逐孩子。即将到来的分娩令鸟儿举止异常，但是薇薇安娜却并未察觉。

平常，嘉博会开着笨重的雪佛兰卡车，在城镇各处揽点零活填补家用。紧急关头，护送薇薇安娜去医院的任务便落到了他的身上。伊米莲还在烘焙坊工作，找她已经来不及了。

“来不及了！”薇薇安娜贴着副驾驶座的椅背，拼命地尖叫，攥紧的拳头犹如收缩的腹部。她难受地闭上眼睛，嘴唇周围的汗珠闪闪发亮。

嘉博伸出胳膊，穿过老旧的车厢，抓住她的小手。薇薇安娜痛不欲生，他却依然能因为触碰她而感到快乐。细想之下，嘉博有点儿厌恶自己。

“坚持一下，薇薇，”他说，“咱们马上就到了。”

嘉博被迫留在候诊室等待，两名穿着围裙的护士迅速带走薇薇安娜，让她躺在雪白的无菌室里。接着，她们便匆匆忙忙踏上走廊，鞋子摩擦着地板，吱吱作响。

薇薇安娜孤零零地躺在病床上，声嘶力竭地哭喊，要求见护士，要求见杰克，甚至要求见自己的母亲——尽管伊米莲绝不会握着女儿的双手或者用湿毛巾擦拭她的额头。等到可怕的疼痛变得再也无以复加，等到剧烈的收缩快要把她撕成两半，吱吱作响的鞋子终于重新出现，带来了一支冰凉的针筒。

薇薇安娜发誓，在陷入麻醉的状态以前，她看到硕大的羽毛从天而降。恍惚间，她还以为那是药物造成的幻觉。

在我出生的时候，负责手术的医生困惑地打量着手中的镊子，过了片刻才去候诊室寻找家属。

根据值班护士所言，刚刚来到世上，我便立即睁开眼睛，舒展肩头的斑驳翅膀，抬起胳膊，指向明亮的灯光。

大家都没料到我还有个双胞胎弟弟，听说他的存在，他们不免颇为惊讶，尤其是医生，他不得不迅速赶回无菌室，继续进行手术。后来，医学研究者议论纷纷，认为我的翅膀可能影响了亨利在母胎里的发育。但是，这无法解释那些类似的孩子为何也会与众不同，他们跟亨利一样天生古怪，却并没有长着羽毛的双胞胎姐姐。

两小时之内，新闻媒体就闻风而至，挤满了狭窄的走廊，医院的工作人员不胜其扰，恶狠狠地瞪着他们。护士长勉强阻止摄像机和记者闯入病房，可是，许多教徒却趁着夜色，簇拥在医院的窗外，手持点燃的蜡烛，怀着敬畏之心唱起了赞歌。围观的群众密密麻麻，附近的街道水泄不通，嘉博用了四个小时才把伊米莲从烘焙坊带到医院。然而，伊米莲仅仅待了四十五分钟，便坐立不安地宣称，她已经离开烘焙坊太久了。结果，嘉博只得又花了四个小时送她回去。

在母亲住院的大部分时间里，都是助理护士在照顾我们。她帮忙倾倒便盆，还哄着虚弱的母亲吞掉绿色的果冻，喝光热乎乎的巧克力牛奶。这位助理护士是圣经的狂热读者，她在笔记本上潦草地记下了米迦勒[1]、拉斐尔和乌列对应的所有女性称呼。

“她真的需要一个名字。”她说。

---

[1] 米迦勒（Michael）：与下文中的拉斐尔（Raphael）和乌列（Uriel）一样，均为基督教传统中大天使的名字。

据说，在新生的婴儿中，我显得格外可爱。

我拥有深色的眼睛，头上的黑发跟母亲刚出世的时候相同，就连后脑勺的卷毛都一模一样。除了翅膀以外，我堪称完美。而且，翅膀并非那么糟糕。过了短短数日，我便能够用翅膀盖住自己的身体，犹如裹着厚厚的毛毯。

“我喜欢米迦拉[1]，”助理护士站在门口说，“或者，拉斐拉也不错。”

嘉博通常要耗费半天的工夫才能从电梯走到病房，他必须平息起伏的胸膛，稳住颤抖的十指。在抵达的瞬间，他会郑重其事地撞上门框，而手里的鲜花早就在掌心的紧握和汗水的浸泡下枯萎了。

“我觉得，你可以给她取名为艾娃。”他摩挲着脑袋，把无精打采的花束递给助理护士。她诧异地瞥了他一眼，接过花束，插在他先前带来的棕色花朵之中。

“哪位天使叫这个名字？”她问道。

“艾娃的意思是飞鸟。”薇薇安娜轻柔地回答。她竭力掩饰内心的失望，但是她、嘉博和伊米莲都知道，她依然盼望着杰克能穿过那道门，踏入病房。她不在乎他是否捧着鲜花，甚至不在乎他是否愿意道歉，她只想见他，否则一切都毫无意义。

转瞬，我的母亲窥探到嘉博的真情，忘记了自己的悲伤。片刻那一刻，她觉得自己与他灵魂相通，不禁勾起嘴角。想象着跟他共度余生，躺在他的臂弯里睡觉，跟随他的步伐行走节奏一致，默契十足。可是紧接着，她又记起了杰克，记起了等待爱人的漫长岁月。

[1] 米迦拉（Michaela）：与下文中的拉斐拉（Raphaela）分别为米迦勒和拉斐尔对应的女性名字。

于是，她再次用尸布包好支离破碎的心脏，深深地将其埋葬。

“好吧，”年轻的助理护士翻了个白眼，“随便你们。但是，另一个孩子呢？”

面对外界的关注——记者、报道、教众——薇薇安娜感到非常苦恼。而且，大家总是把目光聚焦在女婴身上，仿佛她是独立的个体。双胞胎难道不是天生一对吗？他们之所以一起来到世上，肯定是有原因的。可是，在母性的激愤背后，却暗藏着隐隐的担忧。男婴身形瘦小，异常安静。每当被人抱起，他都会变得绵软无力。由此可见，薇薇安娜似乎诞下了两个怪胎。

“亨利。”薇薇安娜打定主意，“我想叫他亨利。”

嘉博笑了，“艾娃和亨利。”

第十章

显而易见，杰克·格里菲斯就是拉文德家双胞胎的父亲。街坊邻居都能看得出来，我的弟弟跟杰克长得一模一样，可是谁也不敢说破。或许，他们是碍于杰克父亲的脸面，才佯装若无其事。约翰·格里菲斯依然脾气暴躁，每每经过伊米莲的烘焙坊，必定会皱起眉头，绷紧下颌。有人信誓旦旦地声称，曾经亲眼看到他朝薇薇安娜吐口水。那天，薇薇安娜刚刚辞掉冷饮柜台的工作，迈出药房，隆起的肚子撑着脏兮兮的蕾丝连衣裙，黏稠的唾液顺着后背流淌，滴落在路上，堆积成混浊的浓痰。

大多数人宁愿相信杰克是无辜的，他们普遍认为，他恐怕不知道我们的存在。早在我们出生以前的 9 月份，他便重返惠特曼学院了，之后再也没回过故乡。毕竟，两地相隔 270 英里。

可是，在我们年满 2 岁的时候，碧翠丝·格里菲斯来探望我们了。

那是第一次，也是唯一一次。

我的外祖母远远地望见碧翠丝出现在山坡上，她迈着细碎的步伐，显得弱不禁风。看着眼前的女人，伊米莲想到了自己的母亲，忍不住热情地表示欢迎，将碧翠丝领进客厅。后来，伊米莲常常记起，为了这次简短的拜访，碧翠丝打扮得格外隆重。她身穿干练的灰色套装，围着宽大的腰带，戴着雪白的手套，精致的纱网帽包住短短的头发。而且，她还在瘦削的脸颊上小心翼翼地涂抹了粉红的胭脂。

我们的母亲把我和亨利介绍给她，碧翠丝十指交握，嘴里轻柔地念了一声“嗯”，双手颤抖，泪水沿着深深的笑纹滑落。

她带了礼物，送给我一个陀螺，送给亨利一套积木。她把我抱在腿上，直到我的翅膀挠痒她的下巴。

在道别之际，碧翠丝攥住薇薇安娜的小手。“你不该独自承担这一切。”她喃喃低语。

碧翠丝·格里菲斯并非一向都沉默寡言。从前，她活泼开朗、幽默风趣，甚至在大学四年级被票选为“最优秀的女生”。她运用聪明才智，指挥同学们偷走橄榄球队的吉祥物，从而让赛场上的竞争对手分心。在街区里，她率先剪了时髦的短发，并且劝说自己的朋友也改换造型，享受秋风拂过耳畔的清凉。某一天，约翰·格里菲斯忽然走进她的生命，他那湛蓝的眼睛和紧绷的下颌令她膝盖发软。很快，周围的伙伴便发现可爱的碧翠丝变了，在家等待约翰的电话比参加同学聚会重要百倍。“如果结束得太晚，我该如何向他解释呢？”她担忧地嘟囔，焦虑不安地摆弄着纤纤细指。

约翰是一位失败的地毯推销员的儿子，他在洗衣店工作，负责驾驶运货的卡车。坊间传闻，他干过不少违法的勾当，流言蜚语如影随形地跟着他，犹如夏夜的蚊虫，嗡嗡作响，挥之不去。等到碧翠丝嫁给了约翰，跟她见面更是难上加难了。朋友邀请她喝茶聊天儿，她却常常托词拒绝，或者借故提前离开。她得准备晚餐，约翰喜欢在六点准时吃饭；她得打扫卫生，约翰希望地板干干净净，浴缸闪闪发亮；她得努力怀孕，约翰想要个大胖小子。

杰克刚出生不久，大家便停止找她了。有什么意义呢？那个朝气蓬勃的碧翠丝早就一去不复还了。可能正因如此，许多年以后，当她真的消失时，反倒无人察觉了。不管是街坊邻居还是昔日旧友，统统浑然不知，而伊米莲则忙着经营烘焙坊，完全没留意碧翠丝·格里菲斯不再每周到店里来买三块酵母面包了。

碧翠丝的丈夫在六点钟踏入家门，却发现桌上并未摆好晚餐，否则，他恐怕也不知道她走了。

“该死的碧翠丝！”他高声咆哮，“这他娘的究竟是怎么回事儿？”

此刻，他才注意到，妻子的东西都不见了，卧室的一侧空空荡荡，仿佛她根本没有在那里生活过，仿佛约翰在二十三年间始终孤身一人。他再次呼喊她的名字，洪亮的嗓音轻而易举地填满了整栋屋子，他不禁感到颇为惊讶。

在漫长的婚姻岁月中，碧翠丝·格里菲斯从不认为丈夫的控制欲太强。类似的念头或许曾划过脑海，但是转瞬即逝。她觉得，为了爱情，必须要牺牲自由。所以，在出嫁的夜晚，看到新婚丈夫仔细检查床单上的处女之血，她连眼睛都没眨一下。即便丈夫仅仅由于牛肉的味道不合心意，就把她认真准备的饭菜拿去喂狗，她也毫无怨言。是的，碧翠丝从不认为丈夫的控制欲太强，直到她听见他命令他们的儿子杰克跟薇薇安娜·拉文德分手。事后，趁着两人单独相处，碧翠丝深深地吸了口气，勇敢地提出，“亲爱的，你不该对他那么严厉。他已经为她坠入情网了。”

约翰诧异地盯着妻子，仿佛没料到她居然还会说话，接着轻蔑地反问，“什么样的男人会坠入情网？”

约翰·格里菲斯在地窖里找到酱烤香肠和黄桃罐头，凑合着吃了顿冷饭，然后便走进只剩半边的房间睡觉了。晚上，他梦见自己能够飞翔，轻柔的云朵拂过脸颊，冰凉而潮湿。他笔直地冲向神秘的夜空，下方的街道隐匿在黑暗中。

不过，这并非他的梦，而是他妻子的梦。

次日清晨，约翰·格里菲斯猛然惊醒，觉得身躯僵硬、四肢乏力，好像在睡眠中吞下了几块硕大的岩石，无法支撑自己的体重。巅峰巷的居民再也没见过碧翠丝·格里菲斯，可是约翰知道，她依然在世界上游荡，并未化作被单之间的蓝色灰烬。因为，自从她离开以后，他每天夜里都会分享她的梦，透过朦胧的幻境，眺望成群结队的白色鹈鹕，品尝香甜可口的热巧克力，感受陌生男人的强壮臂弯。

薇薇安娜不愿爱上古怪的双胞胎。她十分确定，自己的内心空间狭小，只能容得下杰克一人。

可是，她错了。

我们非常幸运，随着时间流逝，薇薇安娜越来越适应母亲的身份。她惊奇地发现，一切都如此自然，仿佛养育儿女是深埋在体内的本能。她学会了用橙汁、牙签和冰盒制作雪糕，学会了在沉睡中聆听从孩子的卧室里传来的动静，学会了包扎伤口，学会了亲吻泪水。而且，她还学会了担忧。以前，她认为真爱的唯一伙伴是悲伤，如今却懂得，担忧也会与之携手并肩。

直到我们年满 3 岁的时候，亨利依然保持安静，从未发出过任何声音。抱怨、呜咽、呼噜、呻吟、叹息，统统没有。除此之外，其他方面的发育都很正常。跟我一样，他在第12周长出乳牙，在1岁生日之际可以站立，几个月后便能行走。母亲安慰自己，沉默并不算严重的问题。或许他仅仅是不喜欢吵闹、不喜欢微笑、不喜欢触碰。他常常盯着透明的空气发呆，薇薇安娜绞尽脑汁，使出浑身解数，试图转移他的注意力，却总是以失败告终。即便茶壶碰上铁锅，撞击的巨响震耳欲聋，他也无动于衷。

对于亨利，医生有他们的理论、标签和术语。众位专家通过诊断，制订了各式各样的治疗方案，提出了互相矛盾的所谓的科学建议。

但是，我的母亲有自己的观点。她把上好的瓷碗都摆在院子里，连续八个月，天天用每晚收集的雨水给亨利洗澡，因为她听说沐浴过雨水的婴儿可以早早开口。然而，薇薇安娜渐渐意识到，这种措施根本无法增强亨利的语言能力，反倒令他的皮肤永久地沾染了西雅图雨水的潮湿气味。

我的外祖母相信，亨利只是不擅长英语而已，所以她便用法语和年少时掌握的意大利语跟他讲话。实际上，那是伊米莲对我们姐弟俩最大的关心，尽管我们比薇薇安娜更像胡氏家族的后代。不过，也许这就是原因所在，也许我的羽毛让伊米莲记起了散落着金丝雀羽毛的曼哈顿公寓，也许亨利的安静使伊米莲想到了三个徘徊不去的沉默幽灵。

等我们长到大多数孩子开始阅读的年纪，薇薇安娜悄悄地对着夜空祈祷，恳求神明赐给亨利某种语言，好让她知道自己是个合格的母亲，拥有继续前进的动力。她为我们念睡前故事，亨利显得全神贯注，她不禁欣喜若狂。她花钱雇了一位启蒙老师，到家中来教导亨利。可是，亨利并未表现出认识数字或字母的迹象，他似乎分不清“你好”和“不行”。老师举起卡片，耐心地说：“这是一栋房子。你能指一指房子的图片吗？亨利？”他麻木地坐着，仿佛听不懂老师的意思。

终于，大家都放弃了希望。外祖母还会跟亨利讲话，却不再抱着明确的目标，而是用掺杂着英语的法语含含糊糊地嘟囔，就像在自言自语。母亲坚持在晚上为我们念书，那些书本一般是嘉博从小学图书馆借来的，内容都是关于木工手艺或者鹬鸵[1]等不会飞的鸟类。当然，亨利仍旧得洗澡，但是要浸泡在浴室的热水中，并且借助竹炭皂来掩盖雨水的气味。薇薇安娜无奈地接受了现实：亨利确实与众不同，我也是。

我们的母亲认为，两个古怪的孩子必须待在房子里，绝不能下山。因此，我的童年记忆充斥着家族成员的熟悉面孔：我的母亲，笑容温暖，和蔼可亲，微微上扬的嘴角隐藏着难言的忧伤；我的外祖母，表情严肃，容貌秀美，眼眶周围的皱纹写满了过往的悲哀；还有睿智的威廉敏娜·德沃芙，温柔的巨人嘉博，以及我那缄默不语、没长翅膀的另一半——亨利。

许多双胞胎都发明了专属的交流方式，号称“双胞胎语言”。据说，双胞胎可以分享彼此的梦境，感应彼此的疼痛，甚至还会出现同时死亡的情况。我和亨利从未体验过类似的经历。我的弟弟总是生活在自己的世界里，虽然我拥有神圣而诡异的外形，却无法窥探他的内心。亨利的诞生似乎只是为了提醒我，孤独才是人生的常

---

[1] 鹬鸵（kiwi）：又称“几维鸟”，分布于新西兰，体型如鸡，两翼退化，不能飞行。

态。后来，当大家发现我和亨利之间的联系其实非常紧密的时候，已经太晚了。

一切的一切都是由于命运，它注定伴我长大，如影随形。在寂寞的深夜，命运守着黑暗的角落，窃窃私语；在明媚的春天，命运变成鸟儿的高歌，悦耳动听；在冬日的下午，命运化作呼啸的寒风，砭人肌骨。命运代表着痛苦和抚慰，象征着庇佑与囚笼。

在我 5 岁之前，虔诚的教众不再聚集到巅峰巷的尽头，向我表达敬意了。最后，几乎没人记得，本地的报纸曾经将我称作“下凡的天使”。但是，这意味着什么呢？为了保证平安无事，就得彻底与世隔绝，究竟值得吗？母亲暗暗担忧，唯恐我会感到孤独或无聊。可能正因如此，嘉博决定教我如何飞翔。

嘉博在我家屋后盖了一间工作坊，每逢休息日，便闷在里面制作翅膀。他将我的翅膀作为参考，测量翼展，描摹轮廓，记录发育的状态，计算生长的速度，反复改进方法，企图打造出一模一样的翅膀。他认真地研究鸟类，从院子里的普通野鸟到书本上的珍稀奇鸟，统统了如指掌。而且，他还让薇薇安娜把我掉落的羽毛都收集起来，方便他仔细观察。

“你真的认为她需要学会飞翔吗？”一天深夜，薇薇安娜忍不住询问嘉博。他们俩正在客厅中，薇薇安娜坐在羽管键琴对面的椅子上，靠背两侧安着木头翅膀，嘉博窝在窗边的长沙发里。我们喂养的一只黑猫蜷缩在薇薇安娜的大腿上，熊熊烈焰在鹅卵石堆砌的烟囱中噼啪作响，柔和的火光将薇薇安娜的发丝映得通红。

现在，薇薇安娜已经 25 岁了，她想保住青春的光彩，于是便留起长发，给脸颊涂抹冰凉的雪花膏，护理皮肤的热情丝毫不亚于过去给我梳理羽毛的积极态度。她习惯了赤足行走，而且事实证明，她根本不必穿鞋。自从把我们抱出医院，带到家中以后，她就再也没离开过巅峰巷尽头的小山。薇薇安娜不愿思考其中的原因，但是她明白，自己依然在等待，等待杰克回来找她。

薇薇安娜偷偷地瞥向嘉博，他静静地凝视着摇曳的火焰。她并非讨厌嘉博的外貌，恰恰相反，她觉得嘉博颇为英俊。有时候，她会不知不觉地端详他，看着他从高处的橱柜拿下汤碗，举手投足轻松优雅，看着他打磨摇椅的弧形底部，小臂肌肉舒展收缩。有时候，她会悄悄地做起白日梦，想象他的掌心抚摩自己的皮肤，温柔而生涩，想象他的胳膊搂住自己的腰肢，强壮而坚定。可是，在思绪飘远之前，她总会记起杰克，于是脑海中的画面便轰然瓦解。

“她好像不感兴趣。”薇薇安娜补充道。确实如此。当时，我自认为已经完全掌握了带着翅膀生活的方法。比如，母亲帮我在所有衣服的背后都缝上了丝带，我可以独立打好绳结；比如，经过多次尝试，我发现最舒服的睡觉姿势就是用一只翅膀的翼尖盖住鼻子；比如，我能够突然张开翅膀，凭借巨大的力量扇动空气，熄灭房间尽头的蜡烛。可是，我从未考虑过要在天上飞。

“也许她眼下还没想到，但是我必须提前做好准备。”嘉博说。他早就认定，薇薇安娜的双胞胎需要一个父亲，他害怕现实会让我们失望。既然这个世界都无法接受那位拥有贵族血脉的罗马尼亚美人，那么它会怎样对待拥有翅膀的孩子呢？又会怎样对待宁可独处都不肯接受拥抱或亲吻的孩子呢？但是问题在于，他并不懂得如何扮演父亲——毕竟，他自己都没有父亲。结果，他只好把亲手制作的翅膀绑在身上，从工作坊的屋顶一次次向下俯冲，以此来表达对我的关怀。至于照顾亨利的途径，嘉博尚在摸索之中。

“况且，”嘉博继续说，“她注定要飞翔，否则为什么会长翅膀呢？”

面对这个难题，薇薇安娜哑口无言。

日复一日，我看着嘉博想方设法地进行飞翔实验，就像失去双腿的孩子看着盲目乐观的家长买下布满楼梯的房屋。不久以后，当嘉博跟我说早安时，似乎不是在问候我，而是在问候硕大的翅膀。在他的眼中，没有女孩儿，只有羽毛。

至1952年，巅峰巷跟世界上的其他地方一样，经历了少许变化。两年前，库珀家在我们家隔壁建起了一栋房子。父亲泽布·库珀是爱尔兰人，留着鲜红的头发，蓄着浓密的胡须，走路气势汹汹，举止温文尔雅。他的妻子佩内洛普金发碧眼，活泼开朗，很快便被我的外祖母雇为烘焙坊的帮手。他们有两个孩子：儿子罗维腼腆内向，但是不像亨利那么安静，女儿卡蒂甘天真烂漫，可以毫无困难地向任何人宣布自己的岁数（8）和一年的月份（11），直到下次过生日为止。

对于我而言，卡蒂甘是第一个朋友，在许多年间，也是唯一的朋友。

起初，卡蒂甘扒着栅栏四处张望，瞧见我正在院子里制作泥团馅儿饼，不禁开口询问，“你是鸟儿、天使，还是别的什么？”

我耸了耸肩，不太确定该如何应对类似的问题，并非因为没有考虑过，而是因为尚未得到答案。据我所知，我肯定不是鸟儿。然而，我也无法理直气壮地说自己是人类。不过，何为人类呢？我明白自己与众不同，但人类原本就千差万别，不是吗？或者，我当真属于特殊的种族？我不知道。而且，我才 8 岁，实在没有足够的时间、精力或心智构思出巧妙的回复，于是便诚恳地说，“我想，我只是个女孩儿。”

“嗯，你绝对不是鸟儿，”卡蒂甘说，“鸟儿没有鼻子，也没有那样的手掌或耳朵。所以我猜，你大概只是个女孩儿。你愿意让我过去，跟你一起玩儿吗？”

我点了点头。卡蒂甘翻越栅栏，我们俩羞涩地打量着彼此。

“飞给我看看吧！”她提议道。

我摇了摇头。

“为什么？你试过吗？”

没有。可能正因如此，我接受了新朋友的劝说，爬上院子里的樱桃树。干吗不试试呢？我记得自己颤颤巍巍地站在弯曲的枝头，卡蒂甘仰着长满金发的脑袋，满脸期待地大喊：“你要跳啦？”

我闭紧双眼，既希望飞翔又希望坠落，对两种结果都感到十分恐惧。我跳了，却迅速地摔在地上，留下了瘀青的伤痕，擦破了娇嫩的皮肤。

卡蒂甘低头看着我，“哈，你不会飞。我猜，你确实只是个女孩儿。”

我朝着膝盖上渗透的鲜血龇牙咧嘴，“你怎么知道我不是天使呢？”

“很简单呀，笨蛋！”卡蒂甘轻轻地触碰我的棕色翅膀，“天使的翅膀是雪白的。”

我认为自己的翅膀就像畸形的脚丫，不仅毫无用处，而且会引来好奇的目光，害得我不能大大方方地走在街上。所以，我总是乖乖地待在巅峰巷尽头的房子里，很少违抗母亲的命令。外面危机四伏，不适合古怪的异类踏足，还是待在家中比较安全。毕竟，我拥有长满羽毛的翅膀，亨利拥有沉默不语的舌头，母亲拥有支离破碎的心脏，不是古怪，又是什么？平常，我们躲在外祖母的庇佑下，守着孤零零的山坡生活，三人都不想开门逃跑，两人甚至从未尝试。

但是，我试过。

吃完晚饭，街坊邻居的孩子经常聚集起来，玩一轮“沙丁鱼[1]”或者其他消耗体力的游戏，最后大家都累得气喘吁吁，就连我也不例外。我会把小小的脸颊贴在窗户上，从巅峰巷尽头的山顶居高临下地观察他们。参与其中的孩子有卡蒂甘和她的哥哥罗维，还有杰瑞迈亚·弗兰纳利，他是马尔特·弗兰纳利的儿子，虽然性情不太友善，但是也住在巅峰巷，因此满足玩伴的一切要求：随叫随到。

正是在玩游戏的过程中，卡蒂甘遇到了一只受伤的燕八哥[2]。它趴在我们家和邻居玛丽戈尔德·派家之间的空地上，竭力地拍打着翅膀，整个脑袋都染着红色的液体，卡蒂甘认为是鲜血。可是，她怎么能肯定呢？鸟儿也会流出红色的鲜血，跟人类一样吗？

杰瑞迈亚·弗兰纳利走到卡蒂甘身边，俯瞰着燕八哥，抬起靴子，重重地踩下去，翅膀折断的声音令人作呕。紧接着，卡蒂甘弯曲膝盖，猛然撞向他的腹股沟，杰瑞迈亚发出凄惨的哀号。卡蒂甘

---

[1] 沙丁鱼（sardines）：一种由捉迷藏衍生出来的游戏，只有一人藏起来，其他人负责寻找，一旦找到就要跟这个人藏在一起，藏身的地方便会变得越来越拥挤，就像沙丁鱼罐头一样，因而得名。

[2] 燕八哥（starling）：又名北椋鸟，背部深色，腹部白色，属于候鸟。

的英勇行为导致杰瑞迈亚的左侧睾丸变形，后来，他把自己无法让妻子怀孕的问题归咎于这次事件。

过了几个小时，其他孩子都回家吃饭或洗澡了，我悄悄地溜出卧室的窗户，沿着紧贴房子的老樱桃树爬下去。我从花园里拿了一把铁铲，来到尖叫挣扎的燕八哥跟前，亲手结束了它的痛苦。漆黑的夜空无边无际，我拖着沉重的步子爬上山坡，泪流满面，啜泣不止。我始终都很同情不能飞的鸟儿，这不是第一次，也绝非最后一次。

在余生中，约翰·格里菲斯注定要跟离家出走的妻子经历相同的梦境。每天晚上，他都会看到黑色沙滩上的北极熊、长满尖刺的热带水果和精致袖珍的陶瓷茶杯。他不敢睡觉，害怕夜幕降临，就像孩童畏惧窗边的阴影。在 20 世纪 50 年代，许多优秀的家庭主妇都会把安眠药藏在医药柜里，约翰也决定效仿她们的做法。可惜，那些小小的白色药片毫无用处，只会让梦中的北极熊行动迟缓，仿佛在拍摄电影的慢镜头一样。

这种失眠渐渐击垮了貌似坚不可摧的约翰·格里菲斯。首先，他开始发胖，几磅额外的肥肉令裤腰稍稍嫌紧。接着，他不仅失去了增加的体重，还骤轻了 20 磅[1]，显得面黄肌瘦、形容憔悴。一天早晨，他醒来发现脑袋上的全部毛发都堆积在枕头上。很快，视力和听觉也急剧恶化。他神情恍惚，无法专注地干活，经常在交谈中忘记想说的话语。

---

[1] 20 磅：1 磅约等于 0.45 千克，20 磅约为 9 千克。

位于烘焙坊后面的房子变得脏乱不堪，屋主约翰·格里菲斯也过得一塌糊涂。他整日都穿着陈旧的浴袍，趿拉着原本属于妻子的绒毛拖鞋，四处游荡。

在一个 2 月的上午，阳光格外明媚，再过两周，我和亨利就要满 10 岁了。约翰·格里菲斯终于迈出家门，朝烘焙坊走去。

我的外祖母正在往柜台里的小黑板上写着当天的特色甜品——油酥千层糕，佩内洛普则忙着给莫斯姐妹中的一人打包巧克力泡芙。听到门铃响起，佩内洛普连忙抬头，准备微笑着喊出："请稍等，马上就来！"可是，当她瞧见约翰·格里菲斯时，不禁愣住了。他死死地捂着胸口，身穿破烂的浴袍，脚蹬妻子的拖鞋。佩内洛普哑口无言，只能伸手拍了拍伊米莲的肩膀。

过了片刻，伊米莲才认出他就是曾经高大强壮的约翰·格里菲斯，她不由得瞪大眼睛，脑海里警钟长鸣。他慢吞吞地踏入店铺，把鼻子压在柜台上，朝玻璃桌面哈气，制造出雾蒙蒙的圆圈。他直起腰来，打算欣赏自己的杰作，结果恰巧与伊米莲·拉文德四目相对。

"我想要的。"他轻声低语。

伊米莲抚摸着自己的喉咙，瞥向佩内洛普，然后收回视线，注视着面前的男人。

"不好意思，"她呼吸困难，"你说什么？"

"在这该死的一生中，我想要的。"他咆哮道，挥舞拳头，砸着柜台的玻璃桌面。莫斯家的老姑娘吓得提心吊胆，赶紧吃起了巧克力泡芙。

约翰颤抖地指着伊米莲，"只有你。"

我的外祖母不知该如何回答。

佩内洛普喃喃地嘟囔，“这个可怜的男人需要帮助。”莫斯家的老姑娘赞同地点了点头。

在烘焙坊的事件过去几周后，能够提供帮助的救星出现在约翰·格里菲斯的大门外。在命运之神的眷顾下，杰克·格里菲斯带来了镶嵌在相框中的惠特曼学院毕业证书、温柔贤惠的妻子劳拉·拉夫劳恩，以及岳父岳母留下的巨额财产。他踌躇满志，决定证明自己是多么有用。

成熟稳重的杰克·格里菲斯接替父亲，成为一家之主，将荒废的房子改造得富丽堂皇，远胜往昔的模样。运货工人陆陆续续地进出，街坊邻居目瞪口呆地旁观。厨房里填满了先进的器具，包括烤箱、咖啡机、洗碗机和一套刚买的特百惠[1]塑料盒，餐厅里摆放着胶木表面的铬合金桌椅与亮黄色的通用电气[2]冰箱，起居室里添置了高档沙发、竹椅、太阳挂钟和一幅号称是杰克逊·波洛克[3]真迹的画作。屋内的墙壁被刷成流行的泡泡粉、柠檬绿、天空蓝，处处都装饰着陶瓷制成的点头小狗、菠萝外形的冰桶和状似贵妇犬的烟灰缸。杰克命人在房子背面加盖了一间娱乐室，地上铺着柔软的毯子，四周包着深色的木板。后院挖出一片肾脏形状的游泳池，岸边矗立着表

[1] 特百惠（Tupperware）：美国家居品牌，创始于 1948 年，主要生产塑料保鲜容器，其创始人厄尔·特百（Earl Tupper，1907 ～ 1983）也是塑料保鲜容器的发明者。这一段故事发生在 1954 年，当时塑料保鲜容器刚刚问世不久。

[2] 通用电气（GE）：指美国通用电气公司，创始于 1892 年，是一家提供技术和服务业务的跨国公司，现在的经营范围涉及航空、能源、数码、照明、燃油等多个领域。

[3] 杰克逊·波洛克（Jackson Pollock，1912 ～ 1956）：美国画家，推动抽象表现主义运动发展的主要人物，因独创“滴画法”而闻名于世。

情愤怒的塔希提雕像[1]，还搭建了茅草顶篷的户外酒吧，储存着朗姆酒和白兰地，方便调制迈泰和莫吉托[2]。家中雇了一名女仆，专门负责操纵崭新的洗衣机和烘干机。车库里停着一辆闪闪发光的凯迪拉克“黄金国”[3]，硕大的体积无可比拟，具备战斗机式的奢华尾翼、子弹头般的汽车尾灯和宽断面的白壁轮胎。

当然，杰克并未把妻子继承的遗产全都用来牟取私利，现实远非如此。毕竟，劳拉·拉夫劳恩是一个好女人，男人们总会受到好女人的影响。所以，在付完装修的款项之后，杰克又花钱请医生对父亲进行昂贵的电击治疗，并且向本地的慈善机构捐献了几笔数量不小的资金。他和妻子每年至少会举办三次盛大的派对，邀请左邻右舍和社会名流前来参加。最后，杰克把神志不清的父亲送入了精神病院，据说那正是法蒂玛·伊妮兹待过的地方。显而易见，杰克·格里菲斯终于摆脱了父亲的阴影。如今，能够昂首挺胸站在门厅中央的男人已不是约翰，而是杰克了。

大家意识到，杰克·格里菲斯重返故乡是为了定居下来，于是街坊邻居议论纷纷，猜测他将何时前往巅峰巷尽头。可是过了一段日子，杰克依然毫无动静，流言蜚语也渐渐平息了。至于我的母亲，在生下我们以后就没出过家门，完全不知道杰克回来了。谁会告诉

[1] 塔希提雕像（Tahitian statue）：指常见于塔希提岛上的石刻人物雕像，因塔希提岛是法属波利尼西亚向风群岛中最大的岛屿，故该雕像又被称为波利尼西亚雕像。

[2] 迈泰（Mai Tai）：一种源自波利尼西亚的鸡尾酒。莫吉托（Mojito）：一种源自古巴的鸡尾酒。

[3] 凯迪拉克“黄金国”（Cadillac Eldorado）：凯迪拉克公司自1952～2002年生产的一系列豪车。

她呢？伊米莲肯定不会。而且，伊米莲还开始抽雪茄了，或许是希望浓重的烟草可以掩盖杰克的标志性味道——沐浴肥皂与龟牌车蜡，以防薇薇安娜的灵敏嗅觉会发现端倪。而嘉博则忙于压抑内心的冲动，免得忍不住踏上那条庄严的私人车道，一拳揍在杰克的脸上，他根本想不到要把杰克露面的消息告诉薇薇安娜。

我不清楚自己的父亲是谁，虽然听卡蒂甘提起过杰克·格里菲斯的到来，我却毫不在意。但是，我能感受得到，街区里的空气确实发生了变化，而且这种变化与外祖母的雪茄无关。

我和卡蒂甘经常玩“谁是坏蛋”的游戏，我们飞快地说出街区里不同男人的名字，轮流猜测究竟哪个家伙是罪魁祸首，竟然让我的母亲独自抚养两个孩子。我最喜欢的答案是艾摩思·菲尔兹，其实他的年纪跟我的外祖母差不多，而且他的儿子丁奇在战争中牺牲了。

“也许当年你的母亲想安慰他。”卡蒂甘主动解释。

我点了点头。有可能。

私底下，我始终认为嘉博才是我们的父亲。从我们出生开始，嘉博就一直住在我们家。后来，即便成了著名的木匠，不必再寄人篱下了，他也仍旧留在这栋房子里。因此，他应该是我们的父亲。

否则，他为何要待这么久呢？

第十一章

在我们 13 岁生日的几个月后，亨利从母亲的硬性保护规定中解放出来。整整十三年。我总是纳闷儿，母亲之所以将这种生活方式强加于我们，究竟是为了我们考虑，还是为了她自己考虑。无论如何，由于温柔的巨人嘉博竭力劝说，她终于允许亨利下山了。

嘉博与亨利结伴，开着老旧的雪佛兰卡车，在镇上四处兜风。嘉博蜷缩在驾驶室里，弯曲修长的四肢，显得不太舒服，亨利倚着破破烂烂的副驾驶座，用手掌轻拍耳朵，打着神秘的节奏。

某次外出归来，嘉博瞥向亨利，发现他正拿着蜡笔在一摞厚厚的白纸上画画。前一天，亨利的作品还是胡乱涂抹的圆圈和歪歪扭扭的线条，但是此刻却变得截然不同。嘉博让卡车缓缓减速，停在家门前的车道上，接着小心翼翼地凑近亨利，格外注意距离，避免触碰他，“亨利，你在画什么呀？”

亨利抬起脑袋，随手将蜡笔和纸张扔到旁边，一言不发地跳下卡车，跑上通往房子的台阶。

亨利画了一幅街区的详细地图，甚至包括路标和门牌号。

当天夜里，等到大家都入眠以后，嘉博走进薇薇安娜的卧室，把亨利的画作放在床上。

我的母亲打开床头灯，迎着光线眨了眨眼睛，茫然地盯着床上的纸张，“这是什么？”

嘉博在屋里来回踱步，“亨利的东西。”

薇薇安娜拿起画作，仔细地端详：巅峰巷尽头的房子、烘焙坊、学校、教堂……每栋建筑都标着门牌号，每条街道都写着名称，精确的几何图形勾勒出宽广的区域，延伸至非尼山脉新建的警察局。薇薇安娜摇了摇头。

“那是他亲手画的。”嘉博解释道。

“什么？不，不可能。”薇薇安娜大吃一惊，纸张掉落在地板上。

嘉博捡起地图，坚定地凝视着薇薇安娜，直到她深深地呼气，露出古怪而挫败的表情，“这是好事，薇薇。现在我们看到了变化，接下来只需要摸索跟他沟通的方法。”

薇薇安娜再次凑近电灯，拽动拉绳。嘉博笼罩在黑暗中，银色的月光照耀着薇薇安娜的枕头。经过片刻的沉默，她突然开口，“字母写得很漂亮，对吧？”

“是啊，非常漂亮。”

“你瞧见字母L了吗？真是太神奇了，我肯定写不出那样的L。”

“我也是。”

然后，嘉博走下楼梯，返回自己的房间，爬到床上。他和薇薇安娜分处不同的楼层，都以为对方睡着了，其实却各怀心事，辗转反侧，难以入眠。

次日，天还没亮，嘉博就被料理台上的咖啡机吵醒了。他知道，薇薇安娜患有严重的失眠症，在其他人都沉入梦乡之际，她常常站在厨房里，透过窗户凝望漆黑的夜空。他很想去陪伴她。也许他可以打动她，令她眉飞色舞，开怀大笑，也许他们可以谈天说地，畅所欲言，而非停留在普通的日常交流："你还要喝牛奶吗？"或者"不，你先用浴室吧"。也许，也许……不过，嘉博宁愿承认，时机尚未成熟。于是，他快速地冲了个澡，独自迈向庭院，打算观赏日出。

起初，嘉博以为灌木丛中的雪白圆球只是矮矮的芍药花而已，直到瞧见粉色的鼻头才发现情况不对。他穿过庭院，把小家伙捞起来，带进屋内。他在厨房的水槽里给它洗去爪子上的泥土，困惑地抚摩着柔软的绒毛。薇薇安娜挎着一篮子刚洗好的衣物，走出地下室。

"那是什么？"薇薇安娜问道，在水槽跟前停下脚步。

"我觉得应该是一条狗。"

"噢。"

它仅仅是年幼的小狗，身长不足7英寸[1]，爪子很大，肚子咕咕作响。薇薇安娜揩下牛奶瓶口凝固的乳脂，装进碗里，放到地板上。他们站在旁边，静静地看着小狗狼吞虎咽。

过了一会儿，嘉博收拾工具，去帮玛丽戈尔德·派修理院门，薇薇安娜又在厨房待了许久。小狗舔完乳脂，蹭着光滑的油毡，在冰箱底部嗅来嗅去。

数年前，杰克·格里菲斯的最后一吻在薇薇安娜的颈窝烫出了

[1] 7英寸：约为17.78厘米。

草莓色的蝴蝶印记。在用过大量的玫瑰精油以后，疤痕渐渐褪成了黯淡的浅褐色，当她感到紧张的时候，周围的皮肤就会瘙痒难耐。此刻，她听到厨房外面传来拖拖拉拉的脚步声，不禁抬起胳膊，焦虑地抓挠着陈年旧伤。

薇薇安娜把一片涂着橘子酱的吐司面包摆在桌上，这是亨利的固定早餐，也是他在清晨唯一接受的食物。他默默地坐下，她拼命地抑制内心的冲动，免得忍不住抚摩他的头发。

在吃饭的过程中，亨利目不转睛地凝视着小狗。它笨拙地爬进洗衣篮，用脑袋摩擦干净的毛巾，发出满足的叹息，酣然入眠。亨利蹑手蹑脚地起身，挨着洗衣篮盘腿而坐，伸出一根手指，沿着小狗的背部游走，卷起侧面的细毛。小狗睁开一只眼睛，亨利闭上一只眼睛。小狗刮了刮耳朵，亨利也刮了刮耳朵。亨利打了个哈欠，小狗跟着打了个哈欠，喉咙里吱吱作响。亨利倒在地板上，无声地大笑。等到恢复平静以后，亨利深深地吸了口气，响亮地宣布，“特鲁维！”

薇薇安娜大惊失色，手中的瓷碗猛然摔在地上。她呆呆地盯着七零八落的碎片，喃喃地嘟囔，“好。”不知是在回答亨利，还是在赞许小狗，可能二者皆有。于是，从那时起，小狗的名字便成了“特鲁维”，在法语里意为“发现”。

伊米莲曾经断言，在众多的语言中，亨利只能理解一种，但是她的说法显然不够准确。实际上，在众多的字词中，亨利只肯青睐一小部分。比如，亨利喜欢法语的“连指手套”“小豌豆”“奶嘴”和“柚子”，但是不愿意听到对应的英语表达。他希望伊米莲可以说“无瑕”，而不是“洁净”。跟刀叉和餐盘相比，他更加偏好茶杯和汤匙。他热爱“浮木”“琐事”和“洞穴”等词语，却格外讨厌“公开”二字。

此外，亨利还会用独特的方式进行沟通。“焦糖”代表“好”，“烟熏”代表“坏”。他管嘉博叫“雪松”，大概是因为在结束一天的工作之后，嘉博的双手总是散发着木头的味道。我是“皮娜”，在拉丁语里意为“羽毛”。而我们的母亲则是“艾特瓦德梅”，在法语里意为“海星”，这个称谓非常古怪，谁都无法破解其中的奥秘。

第十二章

诞生在太平洋西北地区[1]的人们犹如神秘的黄水仙[2]，唯有长久地浸泡在冷雨中，才能获得真正的美丽。我、亨利和我们的母亲都是太平洋西北地区的孩子。随着第一滴雨点坠落在屋顶上，舒适的忧郁渐渐地笼罩整栋房子。世界阴暗而潮湿，我们三个坐在家中，裹着陈旧的棉被，透过朦胧的水帘，仰望天空，轻轻叹息。

凭借灵敏的嗅觉，薇薇安娜可以闭上眼睛，单靠雨水的气味判断季节。夏雨闻起来像刚刚修剪的绿草，像辨认星座的深夜，像户外晒干的衣服，也像通红的嘴巴染着蓝莓、草莓和黑莓的汁液，抑或 1932 年款福特轿车里的烤肉与偷吻。

秋雨闻起来像燃烧的枯叶，像复苏的烟囱，像炒熟的板栗，像工匠的大手，像篝火的余烬，仿佛炎炎夏日烤焦了大地，又被绵绵

---

[1] 太平洋西北地区（Pacific Northwest）：指美国西北部地区和加拿大的西南部地区。

[2] 黄水仙（daffodil）：又名洋水仙，花朵呈淡黄色，喜冬季湿润、夏季干热的生长环境。

秋雨浇灭了烈焰。

秋雨并非薇薇安娜的最爱。

冬雨闻起来像冰，令人想起刺痛耳朵、脸颊和睫毛的寒风。冬雨降临，表示要躲进厚厚的棉被和毛毯里，在口鼻处绑上柔软的羊毛围巾，呼吸的水汽刺激着干裂的双唇。

温暖的春雨会让矜持的女人脱下长筒袜，带着她们的孩子跑过混浊的水洼。薇薇安娜坚信，这是由于春雨的气味十分特殊：像滋润的土地，像河底的淤泥，像郁金香的球茎，像大丽花的根部。如果使劲地张开大口，舌头能够品尝到空中的矿物；如果把掌心压在地上，指尖可以感受到雨水的温度。

可是，在 1959 年，当我和亨利 15 岁的时候，温暖的春雨却没有降临。3 月悄然而至，又黯然离去，未曾带来一滴甘霖，空气中弥漫着干燥的味道。清晨，薇薇安娜睁开眼睛，常常感到十分茫然，不知自己身在何方，不知今天该做什么。洗完的衣物得晾在绳子上吗？生火的木头要从柴房抱到屋后吗？就连大自然都显得颇为困惑。黄水仙彻底枯萎，化作灰尘，融入泥土。树叶纷纷凋落，饥饿的松鼠找不到橡子，无法筑巢，只能在光秃秃的枝干底下团团转。面对雨水消失的情况，唯一处之泰然的灵魂大概是我的外祖母。伊米莲并非太平洋西北地区的孩子，她不像黄水仙，更像牵牛花，无须过多的水分也能顽强地生存。她不愿盯着灰蒙蒙的天空沉吟思索，反倒觉得阴雨季节诸事不便，麻烦多多。

最后一次下雨是在 2 月份，那天似乎跟平常一样，仅仅是个普通的日子。按照惯例，伊米莲仍旧在凌晨四点准时起床。她望向窗外，看着漆黑而潮湿的天空，叹了口气。她穿上防水的靴子，把头发裹在塑料软帽中，心里暗自思忖，这恐怕是老太太的打扮方式。由于下雨，道路变得泥泞不堪，伊米莲艰难地抵达烘焙坊，发现威廉敏娜和佩内洛普已经在等她了。

在战争结束以后，伊米莲开始跟各种各样的袋装甜品竞争，包括即食布丁、速溶薯粉和罐装奶油，更不要提批量加工的切片面包了。绝望之下，她翻出妈妈的法国糕点配方，撤掉大萧条时期出售的果酱和腌肉，换上巧克力慕斯、千层油酥和焦糖香梨。在 1951 年，她买下一辆运送牛奶的旧卡车，让嘉博在侧面涂刷精美的字样——“伊米莲烘焙坊”。她继续使用老式砖炉，认定砖块可以令面包具备独特的风味。虽然威廉敏娜宣称，金属烤炉的效果完全相同，但是伊米莲却充耳不闻。光阴荏苒，日月如梭，烘焙坊的生意越来越兴旺。

刚到店里干活的时候，佩内洛普 · 库珀只是个缺乏烘焙经验的年轻母亲，不过烘焙坊需要帮手，而她需要工作。多年来，伊米莲和威廉敏娜形成了固定的合作模式，因此自然得花费不少工夫来习惯崭新的团队。但是如今，她们三人可以默契地完成任务，不必借助言语或手势，就能明白彼此的心意。而且事实证明，雇用佩内洛普 · 库珀是明智的商业抉择。走在街上的任何男人都忍不住踏入烘焙坊，欣赏这位金发碧眼的女人发出银铃般的笑声。他们给自己的妻子购买巧克力泡芙，脑海中却思潮起伏，幻想着在佩内洛普的可爱胸脯之间舔舐蛋羹，幻想着亲手喂她吃掉每一口奶油。

在 1959 年 2 月的雨天，伊米莲使劲儿跺脚，摆脱靴子上的水珠，接着来到后厨，捏出乳酪面包、牛油面包、酵母面包和长棍面包的雏形，而佩内洛普则负责制作烤饼和全麦面包。至七点钟为止，柜台里的黑板已经写好了特色甜品，第一批面包也在缓缓地发酵。伊米莲拿起剃须刀片，划破面包，聆听轻柔的叹息，仿佛大大小小的面包都在屏气凝神，此刻终于能畅快呼吸。伊米莲把面包送入烤炉，朝灼热的砖块泼水，创造缭绕的蒸汽，从而让面包拥有完美的外皮。

等到展示柜里铺好蕾丝花纹的垫纸，摆上待售的面包和点心，伊米莲便留下佩内洛普照看柜台，自己则前往后厨，跟威廉敏娜一起准备“今日特色甜品[1]”——巧克力蛋糕。威廉敏娜拽出面粉筛、打蛋盆和烤盘，迅速地搅拌面糊，倒入烤盘，塞进砖炉。这样烘烤的蛋糕无比蓬松，入口即化，如果在出炉的瞬间立刻切开，刀面不会粘上丝毫痕迹，依然闪亮如初。

不过，巧克力蛋糕的秘诀跟内坯无关，真正的重点在于外衣，而制作糖霜恰恰是伊米莲的拿手好戏。糖霜味道的浓淡皆由奶油控制，她可以选择适量的奶油，调配出色泽光鲜、口感丰富、香甜美妙的糖霜，仅仅舔一下指尖，就足以令人们心花怒放、喜笑颜开。

在最后的雨天里，伊米莲一手倾倒奶油，一手搅拌糖霜，砖炉中烤着巧克力蛋糕，门铃忽然叮当作响。玛丽戈尔德·派踏入店铺，打算进行常规的忏悔参观。

作为本地路德宗教会的虔诚信徒，玛丽戈尔德·派总是率先欢迎新邻居。当初，拉文德夫妇刚刚搬到巅峰巷，议论“女巫”的流

[1] 今日特色甜品：原文为法语。

言蜚语尚未兴起，正是玛丽戈尔德·派帮助烘焙师的年轻妻子摆脱了占据食品储藏室的火蚁，从门廊的屋檐下挪走了蜂窝。每逢礼拜日，玛丽戈尔德都会捧着红色皮制封面的圣经，在教堂里朗声阅读其中的片段。而且，她还长期负责坚信礼[1]课程的举办事宜。她乐于助人，聪明能干，却不太和蔼可亲。她反对异教通婚，讨厌白手套上的咖啡痕迹，拒绝任何形式的欲望，包括食欲和情欲。教区的居民曾经偷偷地开玩笑，说玛丽戈尔德就连睡觉都在模仿耶稣受难的姿势。其实，他们猜得没错。

在新婚之夜的前一天晚上，年轻的玛丽戈尔德拼命地干活，给洁白的床单绣满密密麻麻的鸽子与羊羔，希望能召唤伊内斯·德尔坎波，他是天主教的圣徒，专门保佑订婚的夫妇、肉体的纯洁和强奸受害者。如果不铺这条床单，她就不跟丈夫同房。而且，在亲热的过程中，她只肯露出必要的部位。他们俩始终没有孩子。

在丈夫去世以后，玛丽戈尔德严格控制饮食，全靠生燕麦片和脱脂牛奶过活。她从未舔过制作饼干用的勺子，也从未把手指插进小孩的生日蛋糕里。她个头儿矮小，瘦骨嶙峋，体重才 75 磅[2]，必须到市中心的童装店给自己购买衣服，遇上刮风的日子，还得往鞋里添加鹅卵石，免得被吹走。

瞧见玛丽戈尔德，伊米莲不禁开始思索自己的身材。她一向都颇为高挑，体型也十分匀称。随着岁月流逝，尖尖的下巴变得稍稍圆润，细细的双臂变得柔软可爱，偶尔吃点肉桂面包或者糖果曲奇

[1] 坚信礼（Confirmation）：一种基督教仪式，在某些教派中，预备接受坚信礼者需参加课程，学习基督教教义、理论、历史等知识。

[2] 75 磅：约为 34 千克。

就能保持玲珑起伏的线条。她绝不会放弃成熟丰满而换取任何东西，尤其是玛丽戈尔德的干瘪胸脯。

我的外祖母很喜欢见证甜品对街坊邻居的影响，看到大家在美味面前如痴如醉，她觉得非常好玩。为了引诱玛丽戈尔德·派丧失理智，伊米莲不断往烘焙坊的菜单上添加妙不可言的甜品：焦糖布丁、拿破仑蛋糕、苹果馅儿饼……这是一种颇为扭曲的嗜好，早就应该杜绝，却延续了许多年。

在雨季的最后一天，玛丽戈尔德一如既往地来到烘焙坊，凑近贝壳形状的玛德琳蛋糕、油光闪闪的蝴蝶酥和切成小块的芝士蛋糕，仔细观察，东闻西闻，以此来测试自我克制的意志力。伊米莲盯着邻居的后背，手中依然在搅拌糖霜。玛丽戈尔德朝黏糊糊的肉桂卷皱起眉头，向柠檬馅儿饼上的奶油波浪投去轻蔑的眼神，对盛满茶点蛋糕的盘子怒目而视。茶点蛋糕一直都是顾客的宠儿，袖珍的内坯包裹着绿色、粉色或黄色的糖霜外衣，点缀着糖果玫瑰或其他甜蜜的装饰，看起来就像甘美可口的生日礼物。

说时迟那时快，伊米莲迅速冲出后厨，扑向店铺前部，把覆盖着糖霜的勺子塞进玛丽戈尔德的嘴里，不给她任何反应的机会。

很少有人明白这种感受：突然屈服于长期压抑的欲望，偶然品尝到不敢触碰的禁忌。玛丽戈尔德猝不及防地咽下满口的糖霜，跌跌撞撞地倒退了几步，离开烘焙坊，沿着街道飞奔而去。她将雨伞遗忘在角落里，回到家中却浑身干爽，完全没被雨水淋湿。玛丽戈尔德神情恍惚，径直走进厨房，踩着洁净无瑕的油毡地板，留下泥泞不堪的肮脏脚印。她翻出尘封的食谱，开始标记介绍甜品的页码。然后，她在腰间系好围裙，动手制作椰丝蛋糕。不久，玛丽戈尔德便穿着沾满椰肉碎屑和香草精的围裙，狼吞虎咽地吃掉了整个蛋糕，并且舔光了碗里和指尖的糖霜。

在接下来的数周里，玛丽戈尔德·派成了伊米莲的最佳顾客。每日清晨，她总是率先抵达烘焙坊——有时甚至比伊米莲和威廉敏娜到得还早——站在门外紧张地舔着嘴唇，期待咬上一口细腻的千层糕。在回去的途中，她常常迫不及待地拆开丝带捆绑的白色包装盒，埋头欣赏令人垂涎欲滴的甜品。她特别喜欢五颜六色的马卡龙[1]，外壳喷香酥脆，内馅儿柔软耐嚼。玛丽戈尔德常常要买三块。第一块在烘焙坊吃掉，顶部的饼干还散发着烤炉的温热，面粉的芳香飘入鼻孔深处。第二块在路上享用，舔净指尖的奶油与糖霜。第三块尽量保存起来，留待以后慢慢品尝。不过，在大部分情况下，玛丽戈尔德都是提着空荡荡的纸盒，挺着圆鼓鼓的肚子，心满意足地迈进家门。

显而易见，如今的玛丽戈尔德·派跟过去截然不同，显得脸颊红润、胳膊松弛、腰肢柔软。某天早晨，她一觉醒来，发现在右手无名指上箍了四十年的婚戒变得太紧，必须借助老虎钳才能把嵌进肉里的金属拽出来。由于体重增加，臀部丰满，穿衣成了颇为艰巨的任务。即便选择高领的连衣裙，也遮挡不了硕大的胸脯。当玛丽戈尔德从街边走过时，男人们会忍不住多看她几眼。虽然年轻气盛的小伙子不肯承认，但是他们会在深夜惦记着这位派氏家族的寡妇，久久难以入眠。

玛丽戈尔德似乎不打算停止暴食的行为。至 4 月末为止，她已

---

[1] 马卡龙（macaron）：一种用蛋白、杏仁粉、白砂糖和糖霜制成的法国甜点，通常在两块饼干之间夹有水果酱或奶油等内馅儿。

经无法交叉双腿或系上鞋带了。她的眼睛、鼻子和嘴巴挤在翻滚的肥肉中，犹如细小的针孔，大臂就像粗壮的红肠。以前，无论刮风还是下雨，玛丽戈尔德都会在周日去教堂做礼拜，戴着洁白的手套，捧着红皮的圣经，坐在长凳的固定位置。可是现在，她宁愿天天卧床不起，将马卡龙挨个儿摆在枕头上，接着再依次拍出，投进贪得无厌的血盆大口里。玛丽戈尔德的异常状态令左邻右舍深感担忧。

终于，玛丽戈尔德的妹妹埃莉斯·索罗斯得到消息，亲自登门拜访。见到臃肿不堪的姐姐，她拼命抑制住尖叫的冲动，立刻打电话给儿子，坚决要求他过来照顾姨妈。

“放心吧，亲爱的，”说着，她拍了拍玛丽戈尔德的胖手，“纳撒尼尔肯定能解决你的问题。”然后，她赶紧去厨房泡茶，不想再面对玛丽戈尔德。

埃莉斯确信，如果有谁可以拯救她的姐姐，那就是她的儿子，一个虔诚敬神的年轻人。小时候，纳撒尼尔只要简单地说一句“你好”，就能令街坊邻居痛哭流涕，坦白隐瞒多年的罪恶，或者使普通民众善心大发，把崭新的衣物捐给本地的流浪汉关怀机构。看到他跟母亲一起穿过街道，花心的男子会开始禁欲，贪婪的猎人会学着吃素。

埃莉斯·索罗斯和儿子住在西雅图的贫困街区，距离先锋广场十分遥远，而那里矗立着宏伟壮观的天主教教堂。因此，每逢周日，埃莉斯都会早早地包好三明治，领着年幼的儿子长途跋涉，前往圣詹姆斯大教堂[1]。到达以后，他们便坐在外面的台阶上，吃掉随身携

[1] 圣詹姆斯大教堂（St. James Cathedral）：位于美国华盛顿州西雅图市第一山丘街区的罗马天主教教堂。

带的三明治，接着小心翼翼地走进去，参加正午的弥撒。埃莉斯既不是天主教教徒，也无法理解神父从头到尾朗诵的拉丁语，但是她宣称圣殿的气氛让自己感到安慰。

然而，这是不折不扣的谎言。

埃莉斯之所以愿意去那座天主教教堂，并非为了给爱人点燃蜡烛或者跪地祈祷，而是为了站在角落里仰望圣母马利亚。埃莉斯深深地迷上了雕像的凄美模样：垂泪的眼眸、摊开的手掌、蓝色的裙摆。她仔细地观察耶稣基督的母亲，寻找自己的影子。最终，她认定纳撒尼尔也是圣灵感孕的结果，绝不是源于跟父母的已婚旧友共度的激情四射却罪无可恕的夜晚。

在埃莉斯的主导下，纳撒尼尔刚满 5 岁便接受了洗礼。当时，纳撒尼尔误以为洗礼之水是母亲的眼泪。随着纳撒尼尔长大，埃莉斯越发坚信，自己的儿子就是帕多瓦的圣安东尼[1]投胎转世。于是，她确保他接受最好的天主教教育，并且认真记录在他身上发生的小小奇迹，等到他将来成为圣徒，就能撰写辉煌的生平事迹，以供后人瞻仰。

到 29 岁为止，纳撒尼尔·索罗斯已经被三所神学院拒之门外。他继续跟母亲同住，日夜诵读经文，勤勤恳恳学习，准备迎接命中注定的神圣工作。每天晚上，他会允许自己休息一小时，去街区的

[1] 帕多瓦的圣安东尼（Saint Anthony of Padua，1195 ～ 1231）：又称里斯本的圣安东尼，是一位葡萄牙的天主教神父，也是天主教方济会的修道士，生于葡萄牙里斯本，逝于意大利帕多瓦，精通《圣经》，擅长传道，乐于帮助穷人，是教会历史上最受推崇的圣徒之一。

酒馆喝碗浓汤，吃几块免费的饼干。

纳撒尼尔称不上相貌英俊，不过他显然具备某种特殊的吸引力。在酒馆里，附近院校的女大学生常常主动与他搭讪，并非怀着靠近结婚对象的紧张情绪，而是充满跃跃欲试的兴奋，就像牧场工人打算驯服生命中的第一匹野马。然而，她们总是无法在纳撒尼尔的桌边久留。如果对方是其他男人，她们或许会递上自己的联系方式。可是，跟纳撒尼尔交谈以后，她们却立刻返回宿舍，把避孕药锁进橱柜中，匆匆忙忙地跑到走廊上，拿起公共电话，打给年迈的祖母。

遵照母亲的指示，纳撒尼尔拎着一个小小的手提箱，带上全部的行李，前往巅峰巷的姨妈家。当他初次露面时，许多街坊邻居都相信，他从未用指尖捏起生殖器，对准厕所的马桶，从未趁着收银员找零，偷窥衣领的深处，从未因为信号灯而生气发火，也从未渴求过不属于自己的东西。

纳撒尼尔·索罗斯抵达位于山脚的房子，迈下出租车，环顾安静的街区。这位外表虔诚的男人看到了什么呢？他瞥见一双点缀着棕色斑点的翅膀掩映在隔壁庭院的丁香花丛中，朦朦胧胧，若隐若现。

那一刻，一种崭新而陌生的感觉搅乱了他的内心。

第十三章

如果我的母亲列一个清单，记录她禁止我下山的理由，那么耗费的纸张肯定很长，足以顺着巅峰巷一直延伸到普吉特海湾[1]中，噎死路过的海洋生物，或者在我们家的天台上随风飘扬，犹如宣示投降的巨大白旗。简而言之，我的母亲整日都惶惶不安。她担忧街坊邻居的反应，害怕他们用轻蔑的眼神和残酷的话语伤害我。她担忧我跟其他少女一样，内心柔软，情绪脆弱。她担忧我并非血肉之躯，而是神话与传奇的象征。她担忧我的钙质水平、蛋白水平乃至阅读水平。她担忧自己无法保护我远离那些曾经伤害过她的存在，包括死亡、恐惧、痛苦与爱。

尤其是爱。

在雨水消失的春季，我和卡蒂甘常常躺在后院的褐色草地上，沐浴着午后的阳光，装作交流功课的样子，其实我在听卡蒂甘讲述

[1] 普吉特海湾（Puget Sound）：位于美国华盛顿州的西北部，沿岸的港口城市有西雅图、塔科马、埃弗里特和汤森。

她近期交往的情郎。

我的挚友卡蒂甘·库珀小姐年仅15，就已经颇为精通复杂的欢爱之事，曾经踩断鸟儿翅膀的杰瑞迈亚·弗兰纳利便是她的最新猎物。

“这个可怜的臭小子天天都跟着我，”卡蒂甘嗤之以鼻，“你真应该瞧瞧他那副德行。毫不夸张地说，我必须先擦掉他下巴上的口水，才能亲吻他。不过，”她勾起嘴角，露出顽皮的表情，“我喜欢。”

我会心地报以微笑，继续努力辨认卡蒂甘在代数笔记本上留下的潦草字迹。

母亲担忧的另一件事情就是我的教育问题，她向卡蒂甘借来乱七八糟的作业簿，为我制订在家学习的计划。

“这是5还是3？”我问。

“不清楚，大概是‘R’吧！”卡蒂甘像猫咪一样弓起后背，抬手遮蔽明亮的阳光。我无奈地翻了个白眼。现在已经是4月底了，期末考试渐渐逼近，但是卡蒂甘却毫不在意，似乎对平均分70的成绩非常满足。

我的母亲正在房子的前廊上擦拭窗户，抡着手臂给玻璃画圈，肥皂泡沫飞溅。突然，亨利绕过转角，高声尖叫，“皮娜受伤了！皮娜受伤了！”他瞪大双眸，目光中充满恐惧。特鲁维紧紧相随，疯狂地咆哮。

薇薇安娜扔掉湿漉漉的海绵，飞快地跳下台阶，冲向后院找我，亨利留在前廊上，用摊开的掌心重重地拍打着耳朵。在奔跑的过程中，我的母亲暗自思忖，*没错，这就是不能去爱的原因，如果不爱，无论发现何种情形，无论结果多么糟糕，我都不会伤心。*

母亲看到我和卡蒂甘躺在草地上，立刻抓住我的胳膊，将我拎起来，“怎么了？”她焦急地问着，从头到脚地打量我，寻找受伤的痕迹。

“没事啊！”我答道，诧异地眨了眨眼睛。

薇薇安娜松开手，感到心脏怦怦直跳，肺部异常压抑，“你确定吗？”

我跟卡蒂甘疑惑地对视了一眼，“嗯，我们俩都很好。你呢？”

在转身离开之前，母亲又仔细地观察了片刻，“抱歉，我还以为——算了。”她叹了口气。“你们需要什么东西吗？”她补充道，我摇了摇头。

谢天谢地，她心想，然后迈着慢吞吞的步子，回去陪伴亨利了。他蘸着亮晶晶的肥皂水，在前廊上绘制街区的地图。

恰在此刻，我和卡蒂甘瞧见一辆出租车停在玛丽戈尔德·派的房子外面。一名男子迈下汽车，从后备厢里拽出一个破破烂烂的行李箱，接着漫不经心地朝绝尘而去的出租车挥了挥手。尽管当时我并不知道，但是玛丽戈尔德的访客在屁股后面的裤兜里揣着一本陈旧的日记，不管走到哪里，都会随身携带。

好奇的冲动驱使我溜下山坡，躲在靠近街道的丁香花后面，偷偷张望。那名男子缓缓地踏上通往玛丽戈尔德家的小径，顺便环顾我们的街区。他短暂地停住脚步，抬手挡住耀眼的阳光，凝视着山顶上的房子。我发誓，在进屋之前，他肯定看到我藏在丁香花丛中了。

大门在他的身后砰然关闭，我跑回山上，卡蒂甘显得神情恍惚。

“你觉得那是谁？”我气喘吁吁地问道。

卡蒂甘耸了耸肩，“天晓得。不过，他可真是个完美的梦中情人呀！你说呢？”

我瞥向山下，脑海里思绪万千，想到这名男子看见我了，不禁感到头晕目眩。他会喜欢自己眼中的画面吗？“噢，”我喃喃低语，满脸通红，“我不知道。”

很久以前，胡氏家族还住着租赁的公寓，生活在博勒加尔热爱的“曼哈屯”。那时，伊米莲的妈妈总是花费不少工夫收集废弃的布料，用来缝制被子，作为女儿们的嫁妆。这些五颜六色的被子原本应该跟蕾丝枕套和镀银餐具一起，装进雕刻精美的木箱中，并且要平分给三个女儿，而非成为留给唯一幸存者的遗产。可是，伊米莲早就懂得，人生不如意事十之八九。

每条被子都有一个充满寓意的名字，随着岁月流逝，它们都找到了合适的归宿——“美好的希望”属于跟杰克分手之前的薇薇安娜，“荒芜的道路”属于跟杰克分手以后的薇薇安娜，“窗里的鸽子”属于我，“疯狂的拼图”属于亨利。

而伊米莲则盖着普普通通的羊毛毯睡觉。

伊米莲抚平亨利床上的被子，动作小心翼翼，格外留意不去触碰其他东西。近期都是薇薇安娜在料理家务，不过伊米莲偶尔也可以找到一两件琐碎的小任务来打发时间，转移注意力，避免胡思乱想。透过眼角的余光，她依然能瞥见一个男人的朦胧轮廓，他站在窗边，沐浴着明亮的阳光，微微闪烁。在他死后的三十六年间，她渐渐明白，自己越是故意忽略他，雷尼的鬼魂就越是拼命吵闹。倘若伊米莲望向他，就会看到曾经是嘴巴的位置在微微颤动。他仿佛在大声叫嚷，疯狂地挥动双手，朝窗外比画。

然而，她却压了压枕头，接着像往常一样，目不斜视地前进，径直穿过角落里的幽灵，坚决不肯停下脚步分辨他想说的话语。如果她愿意……唉，假设根本毫无意义，不过是徒增烦恼而已。

正如她所说，**这就是人生**。

伊米莲来到楼下，发现亨利坐在餐桌旁，舔着沾满糖霜的勺子。而他们也在，包括尾随她的雷尼、失去心脏的玛尔格和金丝雀形象的皮耶海特，还有一个素未谋面的少女，头发乌黑，眉毛浓密，嘴唇干裂。那名少女抚摩着橡木橱柜顶上的古董茶具，透明的指尖沿着陶瓷罐的边缘游走。

其实，他们的存在无关紧要，她已经习惯了皮耶海特的鸣叫、雷尼的残缺脸庞和玛尔格的空洞胸口。但是，亨利在跟他们交谈，这才是问题的可怕之处。

确切地说，亨利在跟雷尼交谈。在他们当中，只有雷尼会说话。即便伊米莲允许自己侧耳聆听，也很难理解雷尼要表达的意思，毕竟他没有真正的嘴巴。可是，亨利和雷尼却似乎能顺畅地交流，并无任何障碍。

雷尼含含糊糊地嘟囔，亨利郑重其事地点头，好像在表示同意，**“草里有蚊子，墙上有猫咪。”**亨利含着糖霜，严肃地说。

伊米莲走进厨房，准备把先前放在料理台上的一块巧克力蛋糕盛到盘子上。

少女的鬼魂跟着她来到厨房，瞪着空洞的黑色眼睛，凝视着伊米莲。尽管伊米莲竭力置之不理，却还是清清楚楚地听见了少女的低语：“尘归尘，土归土。”

如今，街区里几乎无人知晓或记得法蒂玛·伊妮兹·德铎瑞斯和船长的故事——年幼的少女在天台上等待他出海归来，圣餐仪式中的麦面饼在她的舌尖化作烈焰。大家误以为兄妹俩的故事是虚构的童话，常常给孩子们讲述，甚至为自己能想出如此生动的睡前故事而感到扬扬得意。伊米莲很聪明，绝不会以此来玷污童话，况且她从未忘记过，那名不幸的少女曾经在山顶的房子里徘徊。此刻看来，她依然盘桓不去。

伊米莲剧烈地咳嗽，喷出满口的尘土。

她擦掉牙齿上的灰色粉末，将蛋糕留在厨房里，转身去餐厅找亨利。他舔完了糖霜，跑向外祖母，伸手捧起她的脸颊，“伤心先生想让你知道。”他对她说。

伊米莲震惊地看向自己的弟弟妹妹。伤心先生？雷尼？但是，他们都不见了，只剩下黑发少女的幽灵站在房间的角落里。

“什么？”伊米莲轻声问道，直视着亨利圆睁的双眸。

“遍地是红色，到处是羽毛。”他回答。

话音刚落，法蒂玛·伊妮兹也消失得无影无踪。

自从法蒂玛现身以后，亨利便一直跟我们进行着循环的对话，无穷无尽。比如：

“亨利，今天早晨，你想往吐司面包上抹什么呢？”

“草里有蚊子！”他坚称。

“果酱？黄油？蜂蜜？”

“墙上有猫咪！”

“不如喝麦片粥吧？”

“遍地是红色，到处是羽毛！”

接下来，他会绕着房子飞奔，高声大喊，“皮娜受伤了！皮娜受伤了！”特鲁维紧紧相随，疯狂地咆哮。

以下片段摘自纳撒尼尔·索罗斯的私人日记

1959 年 4 月 29 日

从前，留宿于玛丽戈尔德姨妈的家里，意味着躺在洁白挺括的床单上睡觉，干花草的陈腐气味渗透到衣服的布料中，意味着早晨去路德宗教堂参加仪式，下午用精致的瓷器喝茶，但是却没有常见的黄油曲奇或果酱烤饼作为点心。如今，我走进偌大的房子，发现一切都变得杂乱无章，装饰性的摆设蒙着厚厚的灰尘，无人打蜡的家具黯淡无光。曾经端庄严肃的姨妈现在只喜欢吃甜品，厨房的料理台和冰箱的架子上满满当当，全是树莓馅儿料的司康饼[1]、酒浸樱桃的布丁和点缀着奶油糖果的布朗尼[2]。她片刻都不肯停歇，鼓鼓囊囊的嘴巴始终在咀嚼食物，肿胀的手指频频擦拭唇边的碎屑。她用枕头压着巧克力块，皱巴巴的被单永远都染着焦糖、太妃糖和樱桃甜酒残留的污渍。有一次，我甚至在她的床底下发现了一块隐藏的巧克力蛋糕，表面的糖霜已经被舔得干干净净，丝毫不剩。

我不清楚该如何帮助肥胖不堪的姨妈。当然，我也不会向任何人坦承自己的困惑。我从未凭借主观的努力去帮助迷途的羔羊远离

[1] 司康饼（scone）：又称英国茶饼、英国松饼，是一种烤饼，由小麦、大麦或麦片制成，食用时会涂上奶油或果酱。

[2] 布朗尼（brownie）：一种介于蛋糕和饼干之间的点心，内馅儿像蛋糕般绵软，外衣像饼干般松脆，通常由坚果、白糖、奶油、巧克力等制成，表面可以撒上糖果。

罪恶，而总是在不知不觉间无意识地影响着大家。至于其中的奥妙，唯有万能的上帝知道。母亲说，上帝会通过我来拯救世人，我不必质疑上帝的方式，只要听从上帝的安排就足够了。

因此，我坚信，上帝让如此神圣的生灵出现在我的面前，并非无缘无故的巧合，我绝不能对之视而不见。天使是传递上帝旨意的使者，而我是最为虔诚的信徒。我一直在拼命努力，渴望聆听上帝的呼唤，等待执行上帝的命令。天使降临到我逗留的街道上，确实再合适不过了。诚然，我呆呆地盯着她看了许久，可能显得十分粗鲁无礼，但是在抵达这里的那天，当初次瞥见美丽的翅膀和天使的脸庞时，我还以为自己发疯了！

第十四章

特鲁维迅速地成长和发育，爪子不再显得异常硕大，身体比例变得协调起来。我们原本希望它可以保持小巧可爱的模样，方便饲养和管理，但是等到它超过100磅[1]以后，我们终于明白，特鲁维并非马尔济斯犬或狮子狗，而是纯种的大白熊犬。真相令我们感到颇为震惊，毕竟，当初被发现的时候，它看上去不过是一条普普通通的小野狗，独自躲在后院扒拉芍药花丛。如今，特鲁维的体毛就像麝牛一样，格外浓密，而且长度惊人，在掉毛的季节里，微风吹动一团团兔子大小的毛球，犹如雪白的风滚草从木地板上飘过。

亨利和特鲁维形影不离，常常并肩而行，仿佛是一对古怪的连体婴儿。眼下，少年与大狗迈着默契的步子，走进工作坊，嘉博刚刚结束了一次失败的飞行试验，正在处理流血的嘴唇。

嘉博把喷漆的棉布绑在竹子框架上，赶制出第一副翅膀。由于效果不佳，他立刻改变方法，借鉴柳条编织的工艺，先后选择了树

[1] 100磅：约为45千克。

皮和树枝进行尝试。可惜事实证明，这两件作品都太过沉重。于是，嘉博又利用铝丝和纱布打造了一副轻盈的翅膀。他信心满满地从工作坊的屋顶起飞，结果却盘旋着向下坠落，狠狠地摔在地上。

嘉博挣扎着爬起来，返回工作坊，嘴唇血流不止。他暗自庆幸，见证这次灾难的观众只有亨利，我和我的母亲都不在场。“第四次试验失败。”嘉博喃喃地嘟囔着，将破损的翅膀扔向角落里的垃圾堆。一只倒挂在椽木上的蝙蝠受到了惊吓，连忙扑扇着翅膀，朝屋外飞去。嘉博站在门口，目送着那只蝙蝠消失在夜空中。他恍然大悟，意识到自己总是从错误的源头挖掘灵感，当即下定决心，必须抓住那只蝙蝠。

“我们需要你母亲的滤盆，”嘉博对亨利说，“还需要大量的甲虫、蚊子、苍蝇和——飞蛾，比如它！”嘉博伸出手，在半空中拦下一只棕色翅膀的昆虫。他来到厨房，把飞蛾放进空荡荡的咖啡罐，翅膀拍打的声响在锡皮内壁之间回荡。他在橱柜里四处寻觅，直到翻出滤盆为止。然后，他匆匆忙忙地跑进起居室，浏览多年前购买的鸟类书籍，在其中一本的结尾找到了介绍蝙蝠的简短文章。

透过二楼的窗户，我的母亲看着亨利在院子里捕捉飞蛾。

薇薇安娜突然想起了杰克前往惠特曼学院的那一天。她记得他送给自己的玻璃罐，记得他缓缓地走下山坡，记得福特轿车的尾灯渐渐远去。

玻璃罐中栖息着一只蜻蜓，薇薇安娜从未如此近距离地观察过蜻蜓。碧绿的翅膀折射出绚丽的五光十色，显得格外脆弱，仿佛无力乘风飞翔。

后来，威廉敏娜告诉薇薇安娜，关于蜻蜓，民间有一种迷信的说法，“那句谚语非常古老，现在已经没人知道来历了。”

“谚语的内容是什么？”薇薇安娜问。

威廉敏娜的眼睛闪闪发亮，“抓住一只蜻蜓，一年之内结婚。”

薇薇安娜的蜻蜓在一周之内就死了。

她走下楼梯，询问嘉博，“亨利在干吗？”

“‘蝙蝠和鸟儿的振翅方式十分相似。’”嘉博捧着书本念道，他抬起头，兴奋地盯着薇薇安娜，“我要逮一只蝙蝠，亨利在收集蝙蝠的饲料。”

“为何不逮一只鸟儿呢？”薇薇安娜提议，“你可以在白天完成任务。”

嘉博摇了摇头，“我试过，但是无法复制羽毛。”

嘉博从地下室找出一个陈旧的鸟笼，里面粘满了乌鸦和鸽子的羽毛。他耗费了三夜的工夫才抓住那只蝙蝠。最终，小小的哺乳动物走投无路，自己闯入了生锈的鸟笼。每天晚上吃完饭以后，亨利都会透过铁条的缝隙，把昆虫喂给蝙蝠，而嘉博则忙着制作崭新的翅膀。

第十五章

我正在睡觉，忽然听见轻叩窗玻璃的动静。卡蒂甘爬上卧室跟前的樱桃树，带着重要的消息，气喘吁吁地露面了。自从她用膝盖重击杰瑞迈亚的腹股沟以后，我们俩便一直好奇事情的后果如何。现在，多年的猜测终于得到了证实。“其中一个看上去就像无花果——浅红色、干巴巴的无花果。”她说。“真恶心。”放她进来以后，我回到床上，将身体包裹在翅膀中，犹如盖着熟悉的毛毯，安全而舒适，“原本应该是什么样子？”卡蒂甘耸了耸肩，“反正不是那样。”

卧室的整体风格洋溢着20世纪50年代末期的典型特色。地板上摞着流行的时尚杂志，梳妆台蒙着精致的蕾丝桌布，单人床堆着大大小小的枕头和五颜六色的被子，对面摆着全身尺寸的穿衣镜，一切都显示出我只是个普通的青春期少女。不过，屋里既没有用于深夜聊天儿的粉色公主电话，也没有为了参加高中舞会而准备的马鞍鞋[1]。我跟外面的世界几乎毫无联系，因此不需要这些东西。晚上，

[1] 马鞍鞋：又称“鞍背鞋”，一种低跟的休闲皮鞋。

我常常守在窗边，眺望远处的鲑鱼湾，看着船舶来来往往。不知为何，掉落的羽毛总会聚集在寂寞的墙角。

“所以，你还在跟杰瑞迈亚交往吗？”我问道。

“天哪，当然不了。”卡蒂甘从兜里掏出一管口红，熟练地涂了涂嘴唇，接着扔给我，“来，快试试看。这可是我好不容易向妈妈求来的宝贝。”

然而，我却默默地把它放在床头柜上。金发碧眼的卡蒂甘对着镜子里的漂亮映象满意地微笑，用手指的侧面擦掉沾在牙齿上的口红痕迹。

我跟外祖母一样，留着乌黑的长发，不过伊米莲在颈窝盘起保守的圆髻，我却在脑后扎起潇洒的马尾辫，绑上黑色的丝带。卡蒂甘认为，对我来说，那条丝带就是完美的装饰。

“人们都得发挥自己的长处，”卡蒂甘说，“你呢，拥有奇异的美丽。”她轻轻触碰我的翼尖，“你必须承认，这绝对是一种古怪的吸引力。”

小石子打在玻璃上，发出尖锐的声响。卡蒂甘连忙打开窗户，疯狂地挥手示意。

“我告诉过哥哥，让他到这里来找我。”卡蒂甘说。

罗维·库珀现年17岁，为伊米莲的烘焙坊驾驶运货卡车。由于格外擅长天文学方面的知识，他获得了波士顿大学的录取通知书和全额奖学金，大部分行李都已经打包完毕，在硬纸箱上贴好了标签。罗维的人气远远比不上妹妹，他身形颀长，乌黑的卷发浓密而蓬松。他成天都穿着父亲参加海军留下的破旧大衣，就连炎热的夏天也不例外。而且，他还口吃。不过，他性格和善、相貌英俊，湛蓝的眼睛深邃无比。

可惜，我却毫无察觉。

卡蒂甘跨坐在敞开的窗户上，“今晚，有一帮家伙要去水库。”她对我说。

十几岁的孩子精力旺盛，喜欢胡闹，热衷于在固定的地点聚会，做出许多滑稽的行为和鲁莽的举动。住在巅峰巷附近的青少年并未选择露天汽车电影院或冷饮店，而是看中了镇上的水库，尤其是月光照耀的水面与阴影笼罩的岸边。随着岁月流逝，年迈的管理员和妻子丧失了耐心，脾气变得非常暴躁，但夫妇二人也在忍受着耳聋的折磨，所以，大家只要在经过白色小屋的瞬间保持安静就行。

当然，我从来没去过那里。

可是，我知道许多关于水库的故事，我相信自己能望见小屋里闪烁的灯光，数得清岸边散落的啤酒罐，听得见醉意微醺地开怀大笑。

现实总是如此残酷。我拥有上天赐予的翅膀，却感到处处受限，寸步难行。我想，正是因为这种状态，我才能比常人更加深刻地体会到生命的讽刺意味。比如，越是渴求爱情，越是一无所获，如果放下强烈的期盼，爱情反而会在不经意间降临。再如，口口声声宣称绝不伤害你的人，到头来往往会背弃承诺，令你陷入痛苦的陷阱，无法挣脱。

在我们小时候，嘉博搭了一间棚屋，紧挨着工作坊，外祖母在里面养了几只小母鸡。我很喜欢看着这些不能飞的鸟儿在院子中抱团行动，它们不安地啄来啄去，丑陋的爪子刮擦着泥土。我用自己永远都去不了的地方给它们起名字：比萨、阿伊亚、尼泊尔、佛蒙特[1]。

久而久之，伊米莲不堪其扰，抱怨收获的鸡蛋根本抵不上院子的混乱，于是便决定杀了它们。嘉博挥动大手，抓住小母鸡，把它们带进工作坊，统统拧断了脖子。嘉博完全没料到，我会躲在工作坊的碎石堆后面，亲眼见证它们的死亡。每一只鸟儿都在绝望地扑扇着翅膀，拼命挣扎，想要飞向空中，重获自由。这个可怕的情景深深地烙印在我的脑海中，犹如恐怖的噩梦，断断续续地纠缠了我多年，挥之不散。时至今日，我再也没吃过鸡肉，因为那就像是在蚕食同类。

卡蒂甘攀上窗外的樱桃树，我跳下床，抖开翅膀，“我跟你一起去。”

卡蒂甘停顿了片刻，呆呆地盯着我，然后爬回屋里，“好。”

罗维溜进嘉博的工作坊，拿走陈旧的皮制笼头，扔进卧室的窗户。我和卡蒂甘花了半小时的工夫，凑合着将其改造成足以约束翅膀的简易系带。他站在漆黑的院子里等待我们，点燃的香烟闪烁着红光。

这套系带将折叠的翅膀紧紧地捆在背上，保持平坦的样子，但是感觉非常疼痛，我总算明白了“眼冒金星”是什么意思。我们从尘封的壁橱里找出一件发霉的斗篷，可以彻底遮盖翅膀。斗篷的外层是碧绿的羊毛，内衬是顺滑的绸缎，巨大的兜帽垂在身后。

[1] 比萨（Pisa）：意大利中西部城市，拥有著名的比萨斜塔。阿伊亚（Aiea）：美国夏威夷州火奴鲁鲁市的一个地区。尼泊尔（Nepal）：南亚山区内陆国家，位于喜马拉雅山南麓，北邻中国。佛蒙特（Vermont）：美国东北部新英格兰地区的一个州。

我们偷偷摸摸地跑下山坡，悄悄地沿着巅峰巷前进，先是经过玛丽戈尔德·派的房子，接着是菲尔兹家族的房子。我们跨过泥土路与人行道的交界处，一双破破烂烂的运动鞋挂在头顶的电线上，随风摇晃。我渐渐远离自己熟悉的区域，库珀兄妹肯定能听到我的心跳在加速。我们走过外祖母的烘焙坊及其后面的房子，走过路德宗教堂与小学，走过罗维和卡蒂甘搭乘巴士去学校的车站。我们看见了翻修的警察局，砖墙整整齐齐，窗户干干净净 又看见了一排战后涌现的新建筑。我们路过管理员老夫妇的白色小屋，路过薇薇安娜曾经望见月亮消失的地方。终于，我们到达了幽暗的水库，周围环绕着茂密的枫树林，眼前全是脸色阴沉的高中生。

幸好，似乎没人察觉我的到来或者发现我穿着一件不合潮流的大斗篷。卡蒂甘蹦蹦跳跳地靠近水库，几名少年正在用喝光的啤酒罐往混凝土矮墙上堆着金字塔。

“也许这并不是个好主意。”我低声嘟囔，连连倒退，直到撞上身后的罗维。

他低下头，对我露出微笑，“瞎……瞎说，这是个非……非常完美的主……主意。很……很快，你就会适……适应疯狂的青……青少年生活了。来吧！”他握住我的胳膊肘，带我走向树下的隐蔽场所。

许多年以后，城市的璀璨灯光会令夜空的美丽黯然失色，然而此时此刻，漫天繁星透过纵横交错的枝杈闪耀，犹如关在笼中的萤火虫。

“真是奇怪，”罗维坐在我旁边，“明明是春……春天，但是看……看起来却根……根本不像，对吧？”他急促地呼吸、吞咽，鼓起的喉结上升、下落。他说得对。没有雨水，仿佛春天永远都不会降临，光秃秃的树枝将始终囚禁着明亮的星辰。

“那是我唯一认识的星座。”我指向一团长柄勺形状的星星。

罗维艰难地吞咽着唾沫，“其……其实，北斗七星属……属于大熊星座的一部分，构……构成了大熊的身……身体和尾……尾巴，看到爪……爪子了吗？”

“噢，没错。”我喃喃地说，“看到了。”远方的星座果然幻化成一头硕大的北极熊，低垂着脑袋，在雪地上嗅来嗅去，“为什么我以前没发现呢？”

“可能你只是需要一点儿小小的提醒，来帮助你认清不太明显的事实。”

我盯着他，“你不结巴了。”

罗维垂下视线，“我也不是一直都结巴。”

“艾娃！”卡蒂甘站在水库的岸边高喊，“快来！”

我抱住膝盖，不安地裹紧斗篷，摇了摇头。现在还不行。

“你害怕他们不喜欢你吗？”罗维开口道。

“噢，”我睁大眼睛，“我从来没想过这个问题。如果他们不喜欢我，那该怎么办？”

“很难想象谁会不喜欢你。”他迎上我的目光，诚恳地回答，接着清了清嗓子，“既然如此，你究竟在烦……烦恼什么呢？”

“像我这样的人暴露在公众面前是非常危险的事情。”

背上的翅膀似乎有所感应，开始轻轻颤动，我连忙拽了一下斗篷。

“像你这样的人？你是说，与众不同的人？”

我耸了耸肩，“嗯。”我小声地答应着，突然觉得十分羞怯。

“所以，你危险，还是我们危险？”

“什么意思？”

“我的意思是，谁会构成威胁？是你，还是我们？”

“你们！呃，他们。”我朝那群青少年努嘴示意。当然是他们。

罗维若有所思地凝视着我，“我怀疑，他们恐怕会提出相反的意见。”他站起来，“或许这就是问题的根源：无论有没有翅膀，我们都害怕彼此。”罗维微微一笑，“咱们过去找他们吧？”

他伸出胳膊，轻而易举地把我拉起来。我惊讶地意识到，他的大手可以完全包住我的小手。我脸红了。我再次调整斗篷，任由他领着我走向嘈杂的人群，他的掌心轻柔地按在我的后腰上。

卡蒂甘跟两名少年和一名少女坐在水库的岸边。两名少年是双胞胎，外表一模一样。少女身形娇小、瘦骨嶙峋，细细的手腕犹如鹤腿。

卡蒂甘站起来，夸张地朝我挥手，郑重其事地宣布，“这位就是‘下凡的天使’。”在我和亨利出生的日子里，各大报纸都曾经以“下凡的天使”来称呼我。

他们三个齐刷刷地盯着我，那名少女说：“她不是应该有翅膀吗？”

双胞胎闻言哈哈大笑。我目瞪口呆地看向卡蒂甘，不敢相信最亲密的朋友居然就这样出卖了自己。**好一个朋友**，我心想，愤愤不平地瞪着卡蒂甘。

“她有翅膀！”卡蒂甘说，“只是——藏起来了。”她面色一沉，沮丧地坐回原先的位置，“不过，‘下凡的天使’就是她，千真万确。”

罗维挪动脚步，挡在我跟前，对卡蒂甘皱起眉头，“别……别闹了，你根本不……不知道他们会做……做出怎样的反……反应。”

他们依然认为这一切不过是玩笑而已，其中一名少年提出：“我听说她的翅膀有6英尺[1]长。”

“12英尺长，5英尺宽。”我讷讷地嘟囔。

“就像老鹰一样？”他挑衅道。

“跟漂泊信天翁[2]差不多。”

另一名少年站起身来，交叉双臂，“既然翅膀这么大，你是如何把它们藏起来的？”

我轻轻地叹息，迈出罗维的保护范围，稍稍扯开斗篷，露出前面的系带。

少年吹响口哨，“哇，看起来好痛啊！”

“的确很疼。”我承认道。

“那为什么还要绑起来？”少女询问，她的声音颇为柔软纤细，令我想起了轻盈的蒲公英。我耸了耸肩。

“脱掉吧，”少女说，“我们不介意。”

“对呀，宝贝，脱掉吧！”双胞胎中的一个说。

另一个咧着嘴笑了，“多脱几件也不要紧。”

于是，我便卸下了繁复的枷锁，先是沉重的斗篷，然后是皮制的系带。翅膀得到了解放，翼尖伸向夜空。突然之间，水库附近的所有学生都沉默了。他们停止交谈，渐渐靠拢过来，围观传说中的怪物。小时候，他们都听过我的故事，但是大部分人已经忘了，或

[1] 6英尺：约为1.83米。下文中的十二英尺约为3.66米，五英尺约为1.52米。

[2] 漂泊信天翁（wandering albatross）：一种大型的信天翁，生活在南冰洋附近，翼展可达3.1～3.7米。

者从未相信过。

“让我们看看你飞吧！”一名少年高喊道。

“我不能——”我小声地说，翅膀耷拉在身体两侧。飞翔完全不像是我能做的事情，不过，离开山顶上的家园似乎也一样。

“她能！”卡蒂甘兴奋地大叫，清脆的嗓音在水面上回荡。

我盯着她，含糊地咕哝，“不，我不能。”

“你当然能！”她坚称道，眼神中闪烁着得意的光芒，“你注定要飞翔，否则怎么会长翅膀呢？”

我哑口无言。

卡蒂甘紧紧地攥住我的腕关节，我努力撬动她的指尖，恳求她松手。我慌乱地扫视着大家的脸庞，搜寻自己可以依靠的对象：罗维。但是，我找不到他。

“噢，别跟个小孩子似的扭扭捏捏，”她笑着说，“来嘛，肯定很好玩儿。”

狂热的众人在后面紧紧相随，卡蒂甘开心地拽着我来到水库的尽头，地面陡然下降，形成幽深的峡谷。

我孤零零地站在悬崖边上，少男少女聚集在周围。他们挨得很近，如果我屏住呼吸，能够听到激动的窃窃私语。他们离得很远，如果我跳向死亡的深渊，根本无法抓住任何救命的稻草。

一个身影冲破人群，径直朝我跑来。下一刻，我便被罗维的双臂抱住。他的肌肉在收缩，我的心跳在加快。我按住他的胸膛，感受着他的愤怒。

“罗维！”卡蒂甘抗议道。

“够了！”他的语气十分严厉。

他在我的耳畔低声说，“你不必这样做。”他轻柔地握住我的胳膊，准备拉着我走开，“我可以带你回家。”

我用脑袋抵住他的大衣，毛茸茸的布料在脸颊上摩擦，传递着温暖与舒适，犹如他的怀抱。我们俩的身体紧紧相依，显得十分契合。

我深深地呼吸，盼着自己能拥有母亲的天赋，闻出他的气味和本质。他让我感到安全，觉得受到了保护。

可是，我一直都生活在密不透风的保护之下。当夜晚发出呼唤的时候，我只能透过卧室的窗户，寂寞地眺望着外面的世界，就像孤独的人鱼唱着忧伤的歌曲，期待将迷茫的水手引诱到布满暗礁的浅滩上。我不想再被人保护了。

我挣脱罗维的怀抱，迈向悬崖边缘，碎石混杂着泥土，在崎岖的地面上滚动，接二连三地跳进深渊。

我对罗维回眸一笑，他困惑地注视着我。

“好好瞧着。”我说。

我转过身来，竭力展开翅膀，夜风用冰冷的手指梳理着我的羽毛。一片羽毛掉落，飘摇着坠入漆黑的峡谷。

在脑海中，我看到自己缓缓升起，大家的脸上都浮现出敬畏的神情。翅膀带着我扑进黑夜，地面离得越来越遥远，肩膀变得越来越疼痛。片刻之间，飞翔似乎并非不可能。

天空突然显得如此广阔。

我突然觉得自己如此渺小。

翅膀徒劳地张开、合上，如此反复了数次。然后，我离开悬崖。

“我不能。”我说，牙齿不住地打战，既是因为刺骨的寒冷侵袭着皮肤，也是因为肾上腺素在体内狂奔。

卡蒂甘扬起嘴角，露出真心的笑容，她拿着斗篷朝我走来，动手摩挲我的胳膊，帮助我恢复温暖。“我知道。”她温和地说。

罗维如释重负地松了口气。

人群中的一名少女尖声问，“那你的翅膀有什么用处？”

用处？我不愿思考自己的翅膀有什么用处，于是便展示了一项翅膀的把戏，通过巨大的力量扇动空气，推倒啤酒罐搭成的金字塔。

不久以后，众人散去，只剩下卡蒂甘、罗维、我和我的翅膀了。

“难道不好玩吗？”卡蒂甘兴奋地嚷嚷，“你真应该瞧瞧他们的表情，艾娃！”她开怀大笑。

我怒目而视，“你怎么能那样做？”

卡蒂甘的笑声戛然而止，她紧张地拧着漂亮的金发，“哦，我是想……”卡蒂甘抚摩着嘴唇，“听我说，你想见见别人，对吗？现在大家都认识你了！你再也不必躲躲藏藏了。”

“你在开玩笑吗？”我忍不住吼叫，“要不是我运气好，他们或许会把我绑在柱子上烧死！”

“好吧，好吧。天哪，你就不能冷静一点儿吗？”

“这大概是你做过的最自私的一件事情了，妹妹。”罗维说。

“自私！”卡蒂甘反驳道，“我都是为了她好！”

“你凭什么替她做决定？”罗维问。

卡蒂甘张开嘴，又闭上了。“少管闲事，罗维。”最后，她喃喃地说。

我厌恶地举起双手，“我要回家了。”说完，我气呼呼地跑开了，罗维和卡蒂甘连忙追过来。

回家的路途十分安静，罗维走在我和卡蒂甘之间。

等到抵达山顶的房子以后，罗维对我们说，“你们俩必须解决这个问题。”他对我说，“艾娃，我很高兴你今天出……出门了。这是一个奇妙的夜晚。当然，也很吓……吓人。不过总的来说，真的非……非常奇妙。”接着，他径直右转，迈向自家的房子。

我和卡蒂甘目送罗维远去，然后转过身来，面对着彼此。卡蒂甘叹了口气，“我发誓，我以为自己是在帮你，让大家都看到你的翅膀，明白你并不可怕。”

我环顾四周，寂静的街区在夜空下显得单纯而无害，“我只想要一个晚上，一个……正常的晚上，做一名普通的女孩儿。”

“可是，你不只是普通的女孩儿。你何时才肯承认，与众不同也是独特的美丽呢？”她伸出双臂，紧紧地拥抱我，“你会再跟我们出来玩儿吗？拜托，答应我吧！”

我耸了耸肩，“我会考虑一下。”

卡蒂甘笑了，“好，但是你知道自己不必再用系带之类的东西了，对吧？除非你愿意。”

“说实话，我——我觉得，我还是会用的。至少，我想穿着斗篷。”

“可是，为什么？”

“我喜欢假装自己是个正常人。”

卡蒂甘歪着脑袋，若有所思地端详着我，“我从未想过这一切对你而言是多么艰难。看来，我确实很自私。”她懊恼地哼了一声，“不过，千万别告诉罗维，否则他肯定会抓住这件事情不放，天天教训我。哎，对了，那件斗篷呢？”

我不禁呻吟起来，“糟糕，我把它忘在水库了。”

“咱们一起去拿。”卡蒂甘挽住我的胳膊。

我思索了片刻，“你回家吧，我自己去拿。”

卡蒂甘犹豫不决，“你能行吗？”

“没问题。”

在跑回家之前，卡蒂甘再次拥抱了我。

眼下，我孤独地走在路上。黑暗似乎无边无际，未知的恐惧淹没了自由的喜悦。我深深地呼吸，提醒自己，我一直都想迈出狭小的房间，探索广阔的世界，此刻就是千载难逢的机会。不过，我还是加快了脚步，假装母亲正站在家中的前廊上，远远地注视着我。

当我到达水库的时候，墨蓝色的天际已经微微发亮，朵朵白云在空中飘荡。可是，枯枝的阴影依然在诡异地晃动，鸟儿的高歌变成女人的尖叫，小狗的咆哮化作警告的呼喊，晨风拂动我的羽毛，犹如鬼魂的手指。

我找到了躺在原地的斗篷和系带，抓起它们，撒腿狂奔；翅膀被我折叠起来，紧紧地贴在背上，免得阻碍前进的速度。直到跑过母亲曾经工作的药房，我才放缓脚步，恢复行走的从容。在外祖母的烘焙坊门前，我短暂地停留，抚摸着喷涂在橱窗上的字母。

橙黄和艳红的光束划过天空，我惊讶地意识到，自己整晚都待在外面，并且没有被母亲发现，内心不禁泛起快乐的涟漪。我开怀大笑，蹦蹦跳跳地迈向巅峰巷尽头的小山，感觉就像普普通通的少女一样。

以下片段摘自纳撒尼尔·索罗斯的私人日记

1959 年 5 月 11 日

我已经开始去街区里的路德宗教堂参加仪式了。我原本希望以身作则，诱使玛丽戈尔德姨妈回归道德的生活方式。然而，我的计划失败了。虽然我早就接受过洗礼，成为天主教教徒，但是信奉路德宗的民众和特瑞思·格雷福斯牧师却非常欢迎我，可惜玛丽戈尔德姨妈仍旧蜷缩在床上，裹着撒满饼干碎屑的毛毯，足不出户。其他的老太太倒是觉得我很迷人，祭台公会[1]还将我选为新任领袖，由我来负责分发麦面饼和葡萄酒。在天主教教堂里，即便是辅祭男童[2]也不能被委以此等重任。

我喜欢为礼拜仪式服务，总是在周日早早起床，确保自己将庄严的祭台布置妥当，确保粗心的教友没有丢三落四。

不过，我始终无法适应路德宗仪式的某些方面。比如，唱歌的环节太多了。再如，路德宗的信徒不太尊敬神圣的空间。仪式刚刚结束，他们便把圣经和赞美诗集随意扔在教堂里的长凳上，拍着彼此的后背，放肆地开怀大笑。

最糟糕的是，午夜仪式居然要留到圣诞节、复活节和圣灵降临

---

[1] 祭台公会（Altar Guild）：负责为各种仪式和各种场合（包括婚礼、葬礼和洗礼）布置祭台的组织。

[2] 辅祭男童（altar boy）：辅祭是指在基督教仪式中协助神职人员的儿童，过去常由男童担任，因此称辅祭男童，如今也存在由女童担任的情况，称为辅祭女童。辅祭多见于天主教和东正教。

节[1]举行。失去了往常的午夜弥撒，周六的夜晚显得格外空虚与世俗。于是，我便尝试跪地祈祷，保持清醒，直到天亮为止。所以，我才能发现她的秘密。每天晚上，她都会跟着两个伙伴，悄悄地前往水库，待到黎明破晓，三人又一起回家。途中，她会经过我的窗外，背上的羽毛随风飘扬，令我想起母亲在圣诞节期间拆开的讲述基督诞生的摆件。我记得，彩塑的天使穿着宽松的袍子，露出洁白而修长的脖颈，嘴唇似乎永远都在微微翘起。

第一天，我躲在玛丽戈尔德姨妈的杜鹃花丛后面，其实没打算跟她说话。可是，当她蹦蹦跳跳地走过时，我根本无法控制自己，不禁问候了一声"你好"。

她僵立在原地，翅膀本能地张开了，仿佛要飞上天空。"谁？"她高喊，动听的声音犹如教堂的鸣钟。

我迈向街边，"抱歉，我不是故意要吓唬你。"

宽大的翅膀颤抖着合拢了。"不要紧，"她防备地答道，"我只是没想到会遇见别人，仅此而已。"

我承认，我从未料到她竟然跟人类如此相似，既是神圣的生灵，又是年轻的少女。接下来，我沉默不语，期待上帝通过她来传递伟大的信息，设置道德的罗盘，指引正确的道路，抑或平淡地点明："主与你同在。"可是，她好像不打算展示任何奇迹，起码这次没有。

"我得走了。"天使扭过头去，继续朝山上前进。

"等等。"我在她背后大喊。

她停住脚步，笨拙地转过身来，"怎么了？"

---

[1] 圣灵降临节（Pentecost）：基督教节日，在复活节之后的第五个周日，纪念在耶稣复活后第五十天，圣灵降临到耶稣门徒及其他追随者身上的神迹。

我微微一笑，小心翼翼地靠近，“我能碰一碰吗？”

起初，她显得犹豫不决，可能她不明白我的意思。但是紧接着，她点了点头。我轻轻地抚摩她的翅膀，感受着柔软的羽毛，一股奇妙的暖流穿透指尖，涌入我的腹股沟。最后，她突然跑开，简单地说了一句“晚安”。我目送着她爬上山坡，激动地举起双手，感谢上帝赐予的至高喜悦。我敢肯定，唯有阿维拉的圣特蕾莎[1]才体验过这种世所罕见的极乐。

[1] 阿维拉的圣特蕾莎(Saint Teresa of Ávila)：本名特蕾莎·阿乌马达(Teresa Ahumada，1515～1582)，出生在西班牙的阿维拉，是罗马天主教圣徒及加尔默罗修会的修女。

第十六章

“他叫什么名字？”我问。我和卡蒂甘坐在卧室里，等待夜幕和自由的降临。在初次逃离家门之后，我经常去水库玩耍，渐渐开始理解其他青少年习以为常的事情。比如，我学会了用手指夹着烟嘴抽烟，拿黑色的眼线笔勾画眉毛。通过卡蒂甘，我知道了高中男生跟女孩子单独相处时会干什么（答案：傻愣着），有多少女生在假装善良（答案：数不胜数，尤其是志愿做护士助理的姑娘），以及玛丽戈尔德·派的外甥给街区带来了怎样的轰动。

卡蒂甘端详着刚刚涂抹的深红色指甲油，思索了片刻，“纳撒尼尔·索罗斯。”

我无声而轻柔地重复着他的名字，把美妙的音节保存在舌尖，留待将来慢慢品味。纳——撒——尼——尔——索——罗——斯。在深夜里，当野猫成双成对地走在院子里，当特鲁维徜徉在梦乡中，我会大胆地呼唤他的名字。

“你觉得他怎么样？”我竭力掩饰着期待的语气，偷偷地瞥了卡蒂甘一眼。幸好，她还在全神贯注地欣赏指甲，丝毫没察觉到我的心脏在飞快地跳动。我从未将与他邂逅的经过告诉卡蒂甘。我也不明白为什么，但是每次想要开口，都会欲言又止。或许我觉得自己终于获得了享受秘密的资格，可以瞒着大家，包括最亲密的挚友，就像其他怀揣心事的平凡少女一样。

卡蒂甘吹了吹闪亮的指甲，“他似乎有点儿呆头呆脑，不过还算可爱。”

我微微颔首，不觉陷入了沉思。一个素昧平生的陌生人竟然能令我如此牵肠挂肚，实在是不可思议。诚然，他颇具魅力，但是仅此而已吗？他要求触碰我的翅膀，我并不排斥，反倒鬼使神差地同意了。后来，躺在床上，我依然能感受到他的手指在翼尖留下的温暖。

我的母亲常常思念杰克 · 格里菲斯，沉浸在无尽的悲哀中，摇头叹息，久久无法释怀。躺在床上，她会脸红耳赤地想起夏至夜的大丽花、杰克的胸膛和皎洁的月光，想起他的嘴唇亲吻她的锁骨，他的坚实掌心压住她的纤纤细手，两人十指紧扣，汗水互相交融。在朦胧的回忆中，他的触碰就像融化的热蜡，滴在她的大腿上，顺着皮肤流淌，隐隐作痛。

连续几晚，她都梦见了杰克：他面带微笑，露出门牙之间的细微缝隙，手里捏着枯萎的花束，唯独象征单恋的黄水仙还在怒放。醒来以后，她发现泪水打湿了头发。威廉敏娜采集加州罂粟的叶子，晒干碾碎，泡成茶水，称其为治疗各类失眠的灵丹妙药。在上床之前，薇薇安娜总要饮下数杯，才能昏昏入睡，梦见空旷的走廊与落锁的房门。

倘若喝茶也不管用，薇薇安娜便去洗衣服。长夜漫漫，她坐在地下室里，呆呆地盯着烘干机，观察毛巾的慵懒舞姿。她喜欢清洁剂的芳香气味、烘干机的嗡嗡声响和新床单的轻柔温暖。不过，更重要的是，她很享受除掉污渍的乐趣。借助一点儿肥皂液或漂白剂，她就可以抹去衬衫口袋上的墨水、外套衣袖上的唇彩或者蕾丝窗帘上的铁锈。而最美妙的差事莫过于消灭内衣、手套或短裤上的血迹，看着鲜红的颜色慢慢褪去，布料逐渐恢复本来的模样，变得干干净净，雪白如初。

外祖母对于捕捉童年影像的做法几乎毫无兴致，所以，母亲在少女时期仅仅留下了一张照片作为纪念。嘉博从一本关于蜻蜓的旧书里找到了这张照片，偷偷地保存在自己亲手雕刻的雪松木盒中。小时候，我溜进工作坊玩耍，曾经在无意间瞥见过。

照片背景泛黄，边缘破损，拍摄的年代非常久远，当时薇薇安娜还是杰克的女友，而嘉博尚未出现在我们家门口。实际上，那张珍贵的照片正是薇薇安娜与杰克的合影。在画面中，薇薇安娜咧着嘴巴开怀大笑，杰克在旁边深情地凝视着她。显而易见，杰克确实爱过薇薇安娜。

嘉博总是把照片里容光焕发的薇薇安娜跟现实中郁郁寡欢的薇薇安娜做对比，如今的薇薇安娜只能通过洗衣、喝茶和料理家务来寻求慰藉，在过去的十五年间，她一直在等待杰克回来找自己。心碎的伤痛为何没有将她击垮在地，他并不知道，但是却会因此而更加热烈地爱她。

嘉博多次拜访街区小学的图书管理员，又前往山上的动物园参观学习，终于弄清了自己抓住的究竟是哪种蝙蝠。它是一只棕色的鼠耳蝠，生龙活虎，精力充沛。每次嘉博伸手摸进笼子，企图瞧瞧它的翅膀，它都会死死地咬住嘉博的指尖不松口。不过，这只鼠耳蝠非常信任亨利，它会乖乖地吃掉他掌心里的蚱蜢和蚊子。最后，亨利甚至能哄着它倒挂在自己的手指上睡觉。于是，嘉博便趁机拽开它的翅膀，研究小巧玲珑的肱骨与掌骨。

嘉博耗费了好几周的工夫，制作出崭新的翅膀。根据鼠耳蝠的骨骼系统，他利用橡木打造了翅膀的框架——虽然橡木算不上轻快的材料，但是具备极佳的柔韧度，可以随意弯曲。接着，他将一块陈旧的帆布展平，固定在框架上。锤子的敲击和锯子的摩擦再次飘进薇薇安娜的梦中。

等到大功告成，嘉博立刻拎着翅膀爬上工作坊的屋顶。亨利坐在庭院里，背靠着特鲁维的前腿，左手拇指倒挂着鼠耳蝠。在嘉博看来，亨利仿佛向他摆出了一个大大的拇指朝下的消极手势。

嘉博把胳膊插入缝在翅膀上的长条口袋，小心翼翼地迈向屋顶的边缘。夜幕降临，黑暗笼罩着大地，可是站在高处，嘉博能够看清周围的大部分区域，街坊邻居的家里十分明亮，林立的房屋犹如闪耀的灯塔。起初，他想直接跳下去，但是经过仔细的考虑，嘉博伸展套着翅膀的双臂，以燕式跳水的姿势离开了屋顶。先前，他已经反复练习过拍打翅膀的技巧，能够完美地模仿鸭子、海鸥和加州褐鹈鹕的振翅模式。然而现在，仅仅扇动一次，微风就托起翅膀，带着他在天上飞翔。

他在飞翔！

其实，他并非在飞翔，而是在滑翔，没过多久便坠落在山脚下的丁香花丛中。

着陆的过程颇为惊险，茂密的丁香花丛不复原貌，精心设计的翅膀也毁于一旦。帆布裂开，框架折断，实在是惨不忍睹。幸好，嘉博倒是奇迹般地平安无事。

亨利晃动拇指，鼠耳蝠猛然惊醒。他挥了挥手，目送着鼠耳蝠消失在夜色中。

嘉博沮丧地走进屋里，身后拖着翅膀的残骸。

他把乱七八糟的帆布和橡木扔在厨房的地板上，薇薇安娜挑起细眉，“这是第几次失败了？”

“第五次。”他承认道，“关键在于羽毛，薇薇。我无法复制羽毛。”

“原来如此。”她的语气十分苛刻。

嘉博充耳不闻。

薇薇安娜无奈地叹息，“我真不知道究竟哪种想法更糟糕——认为你的试验会成功，还是期盼她的翅膀会腾空。”

嘉博盯着她，“你为何不让我帮她？”

我的母亲忍无可忍，“因为这非常愚蠢，嘉博！”她厉声呵斥，“非常愚蠢，而且非常残忍！你不负责任地告诉一个小姑娘，说她可以飞翔，让她满怀希望，等到梦想破灭之际，她不仅会摔断骨头，还会彻底心碎。”

“所以，你觉得她干脆不要尝试才好？”

“没错。”

“那我呢？我也应该有发言权，薇薇。”

“你凭什么对我的孩子指手画脚？”她反唇相讥。

“你在开玩笑吗？”嘉博愤怒地走来走去，隆隆的脚步声在厨房里回荡，“我始终待在这里，喂他们吃饭，给他们穿衣，在他们生病的时候照顾他们，在他们难过的时候拥抱他们。无论过去还是将来，我所做的一切都比他们的亲生父亲要多得多！”

“这就是你留下来的原因吗？为了我的孩子？太可悲了。”她刻薄地说，“事到如今，你依然待在这里，真是可悲至极。”

嘉博捏住薇薇安娜的肩膀，他们俩似乎都不清楚，他是打算摇晃她，还是准备亲吻她。

在冲出后门之前，他看了她最后一眼。

我在楼上的卧室里听见了争吵的全部内容。我用双手紧紧地捂住嘴巴，感到难以置信。在我们家，从来没有人大喊大叫。甩门的巨响突然传来，我惊恐万状，连忙跑下楼梯，“你不去追他吗？”我慌慌张张地询问母亲。

她沉默了片刻，低声回答，“随他去吧，艾娃。这样最好。”

但是我不能。我撒腿狂奔，拼命地追赶嘉博。在山脚处，我无助地看着卡车将他带向远方。

“求求你，”我喃喃地说，“不要抛下我们。”

以下片段摘自纳撒尼尔·索罗斯的私人日记

1959年5月15日

研读圣经的日子到此结束，我已经掌握了该学的一切，无法再从发霉的纸张中获取更多的知识。玛丽戈尔德姨妈连续数小时坐在床上，无人照料，而我却开始浏览她收藏的书籍，搜索内心渴望的字眼儿，寻找真爱谱写的篇章：阿伯拉尔[1]致埃洛伊丝的信件，拿破仑致约瑟芬[2]皇后的信件，罗伯特·勃朗宁[3]致女诗人伊丽莎白·巴雷特的信件。我模仿他们的美妙语言，在页边的空白处潦草地记录自己对她的思念。在幻想中，我把一封封情书折叠成精致的小动物，摆在她的窗台上，或者朝玻璃呼出灼热的气息，用手指写下热爱。清晨，她渐渐苏醒，发现潮湿的话语正在静静守候。她一遍又一遍地阅读，浑身剧烈地颤抖，直到太阳升起，晒干留言，烘烤着永不动摇的崇拜与忠诚。

她是一切可爱女性的光荣化身，亦是米开朗琪罗画在西斯廷教

[1] 阿伯拉尔（Abelard）：指彼得·阿伯拉尔（Peter Abelard，1079 ～ 1142），法国中世纪哲学家、神学家、逻辑学家，与法国修女、学者、作家埃洛伊丝（Héloïse，1100 ～ 1164）有一段颇为传奇的爱情故事。

[2] 拿破仑：指拿破仑·波拿巴（Napoléon Bonaparte，1769 ～ 1821），法国政治家、军事领袖，历任法兰西第一共和国第一执政，法兰西第一帝国皇帝。曾与约瑟芬·得博阿尔内（Joséphine de Beauharnais，1763 ～ 1814）结为夫妻，并将约瑟芬册封为法兰西第一帝国的第一位皇后。

[3] 罗伯特·勃朗宁（Robert Browning，1812 ～ 1889）：英国诗人、剧作家，维多利亚时期最著名的诗人之一，其夫人伊丽莎白·巴雷特·勃朗宁（Elizabeth Barrett Browning，1806 ～ 1861）也是维多利亚时代最受人尊敬的诗人之一。

堂[1]中的天使。她的脸庞引起了特洛伊战争[2]的爆发，她的夭折推动了印度泰姬陵[3]的建造。

在我的脑海里，她吐字清晰，腔调圆润，带着意大利或普罗旺斯的优美口音；她盛装打扮，服饰高雅，犹如文艺复兴时期的窈窕淑女。我想象着自己亲手将繁复的衣裙层层褪去，跪倒在翅膀底下。在梦境中，我看见我们的孩子全是鸟儿，陆陆续续地飞出她的子宫。我把耶稣门徒的名字赐予每个孩子：白鹤为西蒙·彼得[4]，猫头鹰为托马斯，巨型的黑乌鸦为犹大。

当一片从天而降的羽毛划过脸颊时，我初次体会到了真正的喜悦之情。强烈的兴奋在体内翻涌，我用刀子划开床上的枕头，惬意地拥抱里面的羽毛。因为我相信，触碰天使的感觉就像抚摩羽毛，如此柔软、如此轻盈。夜复一夜，我望着她站在敞开的窗口梳理羽毛。她背光而立，闪闪发亮。只有我知道，她是神圣的生灵。

---

[1] 米开朗琪罗（Michelangelo，1475～1564）：文艺复兴时期意大利雕塑家、画家、建筑师、诗人，对西方艺术的发展做出了莫大的贡献。1534~1541年间，米开朗琪罗在西斯廷教堂（Sistine Chapel）留下了著名壁画《最后的审判》。

[2] 特洛伊战争（Trojan War）：在古希腊神话中，特洛伊战争是亚该亚人对特洛伊城邦发起的战争，起因是特洛伊城邦的帕里斯王子将绝世美人海伦从其丈夫斯巴达王墨涅拉奥斯身边夺走。

[3] 印度泰姬陵（India’s Taj Mahal）：一座白色大理石建造的巨大陵墓，是莫卧儿皇帝沙贾汗为纪念心爱的妃子所建。

[4] 西蒙·彼得（Simon Peter）：与下文提到的托马斯（Thomas）和犹大（Judas）均为耶稣的门徒，其中犹大背叛了耶稣。

第十七章

那一年的 5 月，我总是盼着夜幕快快降临，希望家人早早睡觉。然后，我便可以偷偷溜出去，前往水库玩耍。在等待的过程中，我守着寂静的卧室梳妆打扮，对着窗户的映象搔首弄姿，练习妩媚的微笑，假装冷漠地抽烟，就像卡蒂甘一样。在脑海中，我想象街区里的少年——尤其是在水库拼命躲避我的臭小子——爬上摇摇晃晃的樱桃树，抓住弯弯曲曲的枯枝，而我会掰开他们的手指，居高临下地看着他们坠落，无情地哈哈大笑。

我想象派家寡妇的外甥在凝望着我，他的视线给我的皮肤烙下灼热的痕迹。每天晚上，我都尽量在相同的时间出发，既感到忐忑不安，又觉得兴奋异常，直到走过玛丽戈尔德的房子才渐渐平静下来。途经杜鹃花丛的时候，我常常瞥上一眼，仿佛他正藏在阴影里，忠诚地守候着我。

某天夜里，我把自己的一片羽毛留在了玛丽戈尔德·派家的台阶上，期待他会发现。我躲在残破的丁香花丛中，面红耳赤地看着他打开房门。羽毛被风吹入空中，接着又轻柔地飘下来，掠过他的脸颊。我飞快地冲到山顶，激动得头晕目眩。

我幻想自己成为他的新娘，身上穿着洁白的长裙，耳畔插着娇艳的鲜花，犹如美丽的夏威夷女郎。我勾勒出一栋可爱的房子，距离巅峰巷尽头的小山十分遥远：街坊邻居共享丰盛的晚餐，丈夫们在客厅里畅饮汤姆柯林斯[1]，妻子们在厨房里交换秘制的菜谱，活泼的西班牙猎犬跑来跑去，那是我们的宠物，名叫“面条”。在这些白日梦中，我故意把翅膀从背上抹去。

在所有的白日梦中，我都是一个普普通通的女孩儿。

虚构的生活越是令人陶醉，残酷的现实便愈发令人心痛。我不再睡觉、不再吃饭，黯淡的羽毛纷纷从翅膀上脱落。

到了 5 月中旬，水库之旅被迫暂停，我沉浸在求而不得的迷恋中，恶疾缠身，高热连日不退。我躺在床上，难以动弹，就连去厕所都得寻求家人的帮助。整整一周，母亲不停地给我盖被子，用层层堆叠的棉花安抚我瑟瑟发抖的躯体。她烹制的鸡肉浓汤热气冲天，只要稍稍凑近煮锅，就会被烫得满脸通红。

我病得神志不清，即便在醒着的时候也无法摆脱梦魇的魔爪，眼前接二连三地浮现出恐怖的画面：婴儿变成鲜血淋漓的动物，夜空化作熊熊燃烧的火海。

在圣灵降临节的深夜，我突然笔直地坐起来，油乎乎的发丝紧贴着额头，湿漉漉的羽毛浸满了汗水。

一名少女站在窗边，背对着房间，乌黑的长发黯淡而蓬松，复古白裙的蕾丝花边拖曳在身后，破破烂烂，肮脏不堪。她转过脸来，

---

[1] 汤姆柯林斯（Tom Collins）：一种鸡尾酒，由杜松子酒、柠檬汁、糖和苏打水调制而成。

面对着我，透过她的脑袋，我能看到漫天繁星。

她示意我跟着她，然后径直穿过墙壁。

我掀开厚厚的棉被，踉踉跄跄地扑到窗户跟前，向外张望。她正在下方的草地上等我，幽灵般的轮廓在银色的月光中微微闪烁。我不假思索地抓起碧绿的斗篷，翻出窗户，顺着光秃秃的樱桃树爬进庭院。

雨水始终不见踪影，枯黄的草地在脚下嘎吱作响。海湾里的水位很低，姑娘们可以轻而易举地走到对岸，丝毫不会打湿裙角。

我追随着鬼魂使者，来到路德宗教堂，穿过沉重的双开门。为了迎接圣灵降临节，教堂里处处都装饰着红色的亚麻布条和丝绸菊花。迄今为止，已经好几个月都没有鲜花了。大家从未经历过如此干旱的圣灵降临节，回顾记忆中的午夜仪式，地板上总是积着幽暗的水洼，害得人们摔断骨头。可是现在，就连老太太都把防雨的塑料软帽放在家里了。红色的旗帜挂在天花板上，撒着糖屑的曲奇饼干本该染成红色，眼下看来却像是橙色。街区里的信徒聚集在一起，手中端着盛满橙色饼干的盘子。我缓步迈进前厅，脱下斗篷，随手扔掉，露出硕大的翅膀。嘈杂的谈话戛然而止，周围寂静无声。

黑瞳的鬼魂带领我走向祭台，纳撒尼尔·索罗斯正在把无福的麦面饼和剩下的葡萄酒收入旁边的圣器室。

他转过身来，看到了我，脸色变得煞白。不知为何，我竟然跪在地上，抬起下颌，张开嘴巴。片刻之间，他呆呆地站在原地，纹丝不动，显得颇为敬畏，或许是因为面前的双唇酷似花蕊。然后，他拿起一片薄薄的麦面饼，我伸出舌头，轻轻触碰。

诡异的粉色火苗骤然绽放，赶到中殿的教众不禁倒抽一口冷气。

终于，纳撒尼尔回过神来，松开烫伤的手指，烈焰依旧在我的舌尖舞动。他用脚踩灭熊熊燃烧的圣饼，地毯上永远地留下了一块漆黑的痕迹。我眨了眨眼睛，仿佛从梦中惊醒，接着站起来，跌跌撞撞地跑出教堂。

卡蒂甘·库珀对之后的事情记得清清楚楚。原本，她独自经过教堂，准备去水库跟杰瑞迈亚·弗兰纳利相会，却瞥见我披着碧绿的斗篷，恍恍惚惚地踏上石径。她知道我生病了，于是便好奇地跟着我进去，结果意外地看到了整个场面。当我逃离中殿的时候，恰好与她擦肩而过。她捡起我扔掉的斗篷，赶紧追了上来。我们一路狂奔，回到巅峰巷尽头的房子。我们双双瘫倒，躺在地上，红彤彤的面庞朝着天空，急促的呼吸化作朵朵白云，笼罩着璀璨的星辰。

卡蒂甘转向我，“天哪，艾娃，刚才是怎么回事儿？”

但是，身穿破烂白裙的黑发幽灵也在，她竖起一根透明的手指，放在唇上，露出神秘的微笑，然后便消失在夜色中。

我把滚烫的脸颊埋在草地上，叹了口气，“我不知道。”

到了6月，我已经成为水库聚会的常客。尽管我总是穿着斗篷，但是大家对我的初次亮相仍旧印象深刻，而我在发热期间冲进教堂的故事更是广为流传。许多学生依然目不转睛地盯着我，有人甚至会指指点点，“快看，她来了！”

我闷闷不乐，拼命忽略周围的窃窃私语，然而只是徒劳。

“别……别理他们，”罗维出言相劝，“他们怎……怎么想并不重要。”

“可能对你来说不重要。”我喃喃地嘟囔。

他迎上我的目光，凝视了片刻。我忽然记起刚来水库的第一夜，记起脸颊贴着羊毛大衣的温暖，不禁脸红了。我悄悄地把当时的感受跟思念纳撒尼尔·索罗斯的感受相互比较。我想起自己在脑海中创造的生活：觥筹交错的鸡尾酒派对，名叫“面条”的西班牙猎犬。不过，那是虚无缥缈的幻境，亦是难以捉摸的美梦，而罗维却是真真切切的存在。我可以触碰他，他也可以触碰我。我暗暗考虑，是否愿意用掌心按住罗维的大手，与他十指相扣。我沉浸在想象中，一股奇妙的战栗顺着脊椎流淌。莫非这就是迷恋与爱情的差异？

“什么意思？”罗维问道。

“人们并不会把你看作……”

“怪物？”罗维试探着说。

“对。”

“瞧见我妹妹了吗？”罗维指向卡蒂甘，她正在跟一群伙伴谈笑，“她一开……开口，人人都喜……喜欢她。我……我一开口，人人都同……同情我。”

我皱起眉头，“对不起。”

罗维耸了耸肩，“问题在于，如果我关心别人的看……看法，我也会认为自己很可……可怜，但是我并……并不这样想。”他勾起嘴角，“我认为自己很酷。”

我笑了。

“你不应该让别人来定……定义你，”罗维快速地说，“你可以随心所欲地塑造自己，追逐梦想。”

在这个世界上，很少有人能让我觉得他们会把我当作普普通通的少女，而非长着翅膀的异类。我的母亲是其中之一，亨利是其中之一（不过，被亨利当作“正常人”并不是什么值得夸耀的事情）。现在，我意识到罗维也是其中之一。

“谢谢。”我轻轻地说。

我们缓缓地沿着水库的岸边行走。我踩在混凝土矮墙上，偶尔把脚丫伸进水里。我能感受到罗维的视线在追随着我。于是，我转向他，扮了个鬼脸，“怎么啦？”

罗维耸了耸肩，“没事，就是想看看你。”

当晚，在经过派家寡妇的房子时，我忘了要想象纳撒尼尔在杜鹃花丛后面守候的情景。我试着大声说出他的名字，结果惊讶地发现这几个字在舌尖徘徊的感觉非常陌生。我原本以为自己爱着玛丽戈尔德·派的外甥，然而曾经的热情却像融化的冰水，渐渐流失了。纳撒尼尔·索罗斯跟其他人一样，只是对我的翅膀感兴趣而已。不像罗维，我暗暗思忖。

我下定决心，伸手拉好窗帘，遮蔽得严严实实，接着上床睡觉了。

那天夜里，我梦见自己会飞了。

每隔一段时间，伊米莲都会允许自己陷入沉思，设想着截然不同的人生：如果她从未结婚，而是留在博勒加尔的“曼哈屯”公寓里慢慢变老；如果她没有因为追求者称赞指甲末端的月牙痕迹就爱上对方；如果她让负心的情郎统统爬上通往卧室的防火梯，然后掰开他们的手指，居高临下地看着他们坠落，无情地哈哈大笑。

她抬起手，触摸陈旧的钟形女帽，上面染着罂粟花的鲜红汁液。突然之间，巅峰巷的房子消失了，摇摇欲坠的公寓取而代之：厨房的水槽里堆着残缺的陶瓷餐具，排水口周围锈迹斑斑；老式冰箱安着金属铰链，装满珍贵的冰块，令他们觉得非常富有，即便橱柜中空空荡荡；皮耶海特曾经在写字台的抽屉里睡觉，黄色的羽毛常常堆积在角落中；雷尼总是拎着沙发四处走动，脆弱的墙皮纷纷破碎。

尽管伊米莲依然不愿跟弟弟妹妹的鬼魂交谈，但是在某种程度上，她可以勉强跟他们沟通。

刚开始，她主动询问玛尔格的孩子。当玛尔格炫耀婴儿的时候，伊米莲先是露出欣慰的微笑，接着又移开视线，因为她看到了他的眼睛，一只是绿色的，另一只是蓝色的。玛尔格警惕地把儿子抱在失去心脏的胸口，为自己的后代感到十分骄傲。无论生前还是死后，他都是玛尔格的最大成就。

妈妈在哪儿？博勒加尔呢？他们不知道。屋里只有他们兄妹三人与玛尔格的孩子，偶尔还会出现一名黑眼睛的少女。她很好奇，死亡是什么感觉？他们似乎无法回答，而且也说不清楚自己为何要带着罪恶的烙印，以如此恐怖的面目继续游荡。

“或许你们在经历炼狱[1]。”伊米莲提出。

雷尼耸了耸肩，或许吧！

有时候，玛尔格会指向客厅里的羽管键琴，要求伊米莲弹奏一曲。于是，“曼哈屯”公寓的墙壁就会迅速融化，带走弟弟妹妹的婉转歌声，巅峰巷尽头的房子重新浮现，而无人使用的羽管键琴便静静地站立在角落里，渐渐染上岁月的暗黄。

[1] 炼狱（purgatory）：在罗马天主教的宗教体系中，炼狱是肉体死亡后的精炼过程，亡灵要先经过净化，才能进入天堂。

以下片段摘自纳撒尼尔·索罗斯的私人日记

1959年5月26日

天使似乎把火焰传给了我——始于她的舌尖，通过燃烧的圣饼，贯穿我的手指。起初，体内的热量在脸颊和脖子上呈现为粉色的红晕，前额渗出豆大的汗珠，嘶嘶作响。深夜，我猛然醒来，发现浑身都是皮疹，只好坐在盛满冰块的浴缸里，直到融化的水滴蒸发得无影无踪。整整一周，我试图借助饥饿、鞭打和绝望的祈祷来恢复正常，并且先后在发刷、钉板与针垫上久跪不起，然而毫无效果。于是，我又选择了痛饮烈酒或疯狂进食，但玛丽戈尔德的厨房里全是油腻的糕点，实在难以下咽。

或许，这种突如其来的高温是为了惩罚我的肮脏思想。但是，我依然每晚都去守候她。我站在玛丽戈尔德姨妈的漆黑花园中，用鲜红的手帕抹去脸上和腋下的汗水，紧张地等待。我仔细地准备着交谈的内容，可是，瞧见她从街边走过，另外两名同伴陪在左右——少女穿着裸露肚脐的衣服，少年裹着海军的羊毛大衣——我却呆愣在原地，看着微风吹拂她的羽毛，所有精心设计的话语都湮没在喉咙里。

我无法集中注意力。前一刻，我还站在教堂外面的庭院里，更新传播福音的玻璃橱窗，确保排版整齐、拼写无误，而后一刻，我就跌入了梦寐以求的奇妙世界，躺在撒满羽毛的床上。

至于拯救玛丽戈尔德姨妈的任务，我承认自己彻底失败了。她变得十分肥硕，无论是形状还是大小，都跟床垫差不多。我相信，自己来到巅峰巷的理由与姨妈毫无瓜葛，而是同天使息息相关。我已经开始往玛丽戈尔德按磅吃掉的泡芙中添加镇静剂，唯有如此，我才能继续沉浸在上帝赐予的幻象中，膜拜美丽的天使。我把曾经用于祈祷的时间都用来回忆天使的潮湿嘴唇，这是我现在的祈祷方式。

或许，这种滚烫的热量并非惩罚，而是礼物。每一滴汗水都是天使的亲吻，顺着我的脊梁骨向下流淌，无比甜蜜、无比温柔。

第十八章

6 月份的第三周接近尾声，气象学家总算掏出神奇的雨量计，公开宣布了我们早就知道的事实——西雅图仍旧滴水未降。庭院里的肥沃土壤变得极为干燥，常常随风飞舞，钻进巅峰巷居民的眼睛里。旱灾影响的范围颇为广阔，甚至连南边的波特兰[1]都受到牵累，娇艳的玫瑰纷纷枯萎。路德宗教堂的祭台上已经三个月没有鲜花了，夏至日庆典即将来临，姑娘们想到无花可戴，不禁潸然泪下——当然，也可能只是被漫天沙砾迷了眼睛。

自从模仿蝙蝠制造的翅膀破损以后，嘉博便不再进行任何飞行试验了。他渐渐发现，距离巅峰巷的小山越遥远，内心似乎越平静。从前，他不愿踏出街区半步，如今却尽量去外面揽活，走遍了默瑟岛、锡尔弗代尔和贝尔镇[2]等许多地方。他起早贪黑，平常根本见

[1] 波特兰（Portland）：美国俄勒冈州人口最多的城市，位于美国太平洋西北地区。

[2] 默瑟岛（Mercer Island）：美国华盛顿州的一个城市，位于西雅图东南方向。锡尔弗代尔（Silverdale）：美国华盛顿州的一片地区。贝尔镇（Belltown）：美国华盛顿州西雅图市的一个街区。

不到母亲、亨利和我，只是趁我们睡觉的时候站在门口，朝卧室里偷偷张望。亨利喜欢仰面躺着，手指紧紧地抓住被子的绸缎边缘，特鲁维趴在床脚，蜷缩成一团巨大的毛球；我总是用一只翅膀的翼尖盖着鼻子；如果薇薇安娜能够入眠，她肯定要侧着身子，双臂抱于胸前，仿佛在保护脆弱的心脏。

看着薇薇安娜睡觉，就像瞧见她晾晒床单或者走下楼梯的模样，嘉博的心脏怦怦直跳。可是紧接着，他却告诫自己，去爱一个不爱自己的人，实在是愚蠢至极。他会默默地返回卧室，爬到床上，闭紧眼睛，数着面前出现的黑点，直到入眠为止。他睡得断断续续，并不踏实，每个小时都会醒来一次，生怕梦见薇薇安娜·拉文德的头发。

挣脱情网比嘉博想象的要困难许多。在过往的岁月中，他一向遵循内心的指示，现在却要听从头脑的吩咐，断绝爱恋，恢复理智，感觉就像接种重大疾病的疫苗：虽然结果很好，可是开端却不太容易。他苦苦思虑，终于明白，人生还有比失去爱情更加糟糕的境况。举例来说，倘若失去胳膊，他就无法借助工作来逃避现实。没错，失去胳膊确实非常悲惨。

况且，在嘉博眼中，整个世界都已经抛弃了爱情，转而选择爱情的畸形表亲：欲望与自私。唯独他才会扮演无可救药的傻瓜，一心一意地守着薇薇安娜·拉文德，从不惦记其他女人。

到了6月，他强迫自己邀请一位服务员出去约会。她来自缅因州[1]的布莱梅镇，独居在学校后面的工匠式单层小屋里。周五晚上，他们俩会围着篝火席地而坐，分享摆在浅盘里的食物，包括乐之[2]饼

[1] 缅因州（Maine）：美国东北部的一个州。

[2] 乐之（Ritz）：美国的一种饼干牌子，创始于1934年。

干和餐厅剩下的奶油龙虾块、培根卷蔬菜、巧克力泡芙。她穿着时髦的短裙，膝盖被灼热的烈焰烤得通红。

最后，嘉博相信，绝望的内心已经习以为常，允许他伸手去触碰她了。毕竟，如果无法跟爱慕的对象在一起，人们通常都会这样活下去。

不是吗?

亨利一直在坚持绘制街区的地图。他把道路与房屋描在信件的背面和书本的扉页上，偶尔还会拿木棍或铲子在尘土中作画。大家都认为，这种行为源于亨利的性格，正如曾经的默不作声和现在的胡言乱语一样，无须别人的理解。我们从未想过地图背后的原因或意图。不过无所谓，亨利知道它们的用途就足够了，起码暂时如此。

在特鲁维出现之前，我们都以为亨利不会说话。结果事实证明，他并非不会说话，而是不爱说话。他给自己定下规矩，只讲重要的事情。可是，谁都不了解这条规矩，就连身边的家人也毫不知情。

夏至日清晨，亨利缓缓醒来，把脚丫伸向蜷缩在床上的特鲁维。亨利享受着皮肤摩擦软毛的感觉，心满意足地蹭来蹭去，大狗叹了口气，懒洋洋地跳向地板。亨利愿意触碰的事物很少，特鲁维的雪白软毛是其中之一。他喜欢我的羽翼和被子磨损的边缘；喜欢卡车温暖的引擎盖和发动机的震颤；喜欢粗糙的枝干，比如我们家院子里的樱桃树，也喜欢光滑的枝干和介于二者之间的枝干，比如外婆烘焙坊门前的桦树。可能还有其他适合触碰的存在，但是他自己也不清楚。平常，他不会触碰太多的东西。

亨利坐起身来，套上红蓝条纹的短袖衫，鲜艳的色彩由于反复水洗而变得颇为黯淡。特鲁维伸展四肢，开始舔舐“不雅”的部位。亨利讨厌这个词语。每当他听到讨厌的词语时，都会面朝下趴在地板上，或者哼唱奇怪的曲调，直到内心的难受渐渐消失。

亨利和特鲁维分享了一片涂着橘子酱的吐司面包。如果那天是普通的日子，他也许会去庭院中寻找昆虫。虽然他已经不必再喂养蝙蝠了，可是他喜欢数数，总想弄清外面有多少只昆虫。他知道通往卧室的台阶有十六级，厨房水槽上方的橱柜里有八个碗。他喜欢连续拍手五下，甚至九下，倘若拍到第十下，母亲就会温和地呵斥他。如果那天是普通的日子，他也许会回到楼上的房间里，翻开笔记本，写下心爱的词语，确保字母不超过划分横行的蓝线。然而，那天不是普通的日子。

亨利确实回到了楼上的房间里，但并未翻开笔记本。他默默地清理玩具箱，把绒毛玩具统统摆在墙根下，按照尺寸依次排列，然后将积木和玩具汽车放在地板的裂缝上。

亨利掏空了玩具箱，默默地爬进去。尽管玩具箱的体积很大，15 岁的亨利颇为瘦小，可是玩具箱仍然无法完全将他容纳，他必须把双腿伸出去，才能勉强坐得下。待在玩具箱里能够令他感到安全，而此刻他最需要的就是安全感。亨利用膝盖抵住下巴，跟伤心先生谈论着街区的地图、墙上的猫咪和草里的蚊子。

亨利明白，世界上有好人和坏人。母亲是好人，我是好人，嘉博是好人。特鲁维不是人，但它同样很好。警察也是好人。几天前，一名警察来到烘焙坊。金发碧眼的漂亮阿姨站在柜台后面，把一杯咖啡和一块新鲜出炉的羊角面包递给警察。对方打算付钱，佩内洛普却摇了摇头，“免费。”等到他离开店铺，漂亮阿姨便转向亨利，教导他，“警察是好人，他们的工作非常可敬。”

至于坏人，亨利只知道一个。亨利之所以知道，是因为伤心先生亲口告诉过他，那个家伙是坏人。而且，他还知道，不管他如何努力，都无法让别人理解这个事实。外祖母不会，母亲不会，我不会，嘉博也不会。特鲁维或许能听懂，但它不是人。特鲁维是一条狗，就算真的听懂了，又有什么用呢？

他必须想方设法，在雨水降临之前离开山顶的房子。伤心先生说过，雨水肯定会来，而一切都发生在下雨之后。

以下片段摘自纳撒尼尔·索罗斯的私人日记

1959 年 6 月 21 日

6 月 18 日至今，我一直待在姨妈的起居室里。三天三夜，从未离开。我不吃不睡，站在窗前眺望、等待。有时，我会写字；有时，我会踱步。如果需要解手，我就打开窗户，尿在下方干枯的花圃上。

在我开始绝食的那天，街区的邮递员送来了格雷福斯牧师寄出的信件。教会的秘书把内容打印在看似庄严的牛皮纸上，宣布不再需要我协助仪式的举办，还禁止我踏足教堂周围的土地。虽然牧师的谴责颇为严厉，但是我却无动于衷，体内的烈火仍旧熊熊燃烧，浑身的皮肤依然灼热滚烫。

这种巨大的转变发生于四天前。在布道会上，我猛然醒悟过来，发现自己努力遵循的教义只是人类捏造的谎言，他们盲目而愚蠢，甚至将神圣的生灵误认为可怜的同类。

街坊邻居心满意足地唱着空洞的赞美诗，歌颂河流、喷泉和岩石，可是他们的祈祷却毫无意义。

他们根本不懂何为虔诚！我穿过聚集的教徒，迈向教堂前部，踏上木制讲坛，捶胸顿足地揭开真相。他们紧闭双眼，暗暗祈祷升官发财，希望得到崭新的厨房用具。然而，除了虚情假意，他们还能奉献什么？从始至终，我都非常清楚她的身份。一位天使——上帝派遣的信使——住在街道尽头。我曾经亲手抚摩过她的羽毛，仅仅触碰一下花蕾般的舌尖，我便高热不退。

我知道自己在他们眼中是什么模样。在度过数个不眠之夜以后，我显得十分憔悴，面容异常惨白，衣服皱皱巴巴，头发乱七八糟。格雷福斯牧师靠近我，轻轻地握住我的手。我能看到，他的目光充满恐惧，棕色的瞳孔泛着漆黑的波澜。

“你说的究竟是谁？”他小声问。

我仰天大笑。

我抽出手来，挣脱格雷福斯的软弱束缚。作为牧师，他竟然把生命浪费在如此巨大的骗局上，实在是令人悲哀！我怀着坚定的决心，大步流星地走出教堂。早在收到牧师的信件之前，我就已经知道，自己再也不会回去了。

第十九章

整整十四年间，每次巅峰巷举行夏至日庆典，我都只能站在窗口，翘首张望。隔着遥远的距离，我看到街区里的男人们支起货摊，供商贩出售松露巧克力、油炸薄卷和标价五分钱的黄油玉米；我看到高中社团的女生拽着母亲来到街头，举行馅儿饼义卖活动，为市中心的退伍军人医院筹集善款；我看到四面八方的音乐家欢聚在一起，带着曼陀林、单簧管、手风琴、小提琴、木琴和西塔尔琴；我看到学校的停车场上燃起巨大的篝火，烈焰照亮漆黑的夜空。我渴望参与其中，却寸步难行，心里十分难受，不禁诅咒所有长着羽毛的生物。

可是，那一年将会截然不同。

卡蒂甘已经为夏至日秘密筹备了好几周，甚至不让我和罗维知道她的计划。直到夏至日前夜，她才告诉罗维，不要像往常一样到山脚来见我们，而是直接去庆典现场。

“很快你就会明白啦！”卡蒂甘开怀大笑。

我站在卧室的窗前，望着夕阳给天空刷上橙红艳紫的彩条，而卡蒂甘则忙着为我梳理头发。庆典已经开始许久，但我坚持要等到日落以后再行动。即便如此，也远远早于平常出门的时间——这样做其实风险很大。

不过，值得冒险，我暗自思忖，露出淡淡的微笑。

卡蒂甘软磨硬泡，花费了两三个小时的工夫才说服我剪掉头发并漂染颜色。

“想想看，”卡蒂甘说，“人们绝对无法认出你。”

“但是，翅膀恐怕会出卖我。”我故作严肃地回答。

“所以才需要它嘛！”卡蒂甘指向角落里的一双翅膀，那正是嘉博曾经打造的作品。当初，他日夜都盼着能教我飞翔。现在，面对这双翅膀，我感到胸口隐隐作痛，连忙移开视线。起码今天，我不愿变得忧伤。

我和卡蒂甘怀疑，嘉博有了新欢。最近几周，他很少待在家里。偶尔回来，又要马上离开。他把双手擦洗得干干净净，衬衫的衣领熨烫得非常平整，熟悉的森林气息被浓郁的香水味道取而代之，我的母亲显得颇为不满，总是摆出一副深恶痛绝的神情。他把陈旧的载货卡车留在车道上，或许那位新欢太过纤细柔弱，不适合接触破破烂烂的座位。无论她是谁。

我皱起眉头，“它能帮什么忙？”

“如果我戴上它，就会出现两个天使，而非一个。”卡蒂甘解释道，“这样就可以分散大家的注意力。”她拎起乱糟糟的翅膀，“你瞧，我粘上了羽毛。他们不会把你的翅膀当真，反倒觉得咱们俩是乔装打扮的姑娘。更何况，许多人以为‘下凡的天使’从来都不出门，而且还认定她只穿白色的衣服，身上长着利爪——”

“我没有……什么？”

“利爪。”卡蒂甘弯曲手指，“就像老鹰一样。”

我交叉双臂，“我没有……那种玩意儿。”

卡蒂甘耸了耸肩，“我知道，可是外界流传着许多猜测。不过，”她迅速补充道，“这恰好证明了我刚才的观点：人们绝对无法认出你，因为你跟他们的想象截然不同。”

我紧张地盯着镜子，一绺绺青丝掉落在脚边。

“剪掉的头发总是缠在羽毛上。”卡蒂甘说着，仔细检查两侧的长短是否一致。

漂染的过程十分难熬，我们都提心吊胆，生怕我的头发会变成恐怖的橘黄色。最后，漂染剂的气味终于不再灼烧我的眼睛，卡蒂甘倒退了半步，得意扬扬地吹响口哨，“天哪，艾娃。你成了一个地地道道的金发小妞！”

在古代的高卢[1]，人们将夏至日庆典称作“艾波娜[2]盛宴”。艾波娜是保佑富裕、主权和丰收的女神，在画卷中被描绘成一名骑着母马的女子。异教徒在夏至日点燃篝火，他们相信，烈焰具备某种强大的力量，能够让待字闺中的姑娘预见到未来的夫婿，还可以驱

---

[1] 高卢（Gaul）：铁器时代的一个西欧地区，曾被凯尔特部落占领，包括今天的法国、卢森堡、比利时、瑞士的大部分、意大利北部及莱茵河以西的荷兰与德国。

[2] 艾波娜（Epona）：在高卢的宗教信仰体系中，艾波娜是一位女神，也是马、驴、骡的保护者。

逐邪灵与恶魔。霍皮[1]部落的男性成员戴着传统面具，向掌管降雨和生育的舞神克奇纳[2]传达敬意，他们认为克奇纳会在夏至日离开村庄，前往地下的冥界，代表他们举办亡魂超度。在俄罗斯，美丽的少女把花环放在河里，通过顺水漂流的轨迹来判断彼此的命运。在瑞典，街坊邻居纷纷云集，围绕着垂满鲜花与藤蔓的五月柱载歌载舞。夏至日是罗马的“盛夏日”或“维斯塔[3]日”，威尔士的“团聚日”，希腊的“夫妻日”，也是基督教的“施洗约翰[4]日”。

对于巅峰巷的居民而言，夏至日庆典是摆脱束缚的机会，可以褪去谦逊稳重的伪装，戴上象征疯狂的鲜花。只有在夏至日，年迈的莫斯姐妹才会把十字架从耷拉的胸脯之间取下，畅饮烈性的麦芽酒，喝得酩酊大醉。只有在夏至日，格雷福斯牧师才会特许自己品尝心爱的甜点——维纳斯的乳头[5]，尽情享受雪白的巧克力松露。只有在夏至日，罗维·库珀才会见到两个长着翅膀的女孩儿。

“你……你怎么……”罗维轻轻地弹了弹妹妹肩上的羽毛。

卡蒂甘推开他的手，“别碰，胶水还没干呢！很漂亮吧？”

---

[1] 霍皮（Hopi）：生活在美国亚利桑那州东北部、纳瓦霍居留地中部和多色沙漠边缘的美洲土著。

[2] 克奇纳（kachina）：美国西南部土著文化中信仰的神灵，包括霍皮部落在内的众多土著部落都会举行克奇纳仪式，戴着面具跳舞，并雕刻娃娃送给孩子。

[3] 维斯塔（Vesta）：指罗马神话中的灶神和火神。

[4] 施洗约翰（John the Baptist）：《圣经》人物，犹太族传教士，曾在约旦河为众人施洗，也为耶稣施洗，因而得名。尽管夏至日最初是异教的节日，但是在基督教传统中，夏至日跟施洗约翰的诞生有关。

[5] 维纳斯的乳头（Nipples of Venus）：一种意大利甜点，内馅儿为黄油和浸泡过白兰地的坚果，外衣为白巧克力，最后缀以小小的巧克力装饰，因为形似女性的乳房而得名。

罗维转向我，“我喜欢你的头发。”

我微微一笑。

罗维打量着眼前的两名少女，“你们俩为什么看起来一模一样？”

卡蒂甘挽起我的胳膊，“我们要混进去。”

我们在庆典现场悠闲地漫步，每次转身都能捕捉到新奇的景象：一群十分可爱的小老虎和熊宝贝，面部的彩绘被汗水冲刷得花里胡哨，纤细的手指握着硕大的棉花糖；打扮成中世纪贵族的男男女女；一位坐在轮椅上的小姑娘，双腿包裹着闪闪发亮的人鱼尾巴。来自挪威的老太太穿着羊毛制成的民族服饰，莎士比亚笔下的驴头波顿[1]跌跌撞撞地跑出白绿相间的帐篷。参加夏至日庆典的狂欢者全都如此古怪，我竟然破天荒地融入了人群之中。我拽着卡蒂甘，冲到贩卖风铃的货摊前，开怀大笑。微风逐渐增强，银铃叮当作响，两个“天使”肆无忌惮地翩翩起舞，可是大家却毫不在意。卡蒂甘说得对，我们的计划确实天衣无缝。

多年来，我始终在想象这场盛事，假装身临其境。如果思维勾勒的情景足够生动，或许我不必真的体验篝火烤热脸颊的感觉。亲吻和恋爱大概也差不多，如果我可以想象，还需要亲自经历吗？我甚至担心，巅峰巷的夏至日庆典恐怕比不上脑海里的佳节画卷。

我激动地发现，自己猜错了。在过去的十四年间，守着遥远的窗口，我无法听到街角的音乐家用曼陀林或西塔尔弹奏欢快的祝酒曲，众人跟着他们一起哼唱。我无法瞧见成双成对的情侣在阴影里幽会，轻声细语地互诉衷肠。我不知道躲避外祖母的目光其实非常

[1] 波顿（Bottom）：出自莎士比亚的戏剧《仲夏夜之梦》，在剧中波顿被变成驴头的模样。

容易，因为烘焙坊的橱窗整晚都弥漫着烤炉散发的蒸汽，也不知道罗维愿意让高中社团的女生在他的左侧面颊涂上三色彩虹，令我忍不住捧腹大笑，更不知道罗维会把我拉到旁边，温柔地捧起我的脸庞，亲吻我的嘴唇，害得我的心脏怦怦直跳。

当庆典接近尾声时，大家从海湾提来一桶桶凉水，泼灭熊熊燃烧的篝火。母亲们寻找自己的孩子和丈夫，小老虎和熊宝贝幻化成可爱的男孩儿和女孩儿，两个“天使”和一个面带彩虹图案的少年踏上归途，朝巅峰巷走去。

薇薇安娜坚称，在风暴降临之前，她已经嗅到了雨水的气息。夏至日的白天颇为晴朗，碧空澄澈，阳光温暖，一切都表明夜晚将会美妙如画，除了那股特殊的味道。即将到来的雨水显得十分陌生，不像往常的夏雨，充满野草的芬芳，也不像连绵的春雨，带着乌云的沉重，更不像阴郁的冬雨，灌满黑暗的地窖，淹没宽敞的庭院，逼迫街区里的猫猫狗狗在窝棚的屋顶久久徘徊。这场雨闻起来颇为诡异，倒像是预示灾难的凶兆，比如月食、邪恶之眼[1]、数字 13，又像是无边无际的恐惧。

薇薇安娜感受到雨水的逼近，产生了想要躲藏起来的强烈本能。她拼命压抑着内心的冲动，清洗水槽里的碗碟，炖出一锅热乎乎的什锦杂蔬。不过，没人会吃。伊米莲一大早就去了烘焙坊，为晚上的夏至日庆典做准备。嘉博已经好几天没有露面了，尽管他的卡车还停在车道上。她尽量不去猜测他身在何处。我和卡蒂甘说过肚子

[1] 邪恶之眼（Evil Eye）：指一种诅咒，通常是趁人不注意时，用恶毒的目光盯着对方，据说这样会给对方带来厄运或伤害。

不饿，她估计我们会整夜都窝在房间里。所以，只剩下亨利了。

近期，亨利总是表现得焦虑不安。那天，薇薇安娜接二连三地发现他独自溜出家门。仿佛她每次看向窗外，他都在往山下跑，体型硕大的白狗紧紧相随。不过，至少此刻，她知道他和特鲁维都在睡觉。为了确保万无一失，她悄悄朝亨利的卧室里张望，瞧见他的脑袋静静地压在枕头上，不禁如释重负地松了口气。

即将到来的雨水散发着空洞的气味，薇薇安娜干脆用晒衣夹塞住自己的鼻孔。她努力回忆母亲讲过的抵消凶兆的理论：知更鸟飞进房子，代表着好运连连，遇到三只绵羊或者感觉头顶发痒，同样是吉利的象征。然而，这些并非实际可行的解决方案。薇薇安娜冥思苦想，总算记起了关于盐的说法。她走进厨房，犹豫不决地拿起盐瓶，慢慢地倒在掌心中，越过左肩，往背后抛撒。薇薇安娜掏出鼻孔里的晒衣夹，深深地吸气，结果周围依然弥漫着灾难的恶臭。

在短短一小时之中，薇薇安娜做了各种各样的尝试。她捡起大头针，扔掉手套，把连衣裙内外反着穿，暴露的口袋耷拉在身体两侧。她不停地敲击木头，直到关节隐隐作痛。她跪在地上满屋寻找硬币，因为拾起硬币可以带来一天的好运。她按照顺时针方向转了七圈，接着交叉手指，向后跃过扫帚。等到全部折腾完毕，她又掏出鼻孔里的晒衣夹，深深地吸气，然而事实证明，所有努力都是白费。

最后，她放弃了无谓的挣扎，抓起母亲的雪茄，踏入地下室，去陪伴翻滚的毛巾和温暖的烘干机了。

薇薇安娜把晒衣夹扔到旁边，点燃手中的雪茄，烦躁地吞云吐雾。过了片刻，她渐渐恢复平静，并欣慰地发现，眼下只能闻见浓重的烟草气息了。她揉了揉眼睛，暗暗思忖，自己居然为了一股味道而心神不宁，真是令人难以置信。薇薇安娜觉得刚才的行为非常愚蠢，感到很不好意思，于是便灭掉雪茄，重新返回楼上。

正在这时，天空开始下雨了。

在此后的一小时内，雨势不断增大，密密麻麻的水滴敲击着屋顶。即便共处一室，人们也必须高声喊叫才能盖过嘈杂的噪声，询问彼此是否有铁桶可以放在走廊上、厨房里和卧室中，接住渗漏的雨水。

在拉文德家的屋子里，暴雨穿透密封不良的窗户，给过道留下混浊的水洼，让房间充满恐惧的气息。

薇薇安娜在脑海中给嘉博列出一张维修清单——湿透的地毯、木地板和墙壁，渗水的屋顶和窗户——然后爬上摇摇欲坠的楼梯，检查二层的状况。

薇薇安娜轻轻地敲了敲我的卧室门。“艾娃？”她呼唤道，“卡蒂甘？”由于没有回应，她径直推门而入。地上散落着一绺绺黑色的长发，漂染剂的芳香刺激着她的鼻子。薇薇安娜惊慌地意识到，房间里空空荡荡，完全没有少女的踪影。她把脑袋探出敞开的窗户，眯着眼睛朝大雨中张望，樱桃树的枝干上粘着棕色与白色的羽毛。

她关闭窗户，离开房间，沿着走廊原路折返，赤裸的脚丫深陷在浸了水的地毯中。她停在亨利的卧室外面，猛地推开木门，屋里同样空无一人。

她伸手抚过湿漉漉的头发，嘴里喃喃地嘟囔，“糟了，大事不妙。”

以下片段摘自纳撒尼尔·索罗斯的私人日记

1959 年 6 月 22 日

频繁的踱步早就磨坏了地毯，身上的衣服开始散发出恶臭，但是没关系，我不在乎。今天是夏至，他们将举办盛典，大肆庆祝异教的节日。多么可悲的人类，多么虚伪的怪物！

她已经路过了一次，跟另一名少女手拉着手。那个陪伴天使的姑娘背着自制的翅膀，显得滑稽而可笑。我决定等她们回来，最多只要等两三个小时就行，我能够忍耐。

在写字的时候，我抬头望向逐渐变暗的天空……那是雨吗？

虽然平常我总是关着前廊的照明灯，但是刚才我把它打开了。光束投向街边的人行道，我瞧见黑色的小点纷纷在混凝土地面上浮现。也许我可以邀请她进屋。如果她不来……不，她一定会来，她必须要来。

第二十章

在漫漫人生中，薇薇安娜第一次体会到心急如焚的感觉，忽然明白了世上的父母为何会失控。一路走来，从独自熬过的孕期到十五年的不眠之夜，她总能想方设法，努力肩负起生儿育女的重担。她已经学会了适应一切状况，包括亨利的孤僻和我的翅膀。如果她制订出一个计划，而事实证明行不通，那就另辟蹊径。过去，她无法理解，为何其他父母会变得六神无主、惊慌失措。如今，她懂了：孩子终将产生自己的想法，背叛父母的安排。她根本没想到会出现类似的情况，毕竟，她的双胞胎是如此……古怪。莫非古怪的孩子也可以独立生活吗？在此之前，薇薇安娜从未考虑过这个问题。

房子里唯一的电话放在楼梯口旁边的旧桌子上，安装于四十年代初，模样笨重，很少响起。当铃声大作的时候，薇薇安娜几乎认不出是什么动静，她纯粹是因为惊讶才停下脚步，接起了电话。

听筒里传来熟悉的问候——光阴荏苒，日月如梭，而他的嗓音却丝毫未变，真是奇妙——他说自己在街边发现了她的儿子。

“他肯定在雨中走了将近 2 英里，我把他和那条狗都带回家了。我想给他擦干，可是他不愿意。”

薇薇安娜对着电话点了点头，“他没事吧？我是说亨利。”

“你最好赶紧过来，他表现得有点儿古怪。”

“我马上就到。”她向他保证，接着挂断电话。她不敢告诉他，对于亨利而言，恐怕现在的行为举止才是正常状态。

薇薇安娜打开壁橱，随手抓起一件红色的羊毛外套，看起来像是前世的老古董。她用颤抖的双手系上扣子，所幸外套很长，足以遮挡为了召唤好运而反穿的连衣裙。她冒着大雨跑向卡车，羊毛布料迅速湿透了。在西雅图，谁还没有雨衣呢？她心想。

引擎突突作响，卡车渐渐苏醒。趁着等待的工夫，薇薇安娜从包里掏出粉盒和口红，她凑近镜子，慢慢地涂抹嘴唇。天色太黑，瞧不清发型如何。

薇薇安娜试图把卡车倒下山坡，但是她发现轮胎在泥沼中打滑，于是连忙刹住了。她挂上一挡，绕向房子背面，径直碾过后院，那里曾经开满了全街区最美的大丽花。

卡车轰然撞向街道，薇薇安娜将离合器踏板猛踩到底，换成二挡，驶入汹涌的洪流。

在离开夏至日庆典之际，卡蒂甘、罗维和我都注意到了夜风的明显变化。我们三个仰起脸颊，困惑地望着天空。

“好像要下……下雨了。”罗维说。

等到我们抵达烘焙坊的时候，外面已经是雷电交加，暴雨倾盆。大多数人都逃回了温暖的房子或汽车里，街道上空空荡荡。

我们躲在药房的遮篷底下。卡蒂甘伸手摸向后背，扮了个鬼脸，“哎呀，我的衣服算是彻底毁了。”卡蒂甘的“翅膀”融化成乱七八糟的羽毛和黏黏糊糊的胶水，我们的袜子全都湿透了。

狂风呼啸，发出愤怒的吼叫，侵袭着店铺门前的三棵桦树，脆弱的表皮被撕裂成条状，在空中疯狂地抽打、缠绕。虽然肩头裹着罗维的海军大衣，可是看到赤裸的枝干，我依然忍不住瑟瑟发抖。

“天气变得越来越糟糕了，你快走吧！”罗维紧紧地攥了攥我的手。今晚，他必须开车接妈妈下班，我们一致同意，如果我藏在送货卡车的后面，恐怕太冒险了，很可能会被当场抓住，尽管我觉得这个方案非常激动人心。

“你确定能自己回家吗？”即便站在我旁边，罗维还是得高声大喊才能盖过雨水敲击顶篷的巨响。

我双手叉腰，装出恼怒的模样，“听着，我确实有点儿古怪，但是我并不怕黑。”

他露齿而笑，“我就是出于礼……礼貌，随口问问。”

卡蒂甘心领神会，赶紧挪动脚步，消失在朦胧的水帘中。我转过身去，准备跟上。

“喂，你要去哪儿？”罗维故意阻拦，我羞涩地勾起嘴角。他把我搂到跟前，温柔地为我梳理耳后的头发，用指尖轻轻地抚摩我的脸颊，仿佛在铭记每个细节。我闭上眼睛，他再次亲吻了我。

然后，我追着卡蒂甘跑进雨里，唇上仍旧残留着酥麻的感觉。

瓢泼大雨席卷城市，迅速演变成一场百年不遇的灾难。洪流聚集在堵塞的排水口周围，占据了庭院、街角、停车场、操场、空荡荡的花盆和光秃秃的园圃。伴随着清脆的巨响，树木陡然弯折，沉重地倒在地上。我和卡蒂甘朝巅峰巷跑去，雨水顺着我的胳膊和双腿流淌，新剪的刘海儿紧贴着前额，卡蒂甘的妆容全花了。我们从悬挂运动鞋的电线底下经过，目瞪口呆地看着破破烂烂的鞋子挣脱束缚，自由自在地飞向远方。

在库珀家的车道入口，卡蒂甘紧紧地握住我的手，“咱们俩要成为姑嫂啦！”她在雨中开心地大叫，接着冲进屋里。

若非一楼闪烁着幽暗的灯光，我家的房子也会湮没在漆黑的夜空中。我抬头望向二层的窗户，想到熟睡的亨利正抓着被子的边缘，不禁露出淡淡的微笑。我在口袋里摸索，检查带给他的巧克力，确保没有融化。货摊的女商贩告诉我，巧克力源于古老的玛雅族[1]，他们将其认定为神明的食物，相信喝下热巧克力就可以获得智慧与力量。于是，我在脑海里勾勒出奇妙的画面，看到玛雅族的神明撕开可可粉的包装，倒进盛满牛奶的杯子里。不过，女商贩说，玛雅人都用可可豆制作热巧克力，并且称之为“苦水”。我不确定亨利是否会喜欢巧克力，但是我知道他肯定会欣赏我带来的新词。

车门关闭的声音令我吓了一跳。在房子侧面，卡车的尾灯突然亮起，在雨夜中散发着红光。嘉博已经好几天没有回家了，我努力不去猜测他去了哪里或者跟谁在一起。

---

[1] 玛雅族（Mayan）：中美洲印第安部族，主要分布于墨西哥南部、危地马拉、伯利兹以及洪都拉斯和萨尔瓦多西部地区，在天文学、数学、农业、艺术及文字等方面有极高的成就。

卡车绕向房子背面，接着冲下山坡，驶上街道。我连忙躲起来，直到卡车消失为止。

“你的母亲似乎在疯狂地找你。”

我迅速转过身去。

纳撒尼尔·索罗斯站在跟前，手里举着一把黑色的雨伞。

“那不可能是我的母亲。”我隔着密密麻麻的水帘高喊。十五年来，我的母亲从未离开过山顶的房子，她会开车吗?

“如果她瞧见你站在这里，恐怕也觉得不可能是你。”

我脸红了，他说得对。

“总之，确实是她。”他说，“我看到她上了卡车。”

“你为何认为她在找我?”我轻轻地问。

纳撒尼尔耸了耸肩，“否则，还有什么理由会使她出门?”

我反复考虑能够逼迫母亲冒险离开房子的事情，比如发现女儿未经许可就偷偷溜走。恐惧就像一把冰冷的匕首，刺穿了我的胸膛。我感到茫然无措，不知怎么办才好。我要待在家里，等她回来吗?还是去找卡蒂甘商量对策呢?可是紧接着，我想到母亲有多么愤怒，想到她的脸上将浮现出受伤的表情，我实在不愿见到她难过。

纳撒尼尔仿佛读懂了我内心的担忧，“不如跟我进去吧，屋里生了火，你可以烘干衣服，顺便等她回来。”他微微一笑。

我咬住嘴唇，仔细权衡。我随时都能去库珀家，但是即便仁慈宽厚如卡蒂甘的父亲，大概也无法赞同我偷偷溜走的做法。况且，我可能会害得卡蒂甘陷入麻烦。

纳撒尼尔耐心地凝视着我，他似乎变得截然不同，少了几分高高在上的虔诚，多了几分沾染世俗的平凡，完全不像我过去所想的那样充满魅力。我羞愧地记起，在短短几周之前，自己还曾经迷恋过他，如今看来，真是莫名其妙。

“没必要因为出门而遭到训斥，更没必要因为淋雨而患上肺炎。我很了解母亲们的心思，我可以帮你，”他说，“从长计议，选择合适的借口，来解释短暂的失踪。”

终于，我点了点头，“好吧！”

第二十一章

伊米莲在烘焙坊的后厨拼命工作，试图满足夏至日庆典带来的需求。无论佩内洛普在展示柜里摆出多少托盘，饥饿的肚子依然丝毫未减。于是，她们只好马不停蹄地干活，努力喂饱大家。巧克力泡芙、油酥千层糕、法式甜馅儿饼……她们甚至专门设计了一种独特的夏至日点心，形状就像光芒四射的太阳，上面点缀着黄色的糖霜。在短暂休息的片刻之间，伊米莲骄傲地看着姑娘们仔细地扣好包装盒、收钱找零、对着不耐烦的顾客微笑，举手投足都显得干练而优雅。细想之下，伊米莲忍俊不禁，其实将她们称作“姑娘”并不合适。威廉敏娜已经帮助她经营烘焙坊三十年之久，佩内洛普的一双儿女也都是青少年了。尽管伊米莲常常对自己在镜子中的映象感到震惊——眼角和唇边浮现出纤细的皱纹，乌发掺杂着缕缕银丝——但是天天跟两位同伴待在一起，她却察觉不到她们的变化。

在店铺前部，佩内洛普正在给包装盒熟练地打结，顺便跟伊格内修斯·勒克司调情。她那可怜的丈夫哟，伊米莲微笑着心想。鉴于佩内洛普的轻佻言行，她与泽布·库珀的婚姻生活本该十分坎坷，可是泽布很信任妻子，而且非常喜爱她的活泼性格。在伊米莲看来，他们还把孩子养育得颇为出色。**事实证明，卡蒂甘和罗维都是艾娃的好朋友**，伊米莲暗自思忖。再过几个月，罗维就年满18岁，准备去外地上大学了。**真是光阴似箭**，伊米莲悄悄感叹。虽然烘焙坊即将失去勤快的送货司机，但是伊米莲很高兴看到罗维愿意出去闯荡。毕竟，他是个聪明的孩子，不能浪费难得的天赋。

威廉敏娜头顶着空空的托盘，跟伊米莲擦肩而过。“伊格内修斯·勒克司买走了最后一份‘刚果钻石’。”她说。这种美味的椰子饼干一向很受欢迎。

威廉敏娜的长长发辫染着点点雪白，伊米莲不确定究竟是面粉的踪影还是岁月的痕迹。威廉敏娜来到水槽跟前，将托盘放在摇摇欲坠的餐具斜塔上。伊米莲知道，若要清洗干净，需要花费整夜的工夫，她打算赶紧开始收拾，双脚却无法挪动。她沉重地靠向房间中央的木桌，伸手抚摩桌面，感受着细小的裂缝和凹痕，内心涌上无限的怀念。多年来，她在这张桌子上拍打、揉搓，团出过长棍面包、羊角面包、早餐面包和肉桂面包的雏形。当初，薇薇安娜尚在襁褓之中，伊米莲曾经把摇篮放在桌上，孤独地做着无人问津的面包。

“我觉得，那个男人还是少吃点儿甜食为好。”威廉敏娜补充道，故意鼓起腮帮子，拱出平坦的腹部，以此来模仿伊格内修斯·勒克司的肥大腰围。

威廉敏娜伸出手，飞快地排列着展示柜里的苹果蛋挞。

她瞥向伊米莲，“女老板，你为何如此沉默？”

伊米莲揉了揉眼睛，“没什么，就是有点儿累。”今天，纠缠伊米莲的似乎不只是三个弟弟妹妹的亡魂。先前，她瞧见了自己的初恋利瓦伊·布莱斯在购买夏至日点心，绰号为“都柏林”的少年隔着窗户朝她挤眉弄眼，萨汀·勒什坐在烘焙坊的锻铁椅子上注视着她，丈夫康纳的拐杖敲击地面，发出空洞的巨响，紧紧追随她的脚步。生命中的所有爱人都来了。

威廉敏娜吹了声口哨，“难道是夏至日让你变得多愁善感、潸然泪下吗？”威廉敏娜从围裙上解下洗碗巾，扔给伊米莲。她这才发现，自己居然在哭泣，连忙用潮湿的抹布擦了擦眼睛。虽然伊米莲不愿服老，但是劳碌的日子对她而言实在难熬。她感到膝盖阵阵抽搐，脚腕酸涩不已，脑袋隐隐作痛，眼皮频频跳动。可能是因为下雨吧！

“我从小被祖母抚养，你知道吗？”威廉敏娜问道。

伊米莲摇了摇头。

“5岁那年，他们把我从她身边带走，我们俩都扯着嗓子大喊大叫。他们让我离开家乡，前往可怕的寄宿学校。他们不允许我保留自己的语言，就算只是用来思考也不行。”威廉敏娜露出悲伤的笑容，“每当感到沮丧的时候，每当思念祖母的时候，我都得提醒自己，爱总会以各种各样的形式降临。”她朝烘焙坊挥手示意，“起码，我还有这个地方。伊米莲，我还有你。”

威廉敏娜走过来，抬起胳膊，将掌心贴在伊米莲的脸颊上，“也许爱的模样跟你的想象迥然相异，但是那并不意味着你没有爱。”

雷尼忽然出现在眼前，烘焙坊里灯火通明，伊米莲几乎看不清他的透明轮廓。不过，她还是能辨认出那张曾经英俊的面庞。

最后一位顾客向他们道了声“晚安”，冲进大雨中。佩内洛普锁好店门，把橱窗里的牌子翻过来，让写着“打烊”二字的一面朝外。

“生意如何？”她脱下一只鞋子，揉着通红的脚丫。

威廉敏娜数着抽屉里的现金，对佩内洛普简单地点了点头，表示生意不错。

“明天卖什么？”佩内洛普问道，甩了甩朝气蓬勃的金色马尾。即便忙活了整整一天，佩内洛普仍旧容光焕发，皮肤顺滑水嫩，鼻尖散布着可爱的雀斑。伊米莲忍不住嫉妒她的年轻，尽管许多人认为伊米莲的美丽远远胜过佩内洛普。

“店里还剩下两盘巧克力羊角面包。”伊米莲心不在焉地回应。雷尼在烘焙坊里一圈圈地滑行，穿过锻铁铸成的桌椅。她非常确定，明天的顾客基本都是街区里的家庭主妇，她们会戴着滑稽可笑的墨镜，领着脾气暴躁的孩子，踏入烘焙坊。巧克力面包足以令小孩子保持安静，至于宿醉的父母，伊米莲会为他们泡制特调茶来解酒。其实，这种神秘的配方不过是薄荷而已，但是伊米莲认为，自身引起的毛病存在于头脑中，也就是说，如果众人相信伊米莲的“特调茶”是灵丹妙药，那他们喝下之后通常都会好起来。

“万一存货卖光了，咱们该怎么办？”佩内洛普皱起漂亮的眉毛，“区区几个羊角面包肯定无法满足大家。”伊米莲叹了口气，突然觉得筋疲力尽，仿佛自己搬到巅峰巷以来便再也没睡过觉，片刻不停地工作了三十四年。

“那就休业。”她答道。

两个女人齐刷刷地盯着伊米莲，威廉敏娜甚至忘记了算好的金额，“咱们从来没这样做过。”她捋平皱巴巴的钞票，重新开始数钱。

“还有一件前所未有的事情。”伊米莲扯下串着钥匙的皮绳，放在威廉敏娜面前的柜台上，“明天你来开门。”

威廉敏娜惊讶地抬起头，不过这次没有忘记金额，伊米莲能够看到，数字在威廉敏娜的舌尖徘徊。她拍了拍威廉敏娜的肩膀，宣布，“我要回家了。”接着利索地解开围裙，扔到柜台上，放在钥匙旁边。

“雨太大了，你不能走回家，让罗维送你吧！”佩内洛普指向后门，罗维正在那里静静地等待。

“不用，我没事儿。”伊米莲坚持道。狂风呼啸，外面的遮篷布发出尖锐的撕裂声。

“反正我们俩也得为明天做准备。”威廉敏娜说，“你跟罗维先走，过一会儿，我和佩内洛普可以找个参加庆典的伙计搭车回家。”

伊米莲挽住罗维的胳膊，他们一起朝卡车走去，雷尼默默地跟在后面。

伊米莲艰难地迈着步子，感到浑身的关节都酸痛不已。但愿罗维别发现她需要帮助，即便他察觉到了，也并未表现出来，显然非常善解人意。

“忠诚的骑……骑士为您效劳。”他故作恭敬地打开副驾驶座的车门。

而且，他也十分幽默。

“我希望我的外孙女能爱上你。”她说。瞧见他面红耳赤的模样，她立刻后悔了，“对不起，”她赶紧道歉，“我也不知道自己是怎么了。”她竭力忽略雷尼的诡异身影。

“没关系，威廉敏娜说过，夏至日总会给人们造成奇奇怪怪的影响。”罗维调皮地解释道。

伊米莲微微一笑。

在回家的途中，他们沉默不语，聆听着雨水敲击车顶的声音。罗维一路开到拉文德家的车道尽头，陪着伊米莲走到前廊上。伊米莲站在门厅里，目送着罗维将卡车倒下泥泞的山坡。她转过身去，直勾勾地盯着雷尼，“我希望他能爱上我的外孙女。”她坦白地承认。

第二十二章

格里菲斯家的房子跟薇薇安娜记忆中的模样毫无相似之处，外面的世界发生了天翻地覆的变化，而她的存在却显得微不足道。如今想来，自己的人生既无关紧要，又颇为艰难，实在太不公平了。若是老天爷要惩罚她，二选一还不够吗？

薇薇安娜踏上前廊，一阵裹挟着雨水的寒风掀起外套的下摆，她与女仆合力才勉强打开房门，走进屋里。

“真是名副其实的暴风雨，对吧？”女仆说着，拿走薇薇安娜的外套。

薇薇安娜点了点头，看着湿透的红色外套被小心翼翼地挂在入口的壁橱里，旁边是貂皮披肩和灰鼠毛制成的暖手筒。女仆递给薇薇安娜一盒纸巾，她顺从地抽出几张，擦了擦脸颊和长发。就算先前的造型还算可以，现在也已经乱七八糟了。

等到她收拾完毕，女仆便殷勤地行礼，“请随我来。”

薇薇安娜跟着女仆走向屋子深处，拥挤的房间、腐烂的地板和破裂的壁炉早已消失，舒适的起居室、现代的调酒柜和硕大的电视机取而代之，一切都如此奢华别致。可是，家庭的气息和生活的细节却荡然无存，包括盛满干花草的小巧瓷碗和散发着香味的蕾丝窗帘——以前，碧翠丝·格里菲斯总会在春天用碾碎的荆豆来手洗衣物——墙上甚至没有照片，整栋房子都像是出自商家的售楼手册。

女仆让薇薇安娜留在厨房里等待，到处都摆着闪闪发亮的厨具，有些甚至是薇薇安娜从未见过的东西。料理台刷着滑稽的绿色，宽敞的玻璃门通往后院。薇薇安娜望向屋外，看到一片池塘占据了曾经的坑洞，图特王的神秘残骸深埋在地底，大雨愤怒地拍打着水面。

厨房的一侧立着一张铬合金的桌子，亨利坐在桌子尽头的墨绿色椅子上，疯狂地描绘着街区的详细地图，另外八张类似的地图摊在桌面上。特鲁维趴在亨利的脚边，瞧见薇薇安娜，立刻抬起头来，湿漉漉的尾巴重重地甩向地面，泥点飞溅到墙壁上。

她听到他从背后走进厨房。“他很擅长画地图，是吗？”他问道。

薇薇安娜应声转过身去。尽管他的领带松松垮垮，但是他的西服完美无瑕，布料干干净净，熨烫得颇为平整，没有一粒丢失的纽扣，也没有一根耷拉的线头。这个陌生的男人是谁?

“你知道吗？在19世纪早期，有一位著名的美国制图师也叫亨利，全名为亨利·申克·坦纳[1]。”

“你在书上读到过？”她轻轻地问。

他笑了，突然露出骄傲的神情，“肯定是。”

[1] 亨利·申克·坦纳（Henry Schenck Tanner，1786～1858）：美国制图师，出生于纽约。

他脱掉西服外套，动作沉稳地挂在椅子上。薇薇安娜不禁怀疑，他可能每天晚上都坐在床边，亲自打磨皮鞋和昂贵的袖扣，抑或让别人代劳。

“我在菲尼山脉发现了他。我不知道他要去哪里，况且天气又这么糟糕，”他耸了耸肩，“所以，我觉得还是应该把他带回来，然后给你打电话。”

过去的十五年光阴给杰克·格里菲斯留下了不可磨灭的痕迹，太阳穴附近的发丝染着星星点点的银灰。但是，令她感到惊讶的并非岁月的残酷，甚至也不是毫无人情味儿的壮丽豪宅或者他穿在西服外套里的红白条纹吊裤带，而是他似乎无法直视她的眼睛。

“很高兴见到你，薇薇安娜。”他说，竭力装出随意的样子。

在脑海中，她无数次地幻想过这一刻。在深夜里，她不停地祈祷，渴望再次见到他。然而现在，她却无话可说。他显得非常古怪，跟从前截然不同。

薇薇安娜微微颔首，清了清嗓子，“嗯，谢谢你找到他。”她喃喃地嘟囔着，扭过头去，开始整理桌上散落的地图，“我们马上就走，不打扰你。”

透过眼角的余光，她看到杰克面色一沉。

“你不必急着离开。”他匆匆地说，“我可以让丽塔做点儿吃的，完全不麻烦。”他走到她背后，挨得很近，他的鞋尖轻轻地触碰着她的鞋跟。“见到你真好。”他说，声音颇为沙哑。

薇薇安娜转过身来，他微微一笑，露出门牙之间的缝隙，她仿佛回到了梦中。

“听着，我——”他欲言又止，指向亨利，“这孩子是我的，对吗？”

薇薇安娜僵在原地，然后缓慢地点了点头。亨利是他的，她也是。整整十五年，她始终属于他。

“天哪，薇薇安娜！”杰克激动地高呼，“我有一个儿子！太棒了！”他伸手抚摩亨利的头发，亨利畏缩着向后倒退，“他跟我长得一模一样。”

“他不喜欢被别人碰。”薇薇安娜温柔地解释道。

杰克似乎没听到她说的话，他突然用双手捧起她的脸庞，“我日日夜夜都在思念你，你一定要相信我。”薇薇安娜面色绯红，她闭紧双眸，深深吸气，欣慰地发现他的身上依然散发着沐浴肥皂和龟牌车蜡的味道。

“再也没人像你一样爱我了，薇薇。想到你独自抚养我们的儿子……”

薇薇？薇薇安娜猛然抬起头来。只有一个人曾唤她“薇薇”，而那个人就是嘉博。听到嘉博对她的昵称从杰克的嘴里说出来，薇薇安娜感到十分不安，拼命忽略渐渐涌现的疑虑。“我并不是独自抚养他。”薇薇安娜心烦意乱地回答。熬过多年的守候，杰克终于站在面前，她却突然惦记起嘉博——友善的眼睛、强壮的手掌、稳健的步伐……

“可我不在。”杰克低下头，抵住薇薇安娜的前额。

*为什么我以前从未发现？*她想。*嘉博爱我。*

“不过，现在我可以帮助你了，”杰克沾沾自喜地说，“瞧瞧周围吧，我可以满足你的一切需求！”

她瞥向亨利。真是可笑，虽然亨利酷肖杰克，但是看到儿子，她却想起了嘉博：嘉博托着亨利，让他爬进卡车，带他出去探险；嘉博和亨利在庭院里奔跑，捕捉飞舞的昆虫，追逐滑稽的蝙蝠；十五年前，嘉博初次抱起亨利，害羞地注视着她。

“你能原谅我吗？”

薇薇安娜叹了口气，闭上眼睛。她当然可以原谅他，然后幸福地度过余生。

“在某种程度上，我们甚至可以组成一个家庭。”他补充道。

薇薇安娜睁开眼睛，“‘在某种程度上’是什么意思？”

杰克挥了挥手，示意她环顾房间，“你看，这就是我的生活！我总算成了镇上举足轻重的人物。你总不能让我放弃一切吧？”

薇薇安娜眯起双眸，“难道你依然在寻求父亲的认可吗？他早就去世了，杰克！”

“与他无关。”杰克辩解道，“过去不在乎他的人，如今都对我毕恭毕敬。”他说，“他们仰慕我，咨询我的意见，我绝不会牺牲辛苦得来的成就——”

丑陋的老生常谈令薇薇安娜皱起眉头。

杰克擦了擦脸上的汗水，“听着，我很抱歉说得如此直白。但是，薇薇安娜，我还以为你是最理解我的知己。”

薇薇安娜帮助亨利穿上大衣，两人默默地离开豪华的房子，特鲁维紧紧相随。她忘了自己的红色外套还挂在门厅的壁橱里。

回到卡车里，她给亨利裹上两条陈旧的毛毯，又用另一条毛毯擦干特鲁维。毛毯散发着霉菌的味道，但是亨利和特鲁维似乎都不介意。她转动钥匙，引擎突突作响，接着又陷入沉寂。

转瞬间，薇薇安娜恍然大悟。她确实理解。从头到尾，在涉及杰克的问题上，她可以说自己完全理解。重新修缮的房子、建在后院的池塘、昂贵可笑的衣服……许多事物都变了，可是杰克却丝毫未变。想到这里，薇薇安娜开始放声大笑。

笑得气喘吁吁。

笑得前仰后合。

笑得泪流满面。

她拼命地笑，直到亨利捂住耳朵，特鲁维开始咆哮，直到她自己喉咙刺痛，眼睛酸涩。她之所以笑，是因为荒废而艰难的人生原本不必荒废而艰难，是因为两个古怪的孩子其实非常美丽，是因为她早该在母亲听到鸟儿宣布真爱降临的时候就跟高大的木匠在一起。

不过，最重要的还是因为过了这么多年，她终于不爱杰克·格里菲斯了。笑声里充满如释重负的解脱。

薇薇安娜转向亨利，“你没事儿吧？”她问。

“草里有蚊子，墙上有猫咪。”他悲伤地说，把一张手绘地图放到薇薇安娜的腿上。她注意到，画面中的布局十分精致，就连路标的位置都准确无误。紧接着，她又发现眼前的地图跟亨利画过的其他地图不同，其中一栋房子的大门上染着一片血迹。

“这是什么？你流血了吗？”薇薇安娜赶紧检查亨利的指尖、胳膊、鼻子、耳朵、腹部和舌头。

亨利摇了摇头，推开她的手，“遍地是红色，到处是羽毛！”他高声大喊，用力地戳着地图。

“亨利，听我说……”薇薇安娜慢慢地开口。她很讨厌其他人对亨利这样讲话，就好像他还是个小孩子一样，但有时候真的很难分辨他是否走神儿了。

她久久地打量着儿子。他裹着毛毯和雨衣，从兜帽里探出脑袋，脸上写满了担忧。

“你真聪明，居然提前穿了雨衣。”她陷入沉思，白天根本没有风暴将至的迹象。

“一切都发生在下雨之后。”亨利说。

下雨之后？

“原来你知道，”她轻声细语地说，“你早就知道要下雨。”既然如此，他还知道什么？下雨之后会发生什么？

亨利再次把地图塞给她。“皮娜受伤了，”他哀求道，“伤心先生让你快去。”

老卡车的引擎终于发动了。

第二十三章

纳撒尼尔领着我来到房子深处，一团明火熊熊燃烧。石块垒砌的壁炉从天花板延伸至地面，张开大口，吐出灼热的烈焰，站在走廊里就能感受到温暖。刚刚劈好的木柴堆在壁炉附近，顶部插着锋利的斧头。

以前，我从未去过任何人家，就连卡蒂甘家也不例外。亲身经历其他人——普通人——都做过的事情，感觉非常奇妙。不过，问题在于，走进这栋房子并没让我觉得自己跟常人一样。相反，我觉得自己仿佛在舞台上表演戏剧，充当事先写好的虚构角色，等到结束以后，我会向观众谢幕，返回家中，重新变成真实的生命。

玛丽戈尔德·派的起居室里铺着柔软的棕色地毯，摆着一个橄榄绿的沙发和一张玻璃茶几。墙角的高脚桌承载着形状各异、高低不同的瓶子，分别盛着五颜六色的液体。壁炉架的中央陈列着瓶中船，做工颇为精致，上方还有一幅硕大的刺绣图，画面中的猫咪呆呆地盯着我，显得十分诡异。

纳撒尼尔将雨伞靠在围着炉火的金属网上，接着走向放满瓶子的高脚桌。“喝点儿东西怎么样？可以御寒。”他说。

我稍做犹豫，“好吧！”

我静静地站着，任凭烈焰烘烤小腿和手掌，直到不再发抖。我褪去鞋袜，将袜子展平，挂在金属网上；掏出鞋舌，把鞋子摆在炉火跟前。我脱掉罗维的大衣，小心翼翼地搭在袜子旁边；轻轻地摇晃翅膀，抖落的水珠在房间里飞溅，洒向照片和家具。

“白兰地会让你暖和起来。”纳撒尼尔递给我一个杯子，面朝壁炉，席地而坐。

我也默默地坐下，看着他摇晃手中的杯子。他低头凑近玻璃边缘，喝下金色的液体。我打算做同样的尝试，结果吸气太猛，鼻孔仿佛在灼烧，白兰地的味道已经渗进了喉咙。我壮起胆子，啜饮了一小口，烈酒刺痛了嘴唇，在吞咽的瞬间，舌头差点从嘴里弹出来。可是紧接着，温暖犹如滚烫的蜂蜜，缓缓地在体内流淌。虽然整体感觉不算太糟，但我还是悄悄放下了杯子，不愿再碰。

炉火噼啪作响，焰光缩成小小的紫色三角形。纳撒尼尔抬手添柴，火焰迅速腾起，发出尖锐的嘶嘶声。他将剩下的白兰地统统倒入口中，起身把空杯放在壁炉架上，然后再次挨着我坐下，“我很高兴你来了。”他说。

他的呼吸掺杂着浓重的酒精味儿，他的皮肤散发着难闻的恶臭。我突然意识到自己正待在一栋古怪的房子里，跟一个几乎完全陌生的男人单独相处。

“你的姨妈呢？”我问道。

“她在。”他模棱两可地说。

“我得走了。”我畏缩着躲避，“我要去找我母亲。”

“你还不能走。”他严厉地命令道，抓住我的一只翅膀，令我发出痛苦的尖叫，他的脸上闪过阴郁的表情。可是，当他低头看向掌心的羽毛时，又露出微笑，慢慢地松手了。“我有东西要给你看。”他恢复了先前的友好态度，“稍等片刻。”

我艰难地吞咽着唾沫。“好。”我撒谎道。

他刚刚离开，我便一跃而起，不慎碰倒了盛着白兰地的酒杯。我在走廊上迷茫地徘徊，尽量保持安静，可惜却转向错误的方位，迈进一个漆黑的房间，只能分辨家具的基本轮廓——沙发、椅子、立灯。我径直往里走，感到脚底的地毯变得稍稍凹陷。我蹲下身子，仔细观察：地毯磨损得颇为严重，烙印着一条通往落地大窗的痕迹，犹如森林中的小径。

我重新站起来，极目远眺。隔着透明的玻璃，可以清晰地望见山顶的房子和我的卧室。紧接着，窗台上的某样东西吸引了我的视线。那是一根羽毛，并不像我的羽毛一样泛着棕褐或雪白的颜色，而是乌黑的羽毛，跟我的胳膊长度相当。这根羽毛闪闪发亮，非常美丽。我打开旁边的立灯，然后，我看到了。

鸟儿。横七竖八地躺在地上，覆盖着椅子和沙发，在房间的各个角落堆积如山。有的展开翅膀，被死死地钉在墙壁中，仿佛在飞翔。有的脑袋朝下，倒挂在天花板上，纤细的绳子拴着蜷缩的脚爪，仿佛在接受残酷的刑罚。有的被拔光了羽毛　有的被砍掉了翅膀，还有的被剜去了眼睛。

温暖的白兰地在胃里变得冰冷无比，我快速地吞咽，努力压抑阵阵翻涌的恶心。

“我不想让你看到它们。”纳撒尼尔突然出现在我背后，从我手中拿走长长的黑羽毛，叹了口气。

“什么意思？”我惊恐地发现，他挡在我跟房门之间。

他捡起一只死去的小鸟，在我面前摇晃，“它们都把自己伪装成神圣的生灵。”纳撒尼尔厌恶地说完，把小鸟扔回地上，沉重的撞击声令人作呕。那是一只雄性的斑唧鹀[1]，翅膀黑白相间，两侧的羽毛呈现出红色，内脏从腹部的伤口向外滴落。

“它们拥有美妙的翅膀，跟上帝派遣的信使并无两样。可是，它们都做了什么？在脏水里胡闹，在泥潭中行走，还吃下各种各样的垃圾。”他踹了踹脚边的尸体，“都是因为这些怪物的存在，人们才看不出你的真实身份。”

他伸出手，抚摩着我的翅膀。

“可是，我从未被愚弄过。”他温柔地说，“我始终都心知肚明。”

我挪动脚步，绕向他的后方。

事后回想起来，印象最深的细节就是他在动手之前说爱我。

“求求你！”我不停地挣扎，“放开我！”

我疯狂地踢打着他。我的双脚踹向他的胫骨，他加大了手上的力度。我抬起胳膊肘，猛烈撞击他的肋骨，他高喊着倒下，十指稍稍放松，足以让我摆脱束缚。我跑向门口，可是他却迅速抓住了我。

[1] 斑唧鹀（spotted towhee）：一种小型鸣禽，又名俄勒冈红眼雀。

他拽着我的头发，把我拖回带壁炉的房间。他发现我如此强壮，似乎非常惊讶，其实我也一样。他把我摔向地面，拄着我摆出平躺的姿势，用膝盖抵住我的胸膛。肺部的巨大压力令呼吸变得格外困难，也可能是恐惧害得我无法喘息。我试图大喊，他往我的口中塞了一团手帕，灼热的泪水涌出我的眼眶。

“你的嘴巴那么漂亮，要是你别逼我这样做就好了。”他抚摩着我的面颊。

接着，他把我翻过来，我的脸庞贴着地毯，胳膊被压在背后。他紧紧握住我的翅膀，解开自己的腰带。我的翅膀剧烈颤抖。我拼命地尖叫，声音悲惨而绝望，甚至不像是人类发出的声音。

“你不知道，我曾经无数次地想象过这一幕，”他轻声耳语，“只要想到柔软的枕头、雪白的棉球和潮湿的云朵，我就会激动万分。”

他摩挲着我的羽毛，垂下脑袋，贴着我的肩胛骨，滚烫的气息拂过我的皮肤，“因为，在我的想象中，那就是触摸天使的感觉。”

我记得疼痛，火烧火燎的疼痛。我还记得耻辱，无边无际的耻辱。

接下来，他攥紧我的羽毛，开始哭泣，“天哪，你不过是个普普通通的女孩儿！”他哀叹道，“到头来，你不过是个普普通通的女孩儿罢了！”悲鸣声在他的胸中咯咯作响。

“你这个愚蠢的贱人！”他怒吼道，嗓音十分沙哑。他扯掉我的羽毛，动作变得越来越激烈，越来越粗暴。

他从木柴上拿起斧头，斧头的刀片很小，不超过他的拳头，但是颇为锋利，或许他以为可以轻而易举地劈断我的翅膀。然而，我的翅膀跟鸟儿的翅膀截然不同。我的翅膀结实而刚健，不愿随便投降，它们来回地扑扇、拍打，奋起反抗。最终，他不得不挥舞斧头，狠狠地剁下来，就像疯狂的屠夫。

等到一切都结束时，他把斧头扔到地板上，旁边瘫着砍断的翅膀。

“你骗了我。”他冷笑着擦去脸上的鲜血。我发出微弱的呻吟。

然后，他跑了。

伊米莲迈着小心翼翼的步子，慢慢蹚过走廊上的水洼。她踏进厨房，从碗柜里拿出一个玻璃杯，放在水龙头底下。她疲倦地瞥向窗外的暴雨，意识到自己最不需要的就是水。家里的一只虎纹橘猫摩擦着她的小腿，喵喵直叫。薇薇安娜给它起的名字是什么来着？“绊脚小子”？**好吧**，她心想，弯腰抱起它，**这个名字倒是非常合适**。

“孩子们在楼上吗？”她问臂弯中的虎纹橘猫。它眨了眨碧绿的眼睛，她认为那是肯定的回答。她穿过起居室，虎纹橘猫发出低沉的哀鸣，挣脱她的怀抱，跳向地板，消失在走廊尽头。雷尼坐在羽管键琴的琴凳上，手指弹奏着无声的旋律。他孤身一人。

伊米莲依然能看到多年前威廉·佩顿给雷尼造成的伤害。一只眼睛盲目地盯着虚空，瞳孔蒙着白膜；另一只眼睛悬在眼窝外面，耷拉在高耸而暴露的颧骨上。鼻子只剩下银色的软骨。没有嘴唇，没有下巴，颌骨歪歪扭扭。所以，他的嗓音才会如此模糊。根据伊米莲的判断，他连舌头和牙齿都没有。

“噢，雷尼。”伊米莲坐在他身旁。

后来，每每回忆此刻，伊米莲都会想起他的畸形面容与恐怖话语是多么般配。因为，他告诉她的事情太可怕了，难以言喻地可怕。他试图握住她的手，而她却毫无知觉，他的透明指尖从她的掌心径直穿过。等到他说完，她迈出房间，蹚过走廊上的水洼，拨打警察局的号码，把玛丽戈尔德·派和她外甥在巅峰巷居住的地址清清楚楚地告诉了接线员。

在独自离开房子之前，她转过身去，恳求雷尼，“别把她带走。”

“我也不想。”他的声音十分沙哑。

第二十四章

当伊米莲抵达玛丽戈尔德·派家的院子时，一道闪电划过头顶，震耳欲聋的惊雷紧随其后。在闪电照亮夜空的片刻之间，伊米莲发现邮箱上的姓名“玛丽戈尔德·派”缺少了一个“派”字。掉落的金属文字躺在街道旁边的一大片杜鹃花丛中，伊米莲绝望地想，亨利，我终于找到了草里的“文字”。

前门大敞，屋里漆黑而寂静，伊米莲瑟瑟发抖，既是由于寒冷，也是因为恐惧。她迈进房子，渐渐恢复镇定，摸索着按下开关。明亮的灯光骤然亮起，走廊的地板和墙壁都溅上了鲜红的液体，就像油漆一样，空中密密麻麻地飘着棕色和白色的斑点羽毛。她感到呼吸十分困难，仿佛被羽毛堵住了嘴巴、鼻孔和肺部。伊米莲疯狂地挥舞胳膊，拨开周围的羽毛。

遍地是红色，到处是羽毛。

伊米莲踏入房间的深处，起初觉得如释重负：她的外孙女不是金发。然而紧接着，她看到了血肉模糊的后背，看到了扔在地上的翅膀，看到了撕裂的肌腱、黯淡的羽毛和折断的骨头。苦涩的胆汁涌入喉咙，沉重的心脏陡然坠落。那个支离破碎的姑娘终究就是她的外孙女。

伊米莲弯下膝盖，凑近我的脸庞，在没有感受到我的呼吸吹拂她的面颊之前，她坚决不肯呼吸。终于，微弱而温热的鼻息出现了。她迅速脱下潮湿的外套，盖住伤口，死死地按压。柔软的地毯浸泡在鲜血中，变得黏黏糊糊。红色的痕迹从外套两侧渐渐渗透，伊米莲的双手很快也染满了鲜血。尽管她已经知道了，却还是缓缓地抬起头。果然，一幅刺绣图悬挂在壁炉架上方。

墙上有猫咪。

薇薇安娜以前从不明白“心脏跳到嗓子眼儿”是什么感觉。当她驾驶卡车飞快地冲向巅峰巷时，当亨利和特鲁维努力在副驾驶座上挺直腰板时，薇薇安娜的心脏并不在嗓子眼儿里。心脏在嗓子眼儿有什么用？她的心脏早就跳出了胸腔，远远地奔跑在前方。借着明亮的车灯，她能看到心脏的动脉在两侧颤抖，就像抽搐的胳膊一样。薇薇安娜希望自己可以把心脏送到很远的地方，让它绕过街角，抵达巅峰巷，陪伴着我，无论我身在何方。

亨利担忧地啜泣起来。

“我们马上就到了。”薇薇安娜将这句话当成歌词，编出简单的旋律，温柔地吟唱。在亨利小时候，她常常以此来安慰他。即便是现在，这种方式依然奏效，亨利低声哼着母亲创作的曲调，紧张的神情渐渐从脸上褪去。

小学、教堂和邮局化作模糊的街景，一闪而过。密密麻麻的水滴落向车窗，雨刷的清理速度几乎跟不上。薇薇安娜攥紧方向盘，往前探头，全神贯注地凝视着茫茫黑夜。

突然，一个男人径直朝她跑来，薇薇安娜连忙踩下刹车。伴随着刺耳的尖啸，轮胎艰难地滑行，她伸出胳膊拦住亨利和特鲁维，免得他们撞上挡风玻璃。那个男人呆呆地站在卡车跟前，用疯狂的黑眼睛瞪着薇薇安娜，脸上满是红色的条纹。鲜血，她恐惧地意识到。

薇薇安娜还没来得及反应，两个身影便出现在男人的背后。她们的轮廓透明而苍白，在车灯的照耀下闪闪发光。她们的瞳孔幽暗而空洞，雨水顺着诡异的灰色皮肤流淌。一个身影怀抱着幼小的婴儿，胸口裸露出狰狞的伤痕。另一个身影从金丝雀变成少女，愤怒地抓住了那个男人。

然后，她们将他扑倒在地。

薇薇安娜惊骇地看着透明的身影把男人吞没，嘶哑的惨叫声响彻夜空。

一道闪电划过头顶，街道上腾起熊熊烈焰，高温炙烤着挡风玻璃。那个男人拼命挣扎，试图挣脱束缚，可是他的动作似乎令大火燃烧得更加旺盛。

紧接着，火焰和男人都不见了，只剩下皮肤烧焦的浓重恶臭。

特鲁维在副驾驶座上不安地转了半圈，哀鸣着靠近亨利。

“待在这里，不要动。”薇薇安娜告诉亨利。她挂上停车挡，打开车门。雪白的大狗跟着她跳出来，绕着卡车转圈，尽量压低身体，贴向地面。在卡车跟前的道路上，烙印着一片黑乎乎的痕迹，正是那个可怜的男人站过的位置。她回想起他的眼睛——深邃、阴郁、冷酷，一眨也不眨。薇薇安娜弯下膝盖，陷入卡车周围的水洼中，伸出手，用指尖轻轻触碰残留的痕迹，感觉依然滚烫。

她抬起头，恰好瞧见刚才的两个幽灵消失在黑暗中。

救护车抵达玛丽戈尔德·派的院子外面，本地的警察紧随其后，闪烁的灯光将巅峰巷的全体居民都吸引到了现场。莫斯家的老姐妹穿着样式相同的拖鞋和大衣，合举一把雨伞，遮挡着头上的卷发夹。睡眼惺忪的马尔特·弗兰纳利裹着被单，跟儿子杰瑞迈亚站在一起。先前，听见救护车的呼啸声，泽布·库珀便迅速跳下床，身上只有一套大红色的秋衣秋裤和一双橡胶靴，此刻他正在努力说服好奇的左邻右舍挪动脚步，让出通行的道路。他的儿子罗维和啜泣的女儿卡蒂甘震惊得脸色惨白，他的妻子佩内洛普获悉自己的家人安好，欣慰得潸然泪下，得知伊米莲的家人出事，又伤心得号啕大哭。威廉敏娜·德沃芙搀扶着薇薇安娜走进玛丽戈尔德的房子，她们沉浸在极度的绝望中，默默无言。

康丝坦斯·夸肯布什和德蕾拉·齐默也在翘首张望，她们曾经是最亲密的朋友，如今都在小学里担任一年级老师。旁边是高中校长伊格内修斯·勒克司及其太太埃丝特尔·马格利斯。接下来是艾摩思·菲尔兹，自从他的儿子在第二次世界大战中阵亡以来，他始终脾气暴躁、性格孤僻，但总会在早晨去伊米莲的烘焙坊买一块羊角面包。特瑞斯·格雷福斯牧师和几个刚刚离开水库的高中生站在外围。一个男生抓住四处徘徊的大白狗，用自己的皮带套住它的脖子，免得它闯祸，一个女生脱下外套，给它擦掉爪子上的泥巴。最后，还有几名医务人员和穿着蓝色笔挺制服的警官，他们的车辆横七竖八地挤在街道中央，耀眼的灯光频频闪烁。当护工把我抬出来的时候——我那失去翅膀的身体俯卧在担架上，我的母亲和外祖母走在两侧，她们的衣服都染满了鲜血——据说整片街区都陷入了充满敬畏的沉寂。

领头的护工是一名面色阴郁的高大男子，他带着伊米莲和薇薇安娜上了救护车，叮嘱自己的搭档好好照顾两位家属，预防由于悲痛过度而引起的休克。结果，他们无意中把亨利单独留下了。

尽管姐姐、母亲和外祖母都在赶往距离最近的医院，可是亨利很高兴，因为整件事情终于结束了，他再也不必拼命传达伤心先生的警告了。木已成舟，覆水难收，不论结局怎样，他都无力改变。现实就是现实，仅此而已。亨利喜欢“仅此而已”，其他情况都太复杂了。

母亲让他“待在这里，不要动”，于是，亨利便乖乖地坐在卡车上。但是片刻之后，亨利渐渐发现，尽管他没看到任何熟悉的人，却看到了许多陌生的人，不禁感到有点儿难受。然后，他瞧见了特鲁维。亨利跳下卡车，走向雪白的大狗，默数眼前的事物——闪烁的灯光、聚集的群众、雨伞和雨滴。他之所以要数数，是因为数数的感觉很好，而看不到熟人的感觉很糟，看到特鲁维坐在陌生少年旁边的感觉也很糟。亨利专心致志地数着穿过街道的步子，直到有人把手放在他的肩上。

亨利放声尖叫，对方吓了一跳，赶紧抽回手。

“对不起！”那个女人气喘吁吁地说，“我觉得——你好像迷路了。”她摆弄着一绺黄铜色的发丝，慌乱地环顾四周，“我没有别的意思！”她坚称道。

威廉敏娜匆匆跑过来，佩内洛普紧随其后。威廉敏娜轻声细语地安抚着亨利，并且示意用皮带拴住特鲁维的少年把大狗牵到跟前。佩内洛普转向僵立在原地的女人。“你为何要碰他？”她斥责道，“难道他今晚过得还不够艰难吗？”

那个女人松开指间缠绕的发丝，“我绝对不是故意要烦他。我不知道他——我只是以为自己能帮得上忙。”

“你凭什么以为自己能帮得上忙？”

“他似乎……需要……”她结结巴巴地嘟囔，显得语无伦次。

五年前，当劳拉·拉夫劳恩刚刚搬到这片街区的时候，她并不了解薇薇安娜·拉文德的事情，甚至早就忘记曾经在某个遥远的夏至夜见过薇薇安娜。她常常去烘焙坊购买天然酵母面包或者法式长棍面包，却从未注意到伊米莲·拉文德的外孙酷肖她的丈夫。如今，她为自己的盲目而感到难堪。

在碧翠丝·格里菲斯消失以后，劳拉就离开了深爱的华盛顿东部，来到西雅图跟丈夫同住，告别了干燥的炎夏和落雪的寒冬，走进一年四季的雨水之中。很快，她就凭借成功举办的主题酒会和天生温顺的可爱性格融入了这片街区。如果本地的女童子军[1]上门推销，她肯定会买下至少一盒黄油饼干。她总是尽心尽力地完成自己该做的事情，比如戴着雪白的手套外出，比如不给丈夫吃剩饭剩菜，比如在医院免费担任助理护士。杰克不想要孩子，她就告诉同为志愿者的姑娘们，她和杰克必须先孝敬他的父亲，接下来才能经营属

[1] 女童子军（Girl Scouts）：美国的一个青少年组织，创办于 1912 年，通过举办露营和社区公益服务等活动帮助女孩儿成长。

于他们俩的小家庭。约翰·格里菲斯去世了，她又告诉她们，她和杰克打算环游世界，去埃及参观金字塔，在意大利的海边漫步。最后，杰克搬到了房子另一侧的卧室里，两人分房而居，她便不再告诉她们任何事情了。

大家恐怕都明白，杰克的内心并不快乐，他或许从未爱过劳拉，但是劳拉坚决不肯面对现实。杰克避免靠近烘焙坊，路过巅峰巷就会闭紧双眸。在无聊的派对上，劳拉端着托盘，给宾客分发芝士球和恶魔蛋[1]，而杰克却整晚都站在角落里，面带温和的微笑，很少说话，滴酒不沾，任由冰块在杯中融化。可惜，这一切的一切，劳拉统统看不到，因为在涉及爱情的问题上，她只看自己想看的东西。劳拉努力扮演着贤惠的太太，她与杰克·格里菲斯结婚多年，始终生活在爱情的迷雾中，相信杰克过得非常幸福，而且他很爱她。

在这个夏至日的深夜，劳拉·拉夫劳恩回到家中，发现丈夫坐在漆黑的屋里，他紧紧攥着空瓶，呼出的气息掺杂着威士忌的味道。

“我是个傻瓜，劳拉。”他大声哭喊，“今晚，我失去了自己一生的挚爱。”

劳拉弯下腰，轻轻抚摩丈夫的发丝，“亲爱的，你在说什么呢？我就在这儿啊！”她亲吻他的前额。

杰克抬起头看着她，眨去泪水，“我说的不是你。”

劳拉露出甜美的微笑，“那是谁？”

[1] 恶魔蛋（deviled egg）：一种小菜，把剥了皮的煮鸡蛋切开，涂上蛋黄酱或芥末酱。

“薇薇安娜。薇薇安娜·拉文德。”

杰克继续旁若无人地念叨着隐秘的过去，讲述着热恋与背叛，爱情的迷雾终于从劳拉眼前飘走了。

“噢，”劳拉喃喃地低语，“噢，天哪！”

等到他说完，劳拉浑浑噩噩地踏进自己独自睡觉的卧室，打开衣橱，拿出行李箱，小心谨慎地选择准备携带的物品，判断必须留下的物品。她拽着行李箱来到走廊上，告诉杰克她要走了，结果他只是漫不经心地朝她挥了挥酒瓶，这更加证明她是多么滑稽可笑。杰克·格里菲斯不像她想象的那样爱她，也不像他爱薇薇安娜那样爱她。实际上，他从未爱过她。

劳拉把沉重的行李箱扔进汽车后座，发动引擎，拐上街道。她瞧见闪烁的灯光和骚动的人群聚集在巅峰巷尽头，于是停在路边，离开驾驶座，用手背遮挡瓢泼大雨。

还没弄清是怎么回事，她就看到了薇薇安娜·拉文德的儿子。她凝视着他，忍不住连连摇头。亨利跟年轻时的杰克·格里菲斯简直一模一样。可是，亨利的眼神却跟杰克的截然不同，仿佛美丽的瞳孔承载着全世界的古怪与缺憾。

为什么她以前没有发现呢？

劳拉恳切地抓住威廉敏娜的手。“我真的只是想帮忙而已。”她说。威廉敏娜越过劳拉的肩膀，望向人群，“帮忙？好吧，我们确实需要一个帮忙的伙计。”

在烘焙坊里，威廉敏娜按下咖啡壶的开关。她从橱柜中拿出陶瓷杯碟，依次摆在柜台上，每个茶杯都有专属的托碟。趁着尚未生起炉火，必须先煮好咖啡。佩内洛普派泽布去采购原料，威廉敏娜点燃干燥的桉木，抛弃了制作点心或其他甜品的念头，大家需要的是面包——外酥里嫩，热气腾腾，可以果腹，顶上涂满了黄油、蜂蜜或榛子酱的面包。

等到泽布回来以后，威廉敏娜便示意他操纵手磨机，碾碎新鲜的小麦、黑麦和红麦，准备制作乡村面包。她让罗维和卡蒂甘捶打长棍面包的坯子，教会劳拉·拉夫劳恩如何添柴。

大家花了整整一夜的工夫才让烘焙坊充满现烤面包的香甜味道，不过无所谓，反正没人打算离开。况且，他们又能去哪儿呢？有时，他们会停下手头的动作，抬起脑袋，脸上沾着面粉，眼中含着绝望。然后，特鲁维在睡梦中翻身，亨利开始哼唱歌谣，于是店里的诸位烘焙师便继续忙碌。

外面，聚集在巅峰巷周围的人群越来越壮大，闻讯而来的街坊邻居挤在洪水泛滥的道路上。他们自己也说不清理由，但是都想来表达敬意。他们在暴雨中驾驶着奥斯莫比[1]轿车、斯蒂庞克[2]敞篷车和福特卡车，宠物狗趴在车斗里，抽动鼻子，嗅着潮湿的空气。他们占据了巅峰巷和附近的区域，却空出了纳撒尼尔·索罗斯留下的乌黑痕迹。他们领着孩子、妻子、丈夫和父母。有人西装革履，仿佛将要去教堂参加葬礼；有人蓬头垢面，仿佛前一刻刚刚从床上爬起。有人带着帐篷、雨伞、帽子和手套；有人什么都没带，甚至连遮风挡雨的大衣都没穿。至黎明时分，烘焙坊的柜台上摆出一个捐款箱，他们严肃地投入钞票，以此来换取热乎乎的羊角面包。雨越

[1] 奥斯莫比（Oldsmobile）：美国汽车品牌，创始于 1897 年。
[2] 斯蒂庞克（Studebaker）：美国汽车制造厂，创始于 1852 年。

下越大，人越来越多。

有人怀抱《圣经》，在感触最深的段落里画了红线；有人静静坐成一圈，默契地细数手中的念珠；还有人跪在垫子上，高声唱出抚慰心灵的圣歌。雨水顺着脸颊淌下，虔诚的祈祷上达天空。他们之所以祈祷，并不是为了争取宽恕或者得到救赎，也不是为了感谢天使降临凡间，更不是为了住在巅峰巷尽头的半人半兽，而是为了一个普普通通的女孩儿。

为了我。

薇薇安娜睁开眼睛，面前是洁白的病房，早晨的阳光透过光秃秃的窗户照进来。她在金属折叠椅上蜷缩了一夜，此刻小心翼翼地活动着麻木的四肢。护士轻轻踏入病房，我趴在床上，发出微弱的呻吟，宽大的绷带覆盖着背后狰狞的伤口，纤细的针尖往胳膊里灌输冰凉的液体，厚厚的纱布包裹住头部。伊米莲睡在床边的另一张椅子上，脑袋靠着坚硬的墙壁，张开的嘴巴朝着天花板。

“候诊室里有刚煮的咖啡，”护士主动提出，“你去喝一杯吧！”

护士解开绷带，露出我肩胛上的裂缝，薇薇安娜连忙闭上眼睛，拼命地吞咽，压抑着呕吐的冲动，“不用了，我没事儿。”

护士挑起眉毛，“亲爱的，你熬过了这么艰难的夜晚，就算稍作休息也不会有人怪你。出门呼吸一下新鲜空气吧，我们会好好照顾她的。”

在候诊室里，薇薇安娜看到了咖啡壶和睡在椅子上的嘉博，他的下巴抵着胸膛，长腿伸向前方，脚尖差点儿碰到对面的窗户。

薇薇安娜坐在旁边，发现他的脸颊布满胡楂儿，担忧的皱纹烙印在嘴巴周围，一只手压着大腿，另一只手垫着椅子，掌心摊开，仿佛在等待薇薇安娜与之交握。薇薇安娜仔细观察这只手，端详着白色的老茧、参差不齐的指甲以及粗糙的皮肤。她辨认出他的生命线，长长的凹痕远离拇指，铭刻着来到西雅图之前的漂泊岁月。智慧线的弧度表示头脑充满创意，命运线底部的星状纹路意味着事业终将成功。她用目光反复追溯着弯曲的感情线，察觉到他是一个温暖而善良的男人，愿意为爱奋不顾身。

薇薇安娜伸出手，让自己的纤纤细指从嘉博的五指之间穿过。*如果我早点低头瞧瞧*，她心想，*就会看到我需要的一切都在这只手上*。

嘉博感受到薇薇安娜的触碰，慢慢睁开眼睛。他疲倦地微微一笑，扣紧手指。“咱们家姑娘怎么样了？”他问。

“还活着。”

“那就好。”

“是吗？我以为自己能保护她，却从未想过她可以像正常人一样生活。现在，我总算知道了，可是似乎太迟了。”

嘉博揽住薇薇安娜。“亨利呢？”她问。

“跟威廉敏娜在一起，”他回答，“伊米莲呢？”

“陪着艾娃，从昨晚开始就寸步不离。”

“难得看到她这样。”

薇薇安娜点了点头，迟疑片刻，“之前，我差点撞到的那个男人，就是他，对吗？”她记起街道中央的可怕幽灵，不禁打了个寒战。

嘉博摇了摇头，“我无法确定。但是，大家再也没见过他。他们在一间卧室里找到了可怜的玛丽戈尔德·派，她被下了药，至于昏睡了多久，没人知道，可能有好几个月了吧！”

薇薇安娜叹了口气，“我觉得整个世界都颠倒了，就连直立行走都变得很困难。”

嘉博把她搂入怀中，“你只要依靠我就行了，薇薇。我可以支撑你。”

通常情况下，大多数人都宁愿雨水缓缓降落，像4月的温暖春雨一样，化作蒙蒙水雾，浸湿睫毛，钻进鼻孔。如今，瓢泼大雨不仅席卷了整个夏季，还笼罩着秋风萧瑟的9月，可是他们却几乎毫无怨言，反倒用玻璃纸裹住心爱的皮鞋，脚步轻快地踏过泥泞的路面。他们知道，这场雨能够带来碧绿的草地和金黄的落叶，可以让周日清晨的教堂祭台摆满真正的菊花。偶尔，他们也会默默地怀念干旱的日子，比如邮差不愿分拣湿透的信件时，比如佩内洛普·库珀懒得清理烘焙坊的地板时。不过，短暂的疲倦转瞬即逝，他们依然会跟街坊邻居一起，看着湿漉漉的落叶堆积成山，集体发出如释重负的叹息。

在我住院期间，薇薇安娜始终待在病房里，拒绝离开，甚至连衣服都不肯换。第一天晚上过后，她便软磨硬泡地恳求护士帮忙借一张简易的折叠床，好让她能够留下来陪伴我。结果，她诧异地看着护士送来了两张折叠床，而非一张。在得知另一张床属于伊米莲时，她更是惊讶得目瞪口呆。

伊米莲坐在小床上，抬头瞥向女儿，“怎么？你想要这张？”

“不，”薇薇安娜摇了摇头，“我只是有点儿困惑，不明白你在干什么！”

“我也要留下来。”

薇薇安娜挑起眉毛，“为什么？”

“因为——”伊米莲的声音变得十分沙哑，“因为我是你的母亲，这就是为什么。”

确实如此。

第二十五章

在夏至日过去将近三个月后，我们回到了巅峰巷尽头的房子里。嘉博小心翼翼地把我放在床上，外祖母为我盖上许多年前她妈妈缝制的被子。伊米莲拼命忍住泪水，然而她的表情却出卖了内心的悲伤。纱布包扎得严严实实，所以她不必亲眼看到手术缝合的针脚，可是密密麻麻的瘀青却无处可藏，遍布在我脆弱的身体两侧、臀部以及胳膊和大腿的背面，斑斑驳驳的皮肤非紫即红，控诉着恐怖的暴行。

那些狰狞的瘀青令她想起杰克在薇薇安娜的颈窝留下的棕色吻痕，想起雷尼被威廉·佩顿开枪打穿的英俊脸庞，想起玛尔格失去心脏的空洞胸膛，想起爱情给所有受害者烙印的永恒伤疤。然后，她便感到哽咽难言，只得离开房间。

伊米莲并不急着重返烘焙坊，她甚至无法打起精神去喂饱自己的亲友。不过，大家原本就毫无食欲，除非饥饿的疼痛在腹中熊熊燃烧，否则谁都不肯吃东西，即便偶尔开饭，也是垂头丧气地拿起叉子，伸进冷飕飕的冰箱，胡乱吞下几口街坊邻居赠予的芝士通心粉，根本不在乎食物从何而来。

我的外祖母变了。无论怎样努力，她都不能像从前一样充满斗志。她浑浑噩噩地度日，等待我的眼睛恢复生命的神采，在此期间，我的母亲肩负起了支撑家庭的重担。

威廉敏娜和佩内洛普将烘焙坊经营得风生水起，她们在菜单上添加了一种广受欢迎的新式糕点，为了向我表示祝福，这种糕点仅在周日出售。她们还雇了一名代替伊米莲的烘焙师，也就是我的母亲。

烘焙坊跟薇薇安娜记忆中的模样完全相同，墙壁上粉刷着金黄色的油漆，黑白格子的地板仍旧纤尘不染、闪闪发亮。威廉敏娜递给她一条围裙，示意她去照看烤炉，薇薇安娜立刻想起了烹制香梨馅儿饼和焦糖布丁的诀窍。不久，她做的巧克力泡芙便足以跟伊米莲的杰作相媲美。

虽然薇薇安娜羞于承认，但是她颇为享受在烘焙坊里干活的时光，因为这可以使她走出家门，远离悲惨和绝望的恶臭。那股气味是如此强烈，以至于母亲必须拿手帕捂住鼻子才能快步经过我的卧室。他们请了一位护士来帮我换绷带。在我身上发生的事情太过可怕，薇薇安娜尽量不去回想，甚至干脆停止思考。她用枯燥的工作来麻痹自己，比如烘烤面包和糕点，并且常常带回家中，给我当作午餐之后的零食。

此刻，薇薇安娜站在厨房里，将一张纸巾对折，垫在底下，上方的盘子盛着热乎乎的面包布丁，淋满巧克力酱，顶部扣着一勺香草冰激凌。她呆呆地出神儿，看着冰激凌融化成一摊盘子大小的奶油。忽然，薇薇安娜听到背后响起脚步声，卡蒂甘走下楼梯，迈进厨房。

“她饿吗？”薇薇安娜心不在焉地问。

卡蒂甘摇了摇头。自从我受伤以来，卡蒂甘的变化最大。她抛弃了流行的蘑菇头，任凭发丝疯长，垂在肩上，化作自然的波浪，偶尔还会扎成乱糟糟的马尾辫。另外，她不再化妆了。当初，薇薇安娜第一次瞧见素颜的卡蒂甘，差点儿没认出来。涂脂抹粉令她显得光彩照人，除掉精致的修饰，卡蒂甘依然很漂亮，但是不太张扬了。她的睫毛是淡淡的金色，衬在湛蓝的眼睛周围，嘴唇褪去了鲜艳的口红，泛着较为苍白的粉色，不像往常一样饱满。她的打扮也跟从前截然不同，身上总是穿着哥哥的工作靴和宽松的牛仔裤。她刻苦学习，进入了全是优等生的荣誉班，并且秘密计划着要在10月份考取驾照，接替罗维成为烘焙坊的送货司机。

“有我哥哥的消息吗？”卡蒂甘询问薇薇安娜。一个月前，罗维去大学报到了，邮递员天天都会带来他寄给我的信件，甚至比他写给自己家里的信件还要多。他也试着打了几次电话，可是我在过去的几个月中始终沉默不语。所以，罗维便决定通过邮局来跟我保持联系。起初，薇薇安娜不知道该如何处置这些信件，于是只好统统堆在我的床头柜上。

薇薇安娜指着餐桌上的棕色信封，卡蒂甘顺手拿起来，压在鼻子底下闻了闻，“我告诉过他，如果他胆敢给她寄来喷着香水的情书，我会狠狠地揍他一顿。”

薇薇安娜笑了，她很高兴地发现，卡蒂甘尚未完全丧失幽默感。

“这周的作业是什么？”薇薇安娜抬起下巴，朝卡蒂甘手中的书本示意。

“《红字》[1]。我正读给艾娃听，以免她落下太多。”卡蒂甘转身朝楼梯走去。“你觉得呢？”她轻轻补充道。

薇薇安娜点了点头。在暑假期间，她已经向伊格内修斯·勒克司咨询了高中入学的相关事宜。伊格内修斯曾经是她的老师，如今是高中校长。他身材魁梧、声音洪亮，一头乱糟糟的红发格外蓬松。由于体型壮硕，他常常被误认为是脾气暴躁的家伙，学生们害怕勒克司的程度甚至超过了畏惧父母。其实，伊格内修斯·勒克司的心肠很软，就连他的妻子都受不了他的多愁善感。听到我的遭遇，这个大块头的男人竟然抽抽噎噎地啜泣起来。因此，当薇薇安娜前去预约的时候，他马上把她领进校长室，亲自倒咖啡，并命令秘书取消接下来的所有会议安排。伊格内修斯一向很喜欢薇薇安娜，多年前，她还是朝气蓬勃的学生时，他就暗暗想过，*这是一个聪明伶俐的孩子，不管做什么，都能成功*。

薇薇安娜设计的家庭课程跟学校的进度十分相似，伊格内修斯深受触动，却并不惊讶。他向她保证，他们一定会为我保留秋季入学的名额。

薇薇安娜把咖啡杯放在校长的办公桌上，“考虑到她的……状况，我们估计，至少要等到春季学期，她才能基本康复。”

伊格内修斯结结巴巴地道歉，承诺说我可以随时入学。两人的交谈结束后，薇薇安娜回到卡车里，放声大哭。她并不知道，在相隔不足十米的地方，伊格内修斯·勒克司也趴在硕大的校长办公桌上，泪流满面。

---

[1] 《红字》（*The Scarlet Letter*）：美国作家纳撒尼尔·霍桑（Nathaniel Hawthorne，1804~1864）的长篇小说，出版于1850年。

薇薇安娜走向屋外，嘉博正坐在前廊的秋千上，看着亨利收集院子里的昆虫。她递给嘉博两杯柠檬水，靠进他的怀抱中，然后接过其中一杯，把他空出来的手放在自己的肩头。

“情况怎么样？”嘉博问。

薇薇安娜疲倦地摇了摇头，“毫无起色。”

嘉博用长长的手指捏着薇薇安娜的脖子，直到紧张的肌肉渐渐放松。近来，薇薇安娜惊讶地发现，她的身体迅速地熟悉了他的身体，两人可以舒服地拥抱或接触，动作十分默契。他与她分享床铺和枕头，一起入眠，感觉非常自然。不过，最棒的部分在于，经过了二十八年的岁月，薇薇安娜终于摆脱了杰克·格里菲斯。这项奇迹般的成就是如此美妙，有时候薇薇安娜甚至想跑到屋顶上大叫，聆听天地之间的回声。

“伊米莲呢？”嘉博突然问，“又睡了？”

“嗯。”

自从夏至夜以来，伊米莲每天都要睡上二十个小时左右。在我住院期间，薇薇安娜迈进病房，总会看到女儿和母亲都在睡觉——我躺在床上，伊米莲蜷缩在旁边的椅子里，发髻稍稍松散，银丝垂入苍白的颈窝。

亨利抬头望向他们，骄傲地举起捕虫器，铁网中困着某种多足或有翅的昆虫。“看到了吗？”他高喊。

如今，亨利说话的次数越来越少。对此，他们尽量放宽心态，毕竟需要担忧的问题太多了。薇薇安娜猜测，亨利的沉默寡言或许与我有关，但实际上，亨利认为，现在值得谈论的事情寥寥无几。他给自己定下过规矩，只讲重要的事情。

在我出院回家的当天，薇薇安娜发现一个硕大的匿名信封靠在前门上。里面装着两张巨额支票，一张给我，另一张给亨利，封口的胶水粘着一缕黄铜色的发丝。薇薇安娜听说，劳拉·拉夫劳恩跟杰克·格里菲斯正式离婚以后，立刻搬回了她深爱的华盛顿东部。

“世界确实在改变。”薇薇安娜喃喃地嘟囔，嘉博轻轻地捏着她的肩膀。

嘉博经常取笑薇薇安娜的左手没有戒指，以此暗示他多么想娶她。她知道自己会跟这位温柔的巨人共度余生，躺在他旁边安然入梦，他的胸膛贴着她的后背，他的掌心包住她的臀部。可是，她也知道，自己永远都不会结婚，无论对方是嘉博还是别人。用她的话来说，*难道真心还需要珠宝来证明吗？*

出院回家以后，我始终俯卧在床上，静静地熬过了漫长的秋天。日夜交织在一起，构成沉重的黑幕，遮住眼睛、鼻子和嘴巴，直到我忘记阳光照耀脸庞的感觉。当树叶开始变色的时候，母亲要求嘉博移动床铺，好让我侧过脑袋就可以望向窗外。然而，看着树叶褪去生机勃勃的嫩绿，摇摇晃晃地随风飘落，我发现自己只能想到死亡。

到了12月，雨水总算平息了，浓密的乌云渐渐消散。冬季降临，清晨的道路和车窗都蒙着薄薄的冰层，天空偶尔下几场淅淅沥沥的小雨。雪花将会在1月或2月来到，为城市披上洁白的外衣。

12月21日是冬至，也标志着我遭遇意外和纳撒尼尔·索罗斯死亡的夜晚过去了整整六个月。生活在巅峰巷的居民生平第一次承认了异教的冬季节日，不过他们的口吻却颇为严肃和忧郁。

在那段日子里，我经常会思考死亡。我感到身躯的边缘在融化，仿佛自己是一具腐烂的尸体。我觉得死亡很可能就像护士给我吃下的白色药片，让我变得四肢麻木，浑浑噩噩，仿佛我是一道无关紧要的阴影、一声几不可闻的低语，抑或一滴慢慢蒸发的雨水。

尽管死亡的念头充满吸引力，但是行动起来却非常困难。死亡的要求太高了。近来的事实证明，我的身体不会轻易地向死亡屈服。所以，如果我要自杀，必须得确保一举成功，绝不能以四肢残疾或者精神失常的状态而告终。我想过收集那些白色的药片，藏在口中，塞到床垫底下，最后借助一杯凉水，统统吞进肚子里。我想过偷偷溜进厨房，挑一把极为锋利的刀子，只需在手腕上割一下就行——我大概没法自杀两次。我还想过直接从屋顶的天台跳下去。若非探病的亲朋好友络绎不绝，这些构思恐怕早就化作可怕的实际行动了。或许，他们之所以频频前来看望，正是为了阻止我扑向死亡的怀抱。

嘉博负责早餐，每天都会准备简单的菜肴：圆滚滚的水煮蛋、烤成棕色的香肠、切成薄片的培根，以及涂着黄油或枫糖浆的煎饼。嘉博把精致的瓷碟、亚麻的餐巾和沉重的镀银刀叉摆在托盘上，端到二楼，带着亨利走进我的卧室。亨利很擅长用沉默的方式来劝我吃饭，倘若我坚决不肯吃，他们就派出特鲁维来撒娇。

午餐由卡蒂甘监督。起初，她都是在下午 1 点准时出现，开学以后则稍微晚一些。她会带着学校的作业，给我阅读老师布置的书籍，轻声讲述她为我们制订的秘密计划。

“等你好了……”计划的开端总是这四个字。

卡蒂甘喜欢躺在我身边，紧紧握住我的手，我们一起静静地盯着墙壁。有一次，我转动茫然的瞳孔，看向自己的挚友，“这很适合你。”我指的是卡蒂甘的新造型，简单而清爽。

卡蒂甘回答，“这不适合你。”她指的是我的一切。

晚餐期间的访客并不固定，有时候是我的母亲，有时候是佩内洛普或她的丈夫泽布，他会挥舞长着老茧的双手，表演扑克牌魔术，哄我吃下几口东西。威廉敏娜会将装满干药草的小包裹，递给薇薇安娜，仔细叮嘱水温等注意事项，接着走上楼梯。等到泡好以后，薇薇安娜便端着苦涩的茶水和晚餐走进我的卧室。威廉敏娜站在敞开的窗户跟前，唱起低沉而优美的旋律，在手中的鹿皮鼓上敲打节奏。我侧耳聆听，心脏慢慢跟随鼓点跳动，呼吸缓缓平稳下来，昏昏欲睡的状态很像是吃了护士的白色药片，但是感觉要更加舒适。

我常常以为自己快要疯了，或者早就疯了。未来仿佛是一间上了锁的屋子，有着雪白的墙壁和雪白的地板，没有窗户，没有房门，没有任何可以逃脱的出口。在那里，我张开嘴尖叫，却发不出丝毫声响。

我并未死亡，并未渐渐消失，留下残破的躯壳。恰恰相反，伤痕累累的身体竟然开始自行修复了。

我很感激每天来换绷带的护士，尽管我已经不再需要绷带了，但是这位护士却没有对我的母亲或外祖母说一个字。这种做法让我觉得非常欣慰，她为我争取了思考的时间，而我需要思考的时间，因为混沌的脑海中充满了死亡的画面。

某天夜里，我猛然惊醒，发现一名男子站在床前，一只手遮挡着被子弹打穿的脸庞。

“别害怕。”他说。他的话语模模糊糊，仿佛他的声音不是来自嘴巴，而是来自身体的其他部位。

“我不怕，”我回答道，由于久不开口，我自己的声音也显得很古怪，“我知道你是谁。”

如果他可以笑，他肯定笑了，“那你说，我是谁？”

“你当然是死神。”我叹了口气，“说实话，我一直在找你，幸好你也在找我。还有多长时间？”

“不长了。”

我打了个寒战，“死亡是什么感觉？”

“你认为是什么感觉？”

我陷入沉思，仔细地考虑这个问题，忽然发现手里还抓着罗维寄来的信件。我认为，死亡就像被下了药或者发高热，”我轻轻地说，“就像到了距离大家一步之遥的地方，这一步却很远，他们追不上我，我也碰不到他们，只能看着自己所爱的亲朋好友慢慢消失。”

“这就是你想要的结局？”

“我还有选择的权利吗？”

“我们都有选择的权利。”

我冷酷地大笑起来，“是吗？你呢？难道你是主动选择来到这里，以丑陋的面目度过死后的生活？”

“啊，我的甥外孙女[1]，我确实是自愿的。”

“为什么？”

“因为，爱会使人变傻。”说罢，他的透明轮廓微微闪烁，接着便隐匿得无影无踪。

---

[1] 我的甥外孙女：原文为法语。

六个月来，我第一次坐起身子，把脚丫放在地板上，依靠虚弱的双腿支撑，踉踉跄跄地穿过卧室，走向窗边。高大的枫树挺立在漆黑的夜空下，光秃秃的枝干在寒风中瑟瑟发抖。我低头俯瞰着街道，再过几小时，罗维便放假归来了。我已经将他的来信读了许多遍，就连笔画的形状都记得清清楚楚。我会抓着写满亲切问候的纸张睡觉，梦里流淌的汗水通过手掌浸透墨迹。罗维在出发之前，寄出了最后一封信，我反反复复地念着末尾的那一行，直到字字句句都铭刻在心中。

艾娃，我曾经深深地爱着你，请让我以后也继续爱你。

第二十六章

在走廊对面的卧室里，伊米莲酣然入眠。在梦中，她回到了博勒加尔的“曼哈屯”，置身于狭窄的公寓中，厨房的陶瓷水槽布满裂痕，写字台的抽屉曾经是皮耶海特睡觉的摇篮。三个弟弟妹妹坐在木桌旁边，他们的脸庞和身体都完好无损——雷尼的面容依然英俊，玛尔格的心脏在胸腔里跳动，皮耶海特梳理着金黄色的头发。

雷尼优雅地站起来，伸展双臂，将尹米莲拥入怀中，然后把她抱离地面，放在两个妹妹之间的椅子上。

“我们一直在等你。”玛尔格指了指桌子中央的两副扑克牌，“大家都不记得比齐克[1]怎么玩了。”

“四个人没法玩比齐克，”伊米莲答道，“你们说的是皮纳克尔吧！”

皮耶海特皱起鼻子，“有区别吗？”

伊米莲开始洗牌，她惊奇地察觉到自己的双手非常灵活，而且

[1] 比齐克（bezique）：一种起源于19世纪法国的两人扑克牌游戏，是下文提到的皮纳克尔（pinochle）牌戏的前身。

皮肤也极为光滑。在打牌的间隙，她用纤纤细指缠绕着浓密的乌发，岁月漂白的银丝早已消失不见。她的脚上穿着一双绑带的黑皮鞋，头上戴着刚刚被罂粟花染红的钟形女帽。

“我从来都不喜欢那顶帽子。”皮耶海特若有所思地说。

“我更喜欢你变成金丝雀的模样。”伊米莲反唇相讥，四姐弟开怀大笑。

伊米莲渐渐恢复意识。在黑暗中，她只能勉强分辨卧室的朦胧轮廓。褪色的结婚照立在床头柜上，玫瑰红的椅子粘着猫咪的软毛，坐在椅子上的男人依然英俊如初。

“我们都不记得比齐克怎么玩了。”雷尼说。

“你说的是皮纳克尔吧！”伊米莲拽动拉绳，打开台灯，柔和的光芒照亮房间。

“是吗？”

“嗯，应该是。”伊米莲缓缓起身，松开颈窝的圆髻，抖落乌黑的长发。她挽住雷尼的胳膊肘，晃动年轻而灵活的手指，轻轻捏了捏他的皮肤。

“我们都希望你能在羽管键琴上弹奏一曲。”

“噢？那肯定很美好。”

我探头张望，结果惊讶地发现走廊里空空荡荡。刚才我明明听到外面有人说话，难道是幻觉吗？我跨过门槛，木地板发出悠长的哀叹。我停住脚步，仔细捕捉夜晚的声音：一只猫咪蜷缩在我的床底下，打呼噜的动静就像飞驰的摩托车；特鲁维在梦中奔跑，腿上的软毛沙沙作响；一楼传来冰箱的低沉嗡鸣，母亲在对面的卧室中轻柔地呼吸。

淡淡的亮光透过门缝倾洒出来，那是外祖母的房间。我走过去，慢慢转动把手。我迎着闪耀的台灯眨了眨眼睛，看到外祖母深陷在四柱床中。她双眸紧闭，雪白的头发铺展在枕头上，嘴唇微启，仿佛要开口说话。

我低下头，靠近她，决定屏住呼吸，直到外祖母的鼻息拂过自己的面庞。我努力坚持，拼命挣扎，最后还是忍不住了。我长长地吐了一口气，用前额抵住她那冰冷的脸颊。

自从法蒂玛·伊妮兹离开以后，这栋房子的三楼便再也无人涉足。据说，楼上的房间原本属于她，而她的鬼魂不允许大家靠近。我迈着颤颤巍巍的脚步，小心翼翼地踏入传闻中的卧室，终于揭开了故事背后的真相。迎接我的并不是法蒂玛·伊妮兹的幽灵。

数不清的鸟儿栖息在椽木上，好奇地探出脑袋，看着我经过破烂不堪的天篷床、陈旧黯淡的梳妆台和落满灰尘的摇摆木马。它们用独特的语言高声呼唤彼此，鸟巢占据着横梁，鸟粪覆盖着地板。我环顾四周，发现它们长得十分古怪，漆黑的身体犹如乌鸦，雪白的脑袋却像鸽子。我以前从未见过类似的鸟儿，天空中没有，院子里的大树上没有，纳撒尼尔·索罗斯的起居室里也没有。它们都是法蒂玛·伊妮兹的鸟儿，是挣脱囚笼的鸽子与乌鸦杂交的后代。不知为何，它们的适应能力竟然比街区中的其他鸟儿还要强，这令我感到欢欣鼓舞。

我打开通往天台的木门，走向外面，屋里的鸟儿瞬间陷入沉寂。我能够看到整个西雅图在星空下闪烁，圆圆的满月放射出银色的光芒。寒风呼啸，赤裸的脚丫冻得生疼，我低下头，俯瞰着隔壁的房子。

玛丽戈尔德·派的故居显得寂寞而荒凉。先前，他们在二楼的一间卧室里找到了玛丽戈尔德，她就像鲸鱼大小的睡美人，枕头上散落着发霉的饼干碎屑。等到醒来后，玛丽戈尔德也不打算减肥，而是加入了一个路过西雅图的马戏团。在余生中，她成了狂欢节上备受欢迎的“胖太太”，居住在宽敞的帐篷里，左邻右舍分别是“针垫先生”和“驴蹄小子”。临终之前，玛丽戈尔德立下遗嘱，把纳撒尼尔的日记送给了我，那是警察在她家的院子中捡到的。我过了许多年才翻开这本日记，又耗费了更长的时间才读完里面的内容。

玛丽戈尔德的院子中渐渐长满了紫色的植物。如今，在 12 月，薰衣草的浓郁芬芳终于掩盖了房子里鸟儿尸体散发的恶臭。纳撒尼尔·索罗斯留在世上的痕迹只剩下一片永恒的紫色鲜花和一块烙印在水泥地上的炭黑污渍，人们偶尔提及他的名字，喉咙深处便会泛起苦涩的味道。

一辆汽车拐上巅峰巷，我望着它驶向库珀家。两个身影下了车，较为高大的那一个无疑是泽布·库珀，所以另一个肯定是罗维了。

我忍不住露出微笑，抛弃了重重的疑虑和层层的防备，忘记了过去的心碎和将来的痛苦，因为罗维回来了，他告诉我的字字句句都是真的。突然之间，我记起了他写的一句话，肩上的负担似乎变得不再沉重。

你不必独自承受一切。

“现在已经没事了，对吗？”

我转过身去，看到一个透明的少女缓步穿过鸟群。她裹着碧绿的斗篷，硕大的兜帽垂在背后，为了躲避别人的视线，她曾经用那件斗篷遮挡过浓密的眉毛和干裂的嘴唇，我也曾经用那件斗篷隐藏过自己的翅膀。

我点了点头。对，已经没事了。

于是，法蒂玛·伊妮兹的幽灵对鸟儿挥手道别，慢慢消失在黑夜中。

第二十七章

水库坐落在街区的制高点——相比之下，巅峰巷尽头的小山还要稍逊一筹——周围是茂密的枫树林。在旁边的一座白色小屋里，曾经住着一对老夫妇。秋日漫漫，他们经常打捞橙黄橘红的五角枫叶。夜幕降临，年轻的情侣结伴来玩耍，夫妇二人便相视而笑，调大收音机的音量，拉紧厚厚的窗帘。

透过白色小屋的阁楼窗户，能够将整片街区尽收眼底。有人说，正因如此，杰克·格里菲斯才会搬进这座小屋。站在房檐下，杰克可以望见平静的水库，在那里，未满 18 岁的薇薇安娜·拉文德亲眼看着月亮消失，在那里，愤世嫉俗的高中生们目睹过不可思议的奇迹。站在房檐下，杰克可以望见年幼的法蒂玛·伊妮兹·德铎瑞斯和她的船长哥哥所做的全部贡献：邮局、药房、砖砌的小学和路德宗教堂。他可以望见伊米莲的烘焙坊，顾客们向站在柜台后面的印第安女人购买早餐面包，肉桂和香草的气味安抚着暴躁的灵魂，还可以望见崭新的警察局和战后涌现的新建筑。他可以望见巅峰巷的尽头，一栋雪青色的房子矗立在山顶，门前环绕着弧形的走廊，塔楼的穹顶呈洋葱状，二层的几间卧室都镶嵌着飘窗，顶部的天台面朝繁忙的鲑鱼湾。

我愿意相信，在抬头的瞬间，杰克·格里菲斯望见了一个身影站在拉文德家的天台上，周围聚集着罕见的鸟儿，它们唱着无人能懂的歌谣。我愿意相信，他望见了长长的绷带和纠缠的发丝随风飘扬，睡裙的下摆鼓动着优美的波浪。我愿意相信，他呆呆地看着我翻越摇摇欲坠的天台，我的脚尖稳稳地踩在冰凉的边缘，我的十指轻轻地扣着背后的栏杆。也许他会注意到，从未有人比我更像天使。我愿意相信，他惊讶地看着厚厚的绷带完全脱落，掉在地上，看着洁白的翅膀从我的肩头舒展，硕大而强壮，伸向头顶上方。

但最重要的是，我愿意相信，我的父亲杰克·格里菲斯面带微笑，看着我松开握住栏杆的双手，目送我飞向群星璀璨的夜空。

致　谢

我觉得自己十分幸运，能够拥有众多朋友的支持，若非如此，这本书将只是我脑海中的一个虚幻的世界。这些亲切的朋友分别是：

伯纳黛特·贝克·鲍曼，她是杰出的经纪人，也是美丽的文学女神。她从一开始就相信艾娃的故事能够成功，言语根本不足以表达我的感激之情。

我的编辑玛丽·李·多诺万，她的奉献与鼓励促成了这本书今天的面貌。我要感谢掌灯人出版社的全体成员，感谢他们的辛勤工作，尤其要感谢雪莉·福特拉、吉尔·埃文斯、莎拉·福斯特、安吉拉·凡·丹·贝尔特、特雷斯·米勒克和安吉·多姆布罗斯基。我要特别感谢皮尔·古斯塔夫森绘制的族谱，感谢马特·罗塞尔为本书设计封面，一切都比我想象中的样子还要美丽。另外，我还要感谢优秀的钱德勒·克劳福德帮忙将艾娃介绍给全世界，感谢格雷琴·斯泰尔特、尼克·哈里斯和克里斯汀·门罗的热情与建议。

当然，如果没有家人和朋友的关爱与支持，故事中的世界根本无法呈现。感谢安德里亚·帕里斯在我八年级的时候邀请我去她爸爸的白色小屋，那栋漂亮的小屋就建在水库旁边，我从未忘怀。感谢大卫·西尔，当我告诉他自己想成为一名作家的时候，他说我已经是一名作家了。感谢惠特尼·奥托相信这本小书值得一读。感谢聪明而诚实的利兹·比洛，她是我的第一位读者，在深夜陪着我吃寿司和蛋糕，讨论书中的情节。

感谢我的闺中好友——安娜、安娜丽丝、卡利萨、达菲、马伦、梅根、诺娃、里芭、蕾切尔和斯蒂芬妮，她们比任何人都要懂我、爱我。她们是我所认识的最为古怪且美丽的姑娘，我每天都对她们怀着深深的感激之情。感谢我的学生，他们令我开怀大笑，还认为我很酷，尽管我一点儿都不酷。他们是我生命中的光芒。感谢我的父母，他们将我培养为一个非常有想象力的成年人，这对我来说很重要。感谢我的妹妹妮歇尔，她总是对我坦诚相待。感谢 3 岁的外甥女卡洛妮，如果我在自己的第一本书里不感谢她，她肯定不会原谅我。

最后，感谢我的“好运先生”，虽然我不记得你说过什么，但是我记得其余的一切。我想念你。

蕾丝莱·沃顿

译后记

人生的虚幻与真实

长篇小说《艾娃·拉文德奇异而美丽的忧伤》（以下简称《艾娃的忧伤》）是美国女作家蕾丝莱·沃顿人生中的第一本书，甫一面世，便以其典型的魔幻现实主义色彩，吸引了大批读者。该书讲述了发生在20世纪上半叶一个家族四代人的故事，尤其着眼于家族中女性成员的命运，并融入了历史事实、神话传说、宗教典故等多种因素。作者以天马行空式的奇妙想象，刻画出悲喜无常的世间百态，展现出一幅瑰丽多彩的人生画卷。

一

魔幻现实主义小说当然也属于现实主义的流派，而现实主义小说的叙述方式经历过两次重大的变革。即从全因果到零因果，从零因果到半因果。全因果的最大特点是因与果的完全性与对等性。有因就有果，有果就有因。有多大的因就有多大的果，有多大的果就有多大的因。有的时候表面看起来因果是不对等的，但背后还有隐藏的原因尚未被发现，类似于在“明因果”之外还存在着“暗因果”。实际上文学作品所要展开的恰恰是“暗因果”，而“明因果”便只是枯燥的流水账了。比如，托尔斯泰的叙述方式便是典型的全因果，人物的命运受社会环境、历史条件、个人性格等诸多因素的影响，这些因素统统呈现在读者面前，使得最终的结果具备完全的可能性。零因果则是没有原因，只有结果。比如卡夫卡的《变形记》，一开始便告诉读者，主人公格里高尔变成了一只甲虫，可是始终没有说明他为什么会变成一只甲虫，谁把他变成了一只甲虫，也没有交代人变成甲虫的合理性，卡夫卡不仅没有说明这些问题，而且还平静地将故事展开，仿佛人变成甲虫是可能的，接下来就看变成甲虫以后如何生活。其实人变甲虫当然是不可能的，零因果便是完全抛弃了现实的可能性，转向了不可能，从而完全跳出了全因果的传统叙述方式，不谈原因，只讲结果。而半因果则是将可能与不可能巧妙地融合在一起，半因果具备完全性，却没有对等性。很小的原因会引起很大的结果，很大的原因也可能引起很小的结果，这种不对等就是可能与不可能互相作用的结果。第一位有意识地、系统地使用半因果叙述方式的作家是马尔克斯，他调和了全因果的可能与零因果的不可能。比如，《百年孤独》中提到吉卜赛人带着两块磁铁在村中走了一遭，结果大家的铁锅、铁盆乃至铁钉都掉了下来，就连很久以前丢失的铁制品都找到了。这个情节便是融合了可能与不可能：磁铁可以吸引铁制品当然是可能的，但是能够把全村所有的铁制品都吸下来，就连木板上的铁钉都不放过，却又是不可能的，从而造成了小原因引发大结果的现象，这就是半因果的叙述方式。

本书的作者蕾丝莱·沃顿也采用了半因果的叙述方式。比如，书中的“法国号”是历史上真实存在过的轮船，其初航时间也确实仅比“泰坦尼克号”的沉没晚一周，所以“法国号”上的乘客全都提心吊胆，直到望见美国才安心，这个事件到此为止可以称为全因果。但是紧接着，蕾丝莱又写道：“瞧见美国的土地映入眼帘，船上的乘客集体松了口气，结果导致风向发生变化，旅途又延长了一天。”（第一章）这便是小原因引发大结果了，在可能中穿插上了不可能。又如，胡氏家族的孩子住在隔音很差的公寓里，因为左邻右舍都讲不同的语言，所以他们也掌握了好几种语言，“四姐弟皆会讲法语和英语，除此之外，伊米莲还会讲意大利语，雷尼会讲荷兰语和德语，玛尔格会讲西班牙语”（第一章）。在那个年代，美国的移民确实很多，但若说一栋公寓的左邻右舍都来自不同的国家，恐怕不太可能，或者可能性比较小；进一步，虽然大家都知道小孩子学习语言的能力很强，但像胡氏姐弟那样只是听着邻居讲话就能掌握数种语言，这样的情况也实属罕见了，这同样是因果不对称的表现。在国外，有许多读者便将这部《艾娃的忧伤》与《百年孤独》进行比较：两书都是魔幻现实主义作品，都讲述了家族几代人的故事，前代人的言行对后代人的命运都会产生影响；《百年孤独》比较关注家族中的男性成员；《艾娃的忧伤》则主要关注家族中的女性成员；等等。但最重要的是，二者的叙述方式十分相似，沃顿也熟练地掌握了半因果的叙述方式，这也是本书的魅力所在。显然，从某种程度上来说，零因果或半因果的叙述方式会使小说的内容具备更大的想象空间、更浓的神秘色彩和更新的阅读体验，从而更为吸引人。

全因果、零因果和半因果的叙述方式还决定了作品中的人物命运与社会现实的关系。在全因果的叙述方式下，人物的命运与复杂的社会现实有着不可分割的关系，这也是纯正的现实主义写作都采用全因果叙述方式的理由。而零因果叙述方式所塑造的人物具备复杂的心理世界，跟社会现实的关系却比较简单。半因果叙述方式则把零因果所舍弃的某些社会、历史和现实又加入作品之中，因而相对于零因果的叙述方式来说，半因果的叙述方式与社会现实的联系更加密切，不仅能够较为明确地体现作者对社会和现实的关注，而且在流畅性方面也显然更胜一筹，一般不会由于过度地深陷于虚幻与荒诞的世界而给读者带来晦涩难懂的感觉，从而使读者的阅读体验更为轻松和愉悦。例如，第三章写威廉敏娜的来历，“她在印第安寄宿学校度过了重要的少年时期，由于使用自己民族的语言而经常遭到殴打。长大以后，她变得无家可归，既不属于白人的群体，也无法融入原先的部落”。这里写到了北美洲土著民族的悲惨经历，他们被白人群体强制带入文明社会，甚至被要求忘记自己民族的语言，结果他们既无法返回故乡，也不能跟现代社会和平共处。应该说，这些描写有着历史事实的充分依据，但作者并未浓墨重彩地讨论这种残酷的现象，而只是将其作为原因，平静地加以叙述，来解释威廉敏娜的流浪和“身体很年轻，但是灵魂却非常苍老”的特点。蕾丝莱既没有回避社会现实，又不去展开道德批判，而是用作家的语言进行冷静叙述，从而客观地展示人物与社会现实之间的关系。这正是典型的魔幻现实主义的半因果叙述方式，其在《艾娃的忧伤》一书中是随处可见的。

二

显然，半因果的叙述方式有着较大的可伸缩性，这也就决定了作品看似冷静的描绘，实际上却未必等同于社会现实，而是具有不同程度的“魔幻”色彩，这也正是魔幻现实主义的特点以及魅力所在。就本书而言，作者塑造的许多人物形象是极端而夸张的，可以说与真正的社会现实中的人物有着一定的距离。比如，胡氏家族的“妈妈”没有名字，没有故事，也没有存在感，从丈夫失踪开始，她便渐渐消失，化作“虚无缥缈的轻烟”，等到失去两个孩子后，干脆彻底消失了，“仅仅在被单之间留下一小撮幽蓝的灰烬”（第二章）。再如，雷尼相貌俊美，当他赤身裸体在街上奔跑的时候，吸引了路边的男男女女，“狂热的追逐迅速升级为全面的暴乱，足足持续了四天半。几家犹太商店被烧成灰烬，三个普通民众被踩踏致死，包括矮小的巴纳比·卡勒胡夫人”（第一章）。又如，亨利给自己制定了一条说话的规矩，只讲重要的事情，他严格遵守这条规矩，而且只用自己喜欢的词语。与社会现实相比，这些显然都是夸张和变形的。

当然，本书最大的夸张和变形则是主人公艾娃·拉文德，一个生来便长着翅膀的古怪而又平凡的女孩。可以说，这是《艾娃的忧伤》这部小说最大的特点和亮点，体现了作者异乎寻常的想象能力和大胆的“魔幻”技巧。实际上，作为匍匐于大地的高级生灵，人类从未放弃过飞翔的希望和梦想，无论是中国敦煌壁画中的“飞天”，还是西方神话传说或宗教中长着翅膀的天使，都可以看成是这一梦想的体现。然而，假如生活中真的有人长了翅膀，那又如何？毫无疑问，无论对长翅膀的人来说，还是对旁观者而言，这都是一个不可想象的巨大考验，它将由此透出人生百态、世间万象，进而映射出人生常态和常态人生所难以表现出的很多问题，甚或是本质问题。因此，对于一部不太长的小说而言，不仅这一想象是大胆的，而且更重要的是，如何驾驭这一想象辐射之下的整个作品，就成为其成功的关键，当然也是对作者写作能力的巨大考验。换言之，做出这一想象并以之作为这部小说的主干，固然体现了作者的大胆和非凡，但这离一部成功作品的诞生，还有很长的路要走。

蕾丝莱·沃顿肯定也意识到了这个问题，她为此做出了自己的努力。为了与这一美丽而富有“魔幻”色彩的想象及人物形象相适应，作者动用自己的想象能力，处处营造出“魔幻”的环境、氛围和格调，从而使得这部作品充满了瑰丽的想象和夸张，成为一部典型的魔幻现实主义小说。

首先是星座和生日。它们不再是偶然和普通的事情，而是在故事中具有了暗示人物性格的作用。胡氏四姐弟伊米莲、雷尼、玛尔格和皮耶海特均生于3月1日，拉文德家的双胞胎艾娃与亨利也生于3月1日，他们六人都是双鱼座，“性情多愁善感，举止鲁莽冲动，常常意气用事”（第一章）。伊米莲容貌美丽，可以通过细微的迹象察觉事物的本质。雷尼英俊潇洒，力大无穷，能够令男男女女为之神魂颠倒。玛尔格并不像哥哥姐姐那样美丽，也不具备引人侧目的特质，“结果反倒显得她与众不同”（第一章），而且玛尔格的死亡也十分离奇。皮耶海特为了追求爱人，把自己变成一只金丝雀。艾娃的方方面面都像是普普通通的女孩儿，但生来就拥有翅膀。亨利喜欢生活在自己的世界里，说自己想说的话，不愿被任何人触碰。在常人眼中，他们都很古怪。

薇薇安娜生于9月份，是处女座，“习惯于解决问题”。相对来说，她显得比较正常，更容易为大家所接受，她也是家族中唯一一个享受过平凡的校园生活的孩子。而且，她确实能够独立解决问题。最初怀孕的时候，薇薇安娜还不满18岁，但是她依然能够坚强地生养孩子，在发现两个孩子都与众不同的情况下，她接受了现实，并且尽己所能地保护他们、照顾他们。“一路走来，从独自熬过的孕期到十五年的不眠之夜，她总能想方设法，努力肩负起生儿育女的重担。她已经学会了适应一切状况，包括亨利的孤僻和我的翅膀。如果她制订出一个计划，而事实证明行不通，那就另辟蹊径。”（第二十章）后来，在全家人都茫然无助的时候，是薇薇安娜支撑起了整个家庭。

无论古怪还是正常，星座和生日在这里都发挥或体现着重要作用，与现实人生相比，这显然放大了星座和生日之于人生的意义，而这种放大正是塑造人物性格所需要的，也是整个作品所需要的。或者说，正是这种放大，使得人物性格和个性显得更为突出、鲜明而与众不同，也使得整个作品凸显出浓厚的魔幻现实主义色彩。

其次是血缘。这也不再是普通的事情，而是在这个家族的成员之间制造出千丝万缕的联系。雷尼像博勒加尔，他们都身材高大、仪表不凡，很受人们的欢迎，博勒加尔喜欢拎起家里的山羊，而雷尼则喜欢拎起家里的沙发。玛尔格和亨利都像“妈妈”，玛尔格的存在感不强，亨利则不爱说话。薇薇安娜像伊米莲，她们俩都具备独特的能力，伊米莲对外界的一切都极为敏感，观察细致入微，可以捕捉到大家忽略的细节，而薇薇安娜嗅觉超群，能够分辨出各种隐藏的气味，以此来判断人与物的本质。艾娃像支耶海特，她们都拥有翅膀和羽毛。

除了性格特点外，他们的行为和思维都有着奇妙的相似之处。在玛尔格怀孕的时候，胡氏姐弟总是玩“谁是坏蛋”的游戏，猜测大街上的哪个男人是孩子的父亲，后来艾娃和卡蒂甘也玩过“谁是坏蛋”的游戏，猜测街区里的哪个男人是艾娃和亨利的父亲。伊米莲曾经想象过让抛弃自己的恋人爬上公寓外面的梯子，艾娃也想象过让那些疏远自己的少年爬上窗外的樱桃树，她们都幻想着能把他们的手指头掰开，让他们掉下去，而她们则哈哈大笑。

血缘关系的存在以及对人物性格的某些决定作用是事实，但作者的描绘无疑也是放大了的。这种放大使这个家族充满神秘性，为整个作品营造了一种神秘的氛围，并使其具有了更为典型的意义，从而与星座和生日一样，不仅使得人物性格更加鲜明，也同样增强了作品的魔幻现实主义色彩。

第三是预言。这当然更是有意识地营造魔幻氛围了。书中出现了许多预言式的描写，有的非常明确，如“草里有蚊子，墙上有猫咪”，“遍地是红色，到处是羽毛”，这几句话在书中反复出现，描绘出最后一个夏至夜将要发生的事情。再如嘉博出现在门口时，伊米莲听到东方传来鸟儿的高歌，“宣布着真爱的降临”（第七章），而事实证明，嘉博果然真心爱着薇薇安娜，矢志不渝。又如，杰克曾送给薇薇安娜一只蜻蜓，威廉敏娜告诉薇薇安娜，关于蜻蜓，民间有一种迷信的说法："抓住一只蜻蜓，一年之内结婚。"（第十四章）后来，抓住蜻蜓的杰克果然在一年之内结婚了，可惜新娘并非薇薇安娜。

还有的预言却是以暗示的方式给出，比如，薇薇安娜在最初见到杰克的时候，身上穿着"儿童尺码的婚纱"，自此以后，她便爱了杰克二十八年之久。杰克问薇薇安娜的第一个问题是："你介意等待吗？"而薇薇安娜"摇了摇头。不，她不介意"。（第四章）结果薇薇安娜对杰克的感情果然在等待中煎熬了十几年，从杰克去上大学开始，薇薇安娜就一直等待他回来，可是一次又一次地陷入失望。就像当初杰克告诉她，等到他挖完那个坑洞，她就知道是怎么回事儿了，可是杰克永远都没有完成，反倒把那个坑洞变成了一片炫耀富贵的游泳池。

再如，在薇薇安娜怀孕期间，嘉博亲手制作了一张婴儿床，并且在上方悬挂了鸟儿掉落的羽毛，因为他感受过孩子的胎动，觉得像是翅膀在颤抖。后来，薇薇安娜果然生下了长着翅膀的女孩儿。薇薇安娜在发现自己怀孕之前，想过要成为空乘人员，她看到报纸上写到，没见过飞机的人们把空姐当成了"误落凡尘的天使"，她很喜欢这个故事，于是前去面试乘务员的岗位。（第八章）然而，由于怀孕，这个理想终究泡汤了，可是她的孩子艾娃却被报纸写成了"下凡的天使"，其中确实蕴含着非常奇妙的缘分。又如，劳拉·拉夫劳恩的姓氏"拉夫劳恩"意为"失恋的、相思的"，而她的遭遇也完全应了这个姓氏，她爱上了一个完全不爱她的人，却还以为对方很爱她，这样傻傻地过了多年，才突然明白一切都只是自己的臆想而已。

三

毫无疑问，《艾娃的忧伤》一书讲的是关于爱情和爱的故事，但又并非一般的爱情故事。蕾丝莱·沃顿在其个人小站的介绍中曾提到，她自己也像书中的薇薇安娜、艾娃和亨利一样，出生在太平洋西北地区，跟黄水仙有着奇妙的不解之缘，“唯有长久地浸泡在冷雨中，才能获得真正的美丽”（第十二章）。于是，在一场漫长而冰冷的暴风雨中，她思考了爱的逻辑，或者更确切地说，她思考了爱的缺乏逻辑，然后写下了人生中的第一本书《艾娃的忧伤》。曾经有人请蕾丝莱用不超过十个字来概括这本书的内容，蕾丝莱便借用了书中的一句话：“爱会使人变傻。”

其实，“爱会使人变傻”，这是很多人并不陌生的一个“爱的逻辑”，在某种意义上，也是一个“爱的缺乏逻辑”。爱何以使人变傻？变傻之后的爱值得赞美吗？更重要的是，爱的主人公是不会一直傻下去的，或者说，傻只是一个阶段而已，主人公很快便会明白过来，变得不傻，那么不傻之后还有爱吗？古往今来大量的文学作品，正是不厌其烦地描摹和探索着这一逻辑，《红楼梦》是，《罗密欧与朱丽叶》也是。相对于那些经典现实主义作品，魔幻现实主义的《艾娃的忧伤》又当如何诠释这一主题呢？或者说，其诠释的独特视角是什么？有没有新的方式和发现呢？

应该说，《艾娃的忧伤》虽然篇幅不算长，但蕾丝莱·沃顿却在其中描摹了各种各样的爱，而这种描摹最突出的特点是基本省略过程的精雕细刻，主要呈现爱的不同结果，这是与经典现实主义爱情小说的一个极大不同。后者经常是在不短的篇幅里叙述一个首尾完整的爱情故事，而《艾娃的忧伤》却在不长的篇幅里完成了多个爱情故事的叙述，原因就在于作者对过程描绘的有意省略。显然，这种省略使得作品缺少了经典现实主义小说的身临其境之感，难以让读者体验爱情过程的种种细节，却在有限的篇幅里加大了作品的容量，也加快了作品的节奏，并可以提供对各种爱情经验的冷静反思，从而使作品具有某种思想深度。同时，与魔幻现实主义的基本特点相适应，书中的种种爱情故事都具有一定程度的超现实性，或者说，与一般的现实故事相比，作品中的爱情故事大多具有某种夸张色彩。这些夸张不仅提高了故事的可读性和吸引力，从而在一定程度上弥补了故事连续性或细节的缺乏，而且也放大和强化了生活中某些本质的方面，从而让人更能看清爱的本来面目。所谓“爱的逻辑”或“爱的缺乏逻辑”，这部作品确实是有着独特的表现和概括的。

在第二十五章中，伊米莲看着外孙女艾娃的伤痕，拼命忍住泪水，“那些狰狞的瘀青令她想起杰克在薇薇安娜的颈窝留下的棕色吻痕，想起雷尼被威廉·佩顿开枪打穿的英俊脸庞，想起玛尔格失去心脏的空洞胸膛，想起爱情给所有受害者烙印的永恒伤疤”。所谓“爱情给所有受害者烙印的永恒伤疤”，这句意味深长的断语，从句式上看，似乎爱情也可以没有受害者，但从作品所描绘的种种爱情来看，却又没有例外。首先如碧翠丝·格里菲斯所认为的：“她觉得，为了爱情，必须要牺牲自由。”（第十章）可以说这还只是一个基本的问题，算是初步的伤害。然而，牺牲自由就可以得到爱了吗？我们经常看到的“爱会使人变傻”的情形，正像劳拉·拉夫劳恩一样，“在涉及爱情的问题上，她只看自己想看的东西”，“杰克·格里菲斯不像她想象的那样爱她，也不像他爱薇薇安娜那样爱她。实际上，他从未爱过她”。（第二十四章）当然，深情而执着的爱是从不缺乏的，比如罗维·库珀对艾娃：“我曾经深深地爱着你，请让我以后也继续爱你。”（第二十五章）但是，这种爱往往又是阴差阳错而难以得到呼应的，这种错位的爱愈加执着，当事者受到的伤害便越发严重。正像博勒加尔·胡的妻子所遭遇的：“天长日久，世人的指指点点在妈妈的心脏上凿开了一个小孔，不知内情的医生却将其归咎于饮食习惯与家族遗传。”（第一章）乃至如杰克·格里菲斯之于薇薇安娜：“残酷的现实似乎饱含着某种深层的讽刺，将她的心脏践踏得支离破碎。”（第七章）所以，作者在第一章便借“皮耶海特求爱的疯狂举动”而指出：“有些牺牲根本得不偿失，就连为爱所做的牺牲也不例外——或许为爱所做的牺牲更是如此。”或如伊米莲所觉悟到的：“没有爱情的结合是两人的最佳选择”，因为“康纳不懂爱情，所以无法去想，而伊米莲太懂爱情，所以不敢去想”。（第二章）但实际上，“爱总是遵循着自身的规律发展，不受人为意图或缜密计划的控制”（第一章），这个不受人为控制的“自身的规律”，或云“爱的逻辑”，便是书中不止一次出现的这句话：“爱会使人变傻。”

本书所探讨的爱，还不仅仅是爱情，而是有着更广泛的内容。在第十三章中，作者写薇薇安娜对艾娃的各种担心——“她担忧自己无法保护我远离那些曾经伤害过她的存在，包括死亡、恐惧、痛苦与爱”，“尤其是爱”。为什么“尤其是爱”呢？她认为：“如果不爱，无论发现何种情形，无论结果多么糟糕，我都不会伤心。”

显然，这个“爱”的具体所指并非狭义上的爱情，这说明，一方面，她的这番道理当然也是适用于爱情的，另一方面，爱的悖论不只存在于男女之爱上。听起来，薇薇安娜的说法似乎有些冷酷，但若非对爱有深刻体验或曾经为爱所深深伤害者，是不会有如此富有哲理深度的入木三分之语的。实际上，对人类而言，爱的存在一方面是动人而美丽的，世界因为爱而变得丰富多彩，乃至充满温馨和浪漫，让人顾盼流连，乐而忘返；但另一方面，多少冷漠、无情、残酷乃至残忍亦皆因爱而生、由爱而起，令人不寒而栗，使人对爱产生怀疑。

就本书而言，傻到极致的爱，令人窒息的爱，无疑是纳撒尼尔对主人公艾娃之爱了。这也是这个故事令本书颇为别致而富有特点的原因所在。就其结果而言，我们显然已经感受不到纳撒尼尔对艾娃的丝毫爱意，剩下的只是残忍和恐怖。然而，就过程而言，我们又不能不说，其开始同样是美丽而迷人的。在第十二章，当“纳撒尼尔·索罗斯抵达位于山脚的房子，迈下出租车，环顾安静的街区。这位外表虔诚的男人看到了什么呢？他瞥见一双点缀着棕色斑点的翅膀掩映在隔壁庭院的丁香花丛中，朦朦胧胧，若隐若现”，也就在“那一刻，一种崭新而陌生的感觉搅乱了他的内心”。这又是一种什么感觉呢？他在日记中写道：“天使降临到我逗留的街道上，确实再合适不过了。”（第十三章）“我轻轻地抚摩她的翅膀，感受着柔软的羽毛，一股奇妙的暖流穿透指尖，涌入我的腹股沟。……我目送着她爬上山坡，激动地举起双手，感谢上帝赐予的至高喜悦。我敢肯定，唯有阿维拉的圣特蕾莎才体验过这种世所罕见的极乐。”（第十五章）“她是一切可爱女性的光荣化身，亦是米开朗琪罗画在西斯廷教堂中的天使。她的脸庞引起了特洛伊战争的爆发，她的夭折推动了印度泰姬陵的建造。”乃至“夜复一夜，我望着她站在敞开的窗口梳理羽毛。她背光而立，闪闪发亮。只有我知道，她是神圣的生灵”。（第十六章）我们不能不承认，这当然不是纯粹的狭义的爱情，甚至可以说主要是一种带有浓郁宗教色彩的爱，但不得不说，这种爱又是非常盲目而含混不清的，或者说其本身便是一种混合之爱。其结果也正体现了这种含混和茫然。第二十三章有这样的描绘：“接下来，他攥紧我的羽毛，开始哭泣，‘天哪，你不过是个普普通通的女孩儿！’他哀叹道，‘到头来，你不过是个普普通通的女孩儿罢了！’悲鸣声在他的胸中咯咯作响。”这说明纳撒尼尔一开始把艾娃认作“天使”确实有着相当真诚的成分，但所谓“我从未凭借主观的努力去帮助迷途的羔羊远离罪恶，而总是在不知不觉间无意识地影响着大家”（第十三章），又说明他的宗教情怀原本就是并非自觉、若有若无的，他最终对艾娃的残忍伤害，也就决非一句“你不过是个普普通通的女孩儿罢了”所可辩解。在这里，小说体现了魔幻现实主义的冷静和客观，我们很难辨认作者的倾向性及其寓意和所指，但也无须辨认，至少我们从结果就可以简单地做出推论，并再次证明这样的爱“会使人变傻”，而且这里显然不仅仅是所谓“变傻”的问题，而是变得极为残酷、残忍、令人发指了！这就真的是“爱的缺乏逻辑”了。不过这样的逻辑尽管让人难以接受，在现实生活中，却是无处不在、时时上演的，虽然不一定这么极端和残酷，这一逻辑的真实性却是毋庸置疑的。

这个故事的结局也不像经典现实主义小说那样，具有确定的意义或指向，而是颇具象征性，有着多重寓意或内涵。可以肯定的是，艾娃的飞翔象征着自由与解脱，但是艾娃的实际命运如何，作者并未详细交代。她可能放下了一切痛苦，勇敢地继续生活，像正常人一样上学、恋爱、结婚，拥有自己的家庭，因为这本书的开头就是一封艾娃写于 2014 年的信，她也曾提到自己花了许多年才看完纳撒尼尔的日记。不过，艾娃也可能决定孤独地度过一生，她已经不再拼命追求所谓的正常的生活和正常的感情了，因为如果她真的跟罗维在一起了，或者跟其他人在一起了，她是不太可能像“引子”中所写的那样，“在宽广的大陆、纷繁的语言和无尽的光阴之间穿梭”。当然，艾娃也可能死了，然后像胡氏家族伊米莲的三个弟弟妹妹一样，主动选择了以幽灵的面貌在世上游荡，保护自己所爱的人。

四

作为蕾丝莱·沃顿人生中的第一本书，《艾娃的忧伤》在叙事艺术和语言技巧上，都还不能说已臻纯熟之境，但却颇有可圈可点之处。

首先，作者的叙事方式值得关注。没有拖泥带水、婆婆妈妈，而是干脆利落，经常直接叙述结果，但这一结果实际上在前文中已有某种铺垫或交代，因而并不显得突兀，而是非常自然、顺理成章，同时这种顺理成章又不是按部就班叙述出来的，而是犹如生活中的不言而喻，是无须多说的必然。应该说，这种叙事方式是颇富特点亦颇为高超的。如第三章，叙述奇人威廉敏娜来到伊米莲的烘焙坊，教她如何破解生意的困局，并希望伊米莲给她一份工作。伊米莲说：“我都快买不起面粉了，根本没钱雇你。”当伊米莲按照威廉敏娜的方式做了，而且真的生意兴隆之后，作品直接叙述“在伊米莲和威廉敏娜的精心经营下，烘焙坊开始蓬勃发展”，显然这里省略了威廉敏娜如何成为伊米莲雇员的过程，而这个省略由于有前面的铺垫，自然是顺理成章的；但这样的叙述方式让人觉得干脆利落、节奏极快。这并非个例，而是整个作品的基调和风格，显示了美国年轻一代作家的语言风格和叙事技巧，也在某种程度上显示出小说艺术适应当下快节奏生活方式和时代特点的发展趋势。

其次，作者或明或暗的讽刺笔法贯穿整部作品，令人印象深刻。如在博勒加尔失踪的时候，大家都以为他是跟一个能说会道的女人走了，因为“妈妈”太过沉默寡言，就连“妈妈”自己都相信了这样的流言蜚语，然而实际上，博勒加尔是遭遇意外死了，而且博勒加尔“一直深爱着自己的妻子，他欣赏她的安静，并且从未背叛过她”（第一章）。再如薇薇安娜在遇到杰克和跟杰克分手的时候都穿着雪白的裙子，打扮得像个新娘一样，可是她跟杰克的感情却并无善果。又如伊米莲在 19 岁之前就三次坠入情网，但身边的恋人总会弃她而去，她似乎没有识人的眼光。不过，在别人的感情问题上，伊米莲却看得非常清楚，她早就知道嘉博才是真心对薇薇安娜好的男人，也一直盼着罗维能跟艾娃在一起，而事实证明，嘉博和罗维确实是薇薇安娜和艾娃的良人。

书中最大的讽刺发生在艾娃身上，她生来就长着翅膀，却无法飞翔，嘉博和卡蒂甘都曾经说过一句话：“她注定要飞翔，否则为什么会长翅膀呢？”（第十章）而她确实不会飞，这实在是天大的讽刺，也难怪艾娃认为自己的翅膀就像畸形的脚丫，“不仅毫无用处，而且会引来好奇的目光，害得我不能大大方方地走在街上”（第十章）。翅膀不仅没有给她带来飞翔的自由，反而令她处处受限，人们不再关注她是谁，只关注她背上的翅膀，不仅外人如此，就连看着她长大的嘉博也是如此。“日复一日，我看着嘉博想方设法地进行飞翔实验，就像失去双腿的孩子看着盲目乐观的家长买下布满楼梯的房屋。不久以后，当嘉博跟我说早安时，似乎不是在问候我，而是在问候硕大的翅膀。在他的眼中，没有女孩儿，只有羽毛。”（第十章）因此，艾娃能够比常人更加深刻地体会到生命的讽刺意味，“比如，越是渴求爱情，越是一无所获，如果放下强烈的期盼，爱情反而会在不经意间降临。比如，口口声声宣称绝不伤害你的人，到头来往往会背弃承诺，令你陷入痛苦的陷阱，无法挣脱”（第十五章）。实际上，人们之所以对她侧目而视，是因为她与众不同，但是，与众不同的就不是人类了吗？正如艾娃所想，“何为人类呢？我明白自己与众不同，但人类原本就千差万别，不是吗？”（第十章）大家认为艾娃不像人类，便将她看作怪物或基因突变的异类，而最大的不幸，却是“被误认为超凡脱俗的天使”。“天使”是美好的，薇薇安娜当初之所以想做空乘员，也是因为看到报纸上将空姐称为“误落凡尘的天使”。可是，一旦“天使”真的降落人间，那份美好很可能就荡然无存，艾娃的经历便说明了一切。正是由于被当作天使，她才不能拥有正常人的生活，不能去上学，不能跟朋友玩耍。正是由于被当作天使，她才经历了人生中最悲惨的意外，险些付出生命的代价。

再次，作品还运用了不少幽默乃至黑色幽默的笔法，体现出作者独特的思维方式和语言特点。如小说一开始描写博勒加尔与其妻子性格的截然不同，便不乏黑色幽默的笔法。如谓博勒加尔的妻子少言寡语，乃至于“在为她接生第一个孩子的时候，特鲁维尔村的大夫提心吊胆，频频抬头查看，确保她还活着”。当年幼的伊米莲猜测美国人用金子铺路时，博勒加尔温和地责备她：“美国人就是再蠢，也不至于用金子铺路。”当“法国号”靠近美国时，“瞧见美国的土地映入眼帘，船上的乘客集体松了口气，结果导致风向发生变化，旅途又延长了一天”。而“当‘法国号’靠近曼哈顿西部的码头时，高举火炬的铜像成了美国留给伊米莲的第一印象。她暗暗思忖，好吧，如果这就是美国，那简直太丑了。我的外祖母并不知道，其实自由女神跟她一样，也诞生在大洋彼岸的法国”。还是在第一章中，作者写博勒加尔到了美国，仍然干他的老本行颅相学，“用指尖和手掌抚摩‘太太与小姐’的脑袋。由此可见，他注定要为女人服务，无论身在哪个国家”。在第四章中，作者描写中学时代的薇薇安娜设计出一款绝妙的游戏，“让本地的学生向来自菲尼山脉的学生发起挑战。这项对抗持续了七年之久，在美国加入第二次世界大战以后，两个阵营便重新分配角色，改为扮演美国士兵和日本士兵。不过，大家很快就厌倦了，因为成年人也在玩同样的游戏”。在第九章中，作者描写薇薇安娜怀孕以后，“仅仅两三年前，这位大夫还是她的儿科医生，如今却要负责解答孕期的难题了”。这些颇具黑色幽默色彩的描写，不仅对展示人物性格起到很好的作用，而且也使整个作品的语言独具特色，显示出作者较强的语言能力。

有时候，作者以看上去轻松幽默的笔调叙写生活的无奈或沉重，笑意中带有苦涩，令人深思。如第六章有这样的描写：“当杰克告诉约翰·格里菲斯自己没有通过兵检时，他知道父亲肯定会毫不留情地冷嘲热讽。果然，他猜中了。”此时，“约翰哈哈大笑，空洞的声音犹如野兽的咆哮，‘你真是太厉害了，杰克。天天都能带来惊喜。我还以为你已经够窝囊了，没法令人更失望了，但是你却可以变着花样地突破极限。’”再如描写薇薇安娜与杰克的恋情：“薇薇安娜抓起杰克的手，按在自己的嘴唇上，‘大学生，难道你还想在上课之余跟姑娘们调情吗？如果真是这样，我就不等你回来了。’……杰克微微一笑，露出门牙间的细缝，‘那你会做什么？’”薇薇安娜简单地回答：“我会跟你走。”后来，当杰克移情别恋时，薇薇安娜便“在脑海中设计着崭新的蓝图，跟过去的规划截然不同。她想，如果这就是没有杰克的生活，那么没有杰克的生活倒也不错”（第八章）。这样的言语和思维方式不禁让人想起薇薇安娜的外婆，同时，这种幽默显示了年轻人的智慧以及对人生和生活的态度，自然也很好地表现了人物的性格特点。

综上所述，《艾娃的忧伤》一书虽然还不能简单地与大名鼎鼎的《百年孤独》相提并论，但可以称得上是一部较为成功的魔幻现实主义小说了，许多读者在阅读的过程中会想起《百年孤独》一书，应该说不是无缘无故的。尽管在笔者看来，这部作品后半部分的想象力稍为逊色，就整部作品所叙述的故事而言，其作为长篇小说的规模也还不够，略显局促而令人意犹未尽；但总体而言，作者的构思是值得嘉许的，作品的魔幻现实主义色彩也是富有一定吸引力的，尤其是就其对“爱的逻辑”或“爱的缺乏逻辑”的探讨而言，这部作品更有着自己独特的追求和价值所在，值得一读。

戚　悦